KB001113

Los saludo desde la Ciudad de México, muy feliz de que mi novela esté en Corea. Sueño con ir, pero qué suerte que primero viajen las palabras y ver cómo se abren en coreano las palabras de estas brujas mexicanas.

Brenda Lozano

멕시코시티에서 여러분께 인사를 전합니다. 제 소설이 한국에 소개된다니 무척 기쁩니다. 언젠가 한국에 가는 꿈을 꿉니다. 저보다 말들이 먼저 여행을 떠난다니, 멕시코 마녀들의 말이 한국어로 펼쳐지는 광경을 본다니, 이 또한 얼마나 큰 행운인가요.

브렌다 로사노

마녀들

마녀들

브렌다 로사노 · 구유 옮김

은행나무

차례

마녀들
•
9

주술사의 생각에

최고의 주술은 기하학이라지 —

인간의 사고에

그의 평범한 행동은 위업이라네.

_에밀리 디킨슨

천지의 기원은 무명(無名)이요, 만물의 어머니는 유명이라.

_도덕경

1

팔로마가 살해당했다는 말을 전하러 과달루페가 온 것은 오후 6시였어요. 나는 내가 태어난 시간도, 해도 모릅니다. 나는 내가 언제 태어났는지 몰라요. 산이 솟아나듯 나는 태어났습니다. 산에게 언제 태어났냐고 물어보십시오. 하지만 팔로마가 살해당했다는 말을 전하러 과달루페가 온 시각이 6시였다는 것은 압니다. 그때 팔로마는 외출 준비로 몸단장을 하고 있었어요. 방 안에 있는 팔로마의 모습이 보였지요. 바닥에 쓰러진 팔로마의 몸이 보였고, 아이섀도가 손에 들려 있는 게 보였고, 거울에 비친 두 손가락이 반짝이는 것이 꼭 지금 막 눈에 아이섀도를 바른 것 같았지요. 마치 팔로마가 금방이라도 일어나서 내게도 발라줄 것 같더군요.

팔로마는 여러 남자들을 사랑했습니다. 그녀를 사랑하

지 않는 남자들을 사랑했고, 그녀를 사랑한 남자들도 사랑했지요. 촛불처럼 짧았던 초상 중에는 많은 남자들이 다녀갔답니다. 나와 내 여동생 프란시스카에게 팔로마는 유일한 친가 쪽 가족이었지요. 팔로마는 우리 아버지의 남동생, 돌아가신 가스파르 삼촌의 딸이었어요. 팔로마는 우리 아버지에게, 우리 할아버지에게, 우리 증조할아버지에게 흐르던 치유자의 피를 물려받은 유일한 계승자였지요. 내가 아는 것들은 모두 팔로마가 가르쳐준 겁니다. 이런 말을 해준 것도 팔로마였어요. 펠리시아나, 너는 치유자란다. 네게는 치유자의 피가 흐르거든. 팔로마는 또 이런 말도 해주었지요. 이건 이렇게 해야 하고 저건 그렇게 하면 안 돼. 사랑하는 펠리시아나, 네게는 언어가 있어. 펠리시아나, 너는 언어의 치유자란다. 네가 책의 주인이기 때문이야. 팔로마는 수많은 남자들을 치유해주었습니다. 그녀를 사랑하지 않는 남자들을 치유해주었고, 그녀를 사랑한 남자들에게는 그들의 미래를 말해주었지요. 팔로마는 사람들을 치유하고 사랑의 미래를 봐주었어요. 꽃처럼 피어나는 사랑과 사랑을 시들게 하는 미움의 마음을 봐주었지요. 사람들은 팔로마의 그런 점을 좋아했습니다. 팔로마는 사랑에 관한 조언을 잘해주었지요. 사람들은 사랑에 관한 조언을 들으러 팔로마를 찾았고, 팔로마와 함께 있으면 사람들은 웃었어요.

죽음은 팔로마를 세 번 불렀습니다. 처음으로 부른 것은 팔로마가 한 정치인을 사랑한 때였어요. 그때 죽음이 팔로마의 안에 알을 낳은 것이지요. 두 번째로 부른 것은 팔로마가 어느 무정한 남자와 사랑에 빠졌을 때였어요. 그때 죽음은 팔로마의 귀에 무정의 노래를 흥얼거렸습니다. 죽음이 세 번째로 팔로마를 부른 것은 도시에서 한 남자와 사랑에 빠졌을 때였어요. 아직 태어나지는 않았지만 태어나기 직전이던 병을 안고 있던 남자였지요. 그때 죽음이 팔로마의 귀에 노래를 흥얼거렸고, 그 노래가 태양처럼 명징했던 까닭에 그날 오후 6시, 기어이 죽음이 도래했고, 과달루페가 내게 와서 팔로마가 살해당했다는 소식을 전하게 된 겁니다. 팔로마의 손에는 아이섀도가 들려 있었고, 나는 거울에서 그녀의 모습을 두 번 보았고, 두 번 다 너무도 생생하게 살아 있는 모습이었어요. 몸 아래로 퍼져나가는 핏자국이 아니었다면 말이지요. 얼마나 끔찍한 시각(時刻)인가요, 그 끔찍한 시각을 기억합니다. 내게 그건 온 세상 모든 곳의 오후 6시였고, 오늘의 오후 6시이자 어제와 내일의, 그리고 이어질 모든 날의 오후 6시였습니다. 어디에나 그곳의 시계와 시간과 언어가 있겠지만, 팔로마가 살해당했다는 말을 듣는 순간 내게는 세상 모든 시계가 같은 시각을 가리켰고 단 하나의 언어가 있었을 뿐이지요. 팔로마가 살해당했다, 내게는 그 말이 유일한 말이었습니다. 때는 오후 6시, 밖으로는 밭에 그림자가 드리우고 있던 오후 6시 정각, 언어가 나를 떠나간 시각입니다.

2

내가 팔로마 살인 사건을 다루는 기사를 쓰기로 한 것은 젠더 폭력에 대한 분노 때문이었다. 여성을 대상으로 한 살인과 폭력, 강간을 다룬 뉴스라든가 사무실에서 듣는 성차별적 농담 같은 것들을 접할 때마다 점점 더 견디기가 힘들었다. 생물학적 여성이거나 자신을 여성으로 규정하는 사람들을 비하하는 발언이며 상황이 나를 자극하던 참이었고, 신문사라는 곳에서 캐낼 수 있는 것들로 내가 할 수 있는 일을 하고 싶었다. 게다가 이번 사건을 맡게 된 데는 펠리시아나를 만나고 싶다는 이유도 있었다. 나는 그녀가 무척 궁금했다. 기사를 맡게 되었을 때 나는 모두가 아는 사실, 그러니까 그녀가 바로 언어의 치유자라는 사실과 생존하는 가장 유명한 치유자라는 사실 말고는 그녀에 관해 특별히 아는 바가 없었다. 그녀가 말들을 사용해 집전하는 의식으로 치유의 기적을 행한다는 것과 그녀를 만나기 위해 전 세계에서 찾아오는 예술가, 영화인, 작가, 음악인들이 수두룩하다는 이야기는 알고 있었다. 펠리시아나를 만나기 위해 산펠리페의 산골까지 발걸음을 한 교수며 언어학자들이 있다는 것, 그렇게 다녀간 사람들에게서 탄생한 책, 영화, 노래, 예술 작품들이 있다는 사실도 알았다. 정확히는 몰라도 그런 것들이 존재한다는 사실 정도는 알고 있었던 것이다. 나는 공작새처럼 화려한 담요가 깔린 침대 옆 바닥에 고여 있는 피 웅덩이 위로 널브러진 팔로마의 사진을 받았다.

동료가 보내준 두 줄짜리 이메일에는 팔로마가 펠리시아나의 사촌이고, 펠리시아나를 치유자의 길로 이끈 사람이 바로 그녀라는 사실 외에 다른 정보는 없었다.

나는 한 번도 초자연적 현상에 관심을 가진 적이 없었고, 점술 비슷한 것은 말할 것도 없었다. 사람들의 믿음을 이용해서 금전적 이익을 취하는 모든 방식이 내게는 사기로 보였다. 타로 점을 보러 간 적도 없고 잡지에서 별자리 운세를 본 적도 없다. 언젠가 누가 천궁도라는 것에 대해 설명해준 적이 있는데, 나는 도무지 집중할 수가 없었고 속으로 저 사람은 어쩌다 저렇게 점성술에 관심을 갖게 되었을까, 하는 생각뿐이었다. 누군가 내 두 살배기 아들의 별자리를 물어보았을 때는 뭐라고 대답해야 할지 몰랐다. 그 사람은 그 자리에서 휴대폰을 꺼내 찾아보았고,

그렇게 나는 펠릭스가 천칭자리라는 사실을 알게 되었다. 내 동생 레안드라와 내가 어렸을 때, 한번은 광장에서 목소리가 걸걸한 어느 주정뱅이가 우리 손금을 봐준 적이 있다. 그때의 일 중 기억나는 거라곤 커다랗고 각진 선글라스를 끼고 침을 튀겨가며 말하던, 자칭 예언자의 입에서 나던 술 냄새뿐이다. 언제나 회의적인 편이던 나는 엄마와 동생에게 일어난 몇 가지 사건으로 인해 직감의 힘에 대한 호기심이 생겼다. 직감이란 어디서 오는 것이며 어떻게 설명될 수 있는 건지 말이다. 그 유명한 언어의 치유자가 어떤 사람인지 알고 싶었고, 팔로마의 사건을 최대한 파헤쳐 진상을 밝히고 싶었고, 팔로마가 어떤 사람이었는지도 알고 싶었다. 팔로마 살인 사건이 나를 펠리시아나에게로 이끌었다고, 그렇게 우리의 인터뷰가 시작되었다고 말하고 싶지만, 이것은 범죄 이야기가 아니다. 고백하건대, 나는 내가 기사를 씀으로써 도움을 줄 수 있으리라 생각했지만 펠리시아나를 만나고 도움을 받은 건 정작 나였다. 스스로 필요한 줄도 몰랐던 도움을. 여기 쓰인 내용은 전부 펠리시아나 덕분에 깨닫게 된 것들이다. 이것은 펠리시아나가 어떤 사람인지, 팔로마가 어떤 사람이었는지에 관한 이야기다. 나는 그 여자들을 알고 싶었다. 그리고 곧 나는 내 동생 레안드라와 우리 엄마를 더 잘 알아야 한다는 사실을 깨달았다. 또한 나 자신을. 한 여자를 제대로 알려면 먼저 스스로를 알아야 한다.

떠나기 전에 나는 사무실에서 몇 가지 일을 처리해두었고, 마누엘과 우리 엄마와 합의를 보았다. 마누엘이 출근 전에 펠릭스를 어린이집에 데려다주고, 하원할 때는 엄마가 데리러 가기로. 엄마가 일터인 대학교로 아이를 데리고 갔다가 마누엘이 퇴근하고 들르기 전까지 엄마 집에 데리고 있기로 했다. 내가 산펠리페로 출장을 가 있는 동안 대략 그렇게 지내기로 했다. 그때까지 나는 앞으로 무슨 일이 일어날지 전혀 몰랐고, 펠리시아나라는 존재가 지닌 힘이 어느 정도일지 가늠조차 하지 못했다. 당시 나는 알지 못했지만, 펠리시아나는 내가 그곳으로 이끌린 진짜 이유를 우리가 인터뷰를 시작한 첫날 밤부터 알고 있었다. 그녀가 내게 되레 질문을 던지기 시작한 건 아마 그녀가 나의 진짜 이유를 꿰뚫어 본 까닭이리라. 회의주의에 빠져 있던 나를 펠리시아나의 의식으로 이끈 건 그 질문들이었다.

팔로마에 관한 기사를 맡게 된 그날 오후 인터넷에서 처음으로 발견한 것은 90년대에 잘나가던 미국인 사진가가 찍은 흑백사진들로, 사진 속 펠리시아나는 담배를 피우고 있거나 유명 영화감독과 함께였다. 그런가 하면 여성성과 남성성이 한데 섞인 그의 상징과도 같은 목걸이를 하고 흰옷을 입은 가수 프린스와 함께 찍힌 사진도 종종 보였다. 펠리시아나와 함께 사진에 담긴 사람들 중에는 내가 읽은 책의 작가들도 있었고, 월가의 거물인 미국인 은행가 타슨과 유능한 소아과 의사인 그의 아내가 자주 보였는데, 알고 보니 타슨 부부는 펠리시아나의 삶과 그녀가 집전하는 의식을 다룬 첫 번째 다큐멘터리를 본 후로 펠리시아나를 세상에 알리는 데 앞장선 이들이었다. 그중 한 사진 속, 은행가와 소아과 의사 사이에 선 펠리시아나는 150센티미터가 채 되지 않아 보였는데, 실제로 만났을 때는 그보다도 더 작은 키였다. 한편 팔로마의 사진은 단 한 장밖에 찾지 못했는데, 아르헨티나의 어느 록 밴드와 함께 찍힌 사진이었다. 토요일마다 차고에서 엄마나 직장 동료의 가전 기기나 자동차를 분해하고 조립하던 아빠 곁에서 드럼을 연습하던 열세 살의 내가 수천 번도 더 들었던 〈Unplugged〉 음반을 만든 바로 그 밴드였다. 조사 과정에서 나는 그 음반에 수록된 곡 중 내가 외우던 곡, 우주로의 여행을 노래한다고 생각했던 곡이 펠리시아나에게 헌정된 곡이라는 사실을 알고 깜짝 놀라기도 했다. 나는 펠리시아나가 몇 살인지, 그녀의 생년월일이나 출생지와 같은 정보를 찾으려 했지만, 아무것도 찾지 못했다.

3

나는 내가 언제 태어났는지 모릅니다. 세상에 발을 내디딘 날짜는 모르지만, 그건 지난 세기의 어느 날이었습니다. 내가 태어났을 무렵 우리 어머니가 열세 살, 우리 아버지가 열여섯 살 정도였단 건 압니다. 내 동생 프란시스카는 나보다 몇 년 후에 태어났고, 자식은 그렇게 우리둘뿐이었어요. 프란시스카가 걸음마도 떼기 전에 아버지가 돌아가셨고, 어머니는 다른 남자는 만날 생각이 없으셨던 까닭이지요. 나는 우리 아버지를 잘 알지 못했습니다. 시간이 흐른 후에야 아버지가 아주 성실한 일꾼이었다는 것, 수확한 곡물을 이웃 마을의 시장에 내다 팔았다는 것, 그리고 밤에는 우리 할아버지와 증조할아버지처럼치유자의 일을 수행했다는 사실을 알게 되었어요. 아버지가 의식을 집전하시는 걸 팔로마가 돕곤 했지요. 시간이 흐른 후에 또 알게 된 사실은 우리 아버지가 어마어마하게 많은 사람들을 치유했다는 것이었어요. 때로는 우리 아버지 덕분에 나았다며 나를 찾아와 감사를 표하는 젊은 여자들도 있었고, 언젠가는 우리 할아버지의 이름을 칭송하며 무릎을 꿇고 내게 감사를 표하던 사람도 있었어요. 눈에 뿌옇게 드리운 안개를 걷어주었다고요.

조에 양의 어머니 이야기처럼, 나 역시 어릴 적부터 직감이 풍부했습니다. 사람들이 우리 어머니에게 무언가 물어보면 나는 혼잣말로 대답하곤 했는데, 내 존재를 알아차리지 못했던 사람들은 그럴 때마다 겁을 먹곤 했지요. 한번은 피덴시오라는 아저씨가 우리 엄마를 보러 온 적이 있어요. 판자를 파는 아저씨였는데, 아저씨는 슬펐고, 비에 젖은 판자처럼 축 늘어진 아저씨에게 우리 어머니는 강낭콩을 요리해주었지요. 나는 아저씨의 팔에 손을 올리고 눈을 감았어요. 그러자 산 옆에 있는 하얀 개 한 마리가 보였어요. 나는 아저씨에게 작은 개 한 마리와 산 쪽으로 걸어가는 소년 한 명을 보았다고, 개가 소년을 따라가고 있었다고 말했어요. 피덴시오 아저씨는 울음을 터뜨리며 도대체 그걸 어떻게 아느냐고 내게 물었지요. 나는 그저 아저씨의 팔을 만졌을 때 내가 본 것을 말했을 뿐이에요. 그 장면을 기억하는 건, 아저씨가 울음을 터뜨리더니 화를 냈던 까닭이에요. 어릴 적부터 나는 내가 치유자라는 걸 알았어요. 팔로마처럼, 우리 아버지와 할아버지와 증조할아버지에게서 받은 치유자의 피가 내게도 흐르고 있었으니까요. 내 몸에 치유자의 피가 흐르니까요. 하지만 그것이 내가 가야 할 길이라는 것은 니카노르와 사별하고 난 후에야 깨달았습니다. 조에 양의 남편은 이름이 뭔가요? 마누엘. 내게 나의 길을 가르쳐준 것은 팔로마였어요. 우리 아버지가 방향을 일러주었고 피로 물려주었지만, 그 길을 내게 보여준 것은 팔로마였어요. 모르겠군요, 내가 과부가 된 건 아마 스무 살 때였을 겁니다. 스무 살이 넘었을 수도 있고요. 그 무렵 나는 이미 자식 셋이 있었지요. 아니세타, 아폴로니아, 아파리시오. 나는 그 애들을 홀로 키웠고, 내 동생 프란시스카를, 우리 어머니를 돌봤습니다. 그리고 나중에는 팔로마까지 돌봤지요. 팔로마는 우리와 함께 살진 않았습니다. 남편 호세 과달루페와 살았지요. 팔로마는 더 이상 사람들을 치유할 수 없었어요. 의식을 집전하며 밤을 새우기보다는 남편과 밤을 보내고 싶었으니까요. 그래요, 팔로마에게는 두 개의 이름이 있습니다. 호세 과달루페가 오후 6시에 나를 찾아와 팔로마가 살해당했다고 말했습니다. 그가 내게 소식을 전하러 온 것은 오후 6시 정각이었어요. 그 시각이야말로 내가 아는 유일한 시간이고 언어가 나를 떠난 때가 바로 그 시각이기 때문에 잘 알지요.

나는 할아버지나 증조할아버지는 만난 적도 없고, 우리 아버지에 관해서라면 기억이 조금 날 뿐입니다. 하지만 내가 치유자로서의 길을 걷기 시작했을 때 나를 맞아준 분들이 바로 그분들입니다. 치유자로 알려진 우리 할아버지와 증조할아버지를, 나는 내가 치유자로서의 길을 시작하던 날 전까지는 만나지 못했던 겁니다. 그분들을 본 건 내가 과부가 되고 나서야 치유자로서 처음 집전했던 그 의식에서였습니다. 내 막내아들 아파리시오와 이름이 같은 내 막내 손자가 우리 증조할아버지와 가장 닮았더군요. 남자들과 사랑에 빠지면서 팔로마는 치유자의 일을 그만두었어요. 하지만 그런다고 해서 치유의 능력이 사라지거나 그 능력을 잃게 되는 건 아닙니다. 그건 한밤중에 미미한 소음에도 깨는 개처럼 깨어나 모습을 드러내지요. 팔로마는 내게 말했어요. 펠리시아나, 자기, 남자들과 밤을 보내는 것과 치유의 일이 양립할 수 없는 거라면, 그리고 세상은 어차피 끝나는 거라면 나는 남자들과의 밤을 즐기련다. 그렇게 팔로마는 미련 없이 의식 집전을 그만두었지요. 사람들은 외눈박이 타데오를 찾아가기 시작했어요. 내가 치유자가 되기 전까지, 사람들은 옥수수밭과 사탕수수밭을 건너고 계곡과 안개를 헤치며 타데오의 오두막까지 간 겁니다. 사람들은 그를 찾아가 화주를 바쳤고, 그 대가로 그는 옥수수 낱알을 던지며 이야기를 꾸며내 사람들에게 들려줬지요. 마을 사람들이 그를 찾아갔고, 나중에는 이웃 마을 사람들, 그다음에는 도시 사람들, 심지어는 다른 언어를 쓰는 사람들까지 그를 찾아갔습니다.

나는 샤먼입니다. 쉽게 말하자면, 치유자라고들 하지요. 나더러 마녀라고 하는 이들도 있고요. 치유자와 샤먼 사이에는 한 가지 다른 점이 있습니다. 치유자는 약초와 탕약으로 사람들을 치유하지요. 샤먼도 마찬가지예요. 하지만 샤먼은 몸의 병뿐만 아니라 영혼 깊은 곳의 병까지 치유할 수 있어요. 나는 사람들이 과거에 겪은 일을 치유함으로써 그들이 현재에 겪고 있는 일을 치유합니다. 그래서 사람들은 내가 미래를 치유한다고 하는 거예요. 조에 양을 보니, 팔로마가 조에 양을 이리로 데려왔다는 게 보입니다. 하지만 조에 양을 이리로 이끈 데는 다른 사람들의 손도 있지요. 언젠가 팔로마는 내게 말했습니다. 펠리시아나, 자기, 샤먼이든 치유자든 마녀든, 너를 담기에는 너무 작은 말들이야. 네게는 언어가 있어. 너는 언어의 치유자야. 책이 바로 네 것이야. 팔로마는 또 이런 말도 했지요. 펠리시아나, 자기, 남자들을 항상 치유할 필요는 없어. 그네들은 항상 아픈 건 아니기 때문이지. 하지만 남자들은 언제나 쓸모가 있는 법이야. 펠리시아나, 자기, 나는 무셰*의 아픔을 그네들로 치유할 거야.

---

* 원문은 'Muxe'로, '여자'를 지칭하는 스페인어 단어 '무혜르(mujer)'에서 파생된 단어. 멕시코 남부 오악사카주 테우안테펙지협의 소수민족인 사포텍문화에서 생물학적 남성으로 태어났지만 여성으로 정체화하는 이들과 생물학적 남성으로 태어났으며 동성애자 남성으로 정체화하는 이들을 일컫는 말이다. 사포텍문화에서 이들은 제3의 성으로 인정받는다.

4

.

　엄마의 직감에 겁이 난 적이 적어도 세 번은 된다. 처음은 내가 열여섯 살 때, 친구 마리아네 집에 갔다 왔을 때였다. 마리아는 열세 살 때 함께 록 밴드를 결성한 친구인데, '네온'이라 불리던 우리 밴드에 앞날 따위가 있었을 리가 없다. 그날 나는 집에 늦게 들어갔다. 종일 마리화나를 피웠고, 엄마에게는 말하고 싶지 않았으니까. 그래서 거짓말을 했는데, 엄마가 마리아네 집 거실 생김새를 자세하게 말하기 시작하는 것이었다. 물론 밴드 연습 때문에 엄마가 나를 그 집에 데려다준 적은 몇 번 있었지만, 안까지 들어간 적은 없었다. 게다가 친구들과 마리화나를 피운 그날 오후, 나는 어느 꽃 그림을 오랫동안 들여다봤는데 바로 그 그림을 엄마가 말하는 것이 아닌가. 그리고 그것만으로는 나를 겁주기에 충분하지 않다는 듯 엄마가 덧붙인 말이 있는데, 길고 긴 생각의 기차를 타고 내게 도착한 문장, 머릿속으로 생각만 하고 아무에게도 꺼내 보인 적 없는 문장, 숨겨진 진실처럼, 바퀴의 발명만큼이나 중요한 진실처럼 보였던 그 문장이었다. 깨달음의 순간 생각에 잠겨 티켓 뒷면에 적어둔 문장. '우리는 모두 다르다.' 그 문장을 엄마의 목소리로 듣고 어찌나 부끄러웠는지, 나는 엄마가 그걸 어떻게 알았느냐고 물어볼 수밖에 없었다.

두 번째는 내가 스물세 살 때, 저널리즘 학위를 받고 대학을 졸업한 지 몇 달이 지난 후였다. 아빠가 돌아가신 지 4년이 되던 해였고, 우울의 나락으로 떨어지면서도 스스로 구덩이 안에 있는 줄도 몰랐던 때였다. 하지만 주변에는 등불이 되어준 것들이 있었다. 적어도 당시에는 그렇게 보였다. 나는 두 번째 직장에 다니고 있었고, 토요일이고 일요일이고 시도 때도 없이 전화를 걸어서는 무슨 취재를 하라거나 기사를 작성하라고, 혹은 주말 동안 자기일을 떠넘기려고 하는 편집자의 조수로 일하고 있었다. 마흔여섯 살의 유부남으로, 신경질적이고 불안정한 데다 남성우월주의적인 면이 있는 사람이었다. 그는 나를 이름으로 부르지 않았다. 꼬맹이라고 불렀다. 꼬맹아 이것 좀 해라, 꼬맹아 저것 좀 해라, 하는 식이었다. 그렇게 나는 그 사람의 이름을 달고 나온 기사를 몇 편 쓰기에 이르렀다. 소소한 월급으로 작은 아파트의 월세를 냈고, 몇몇 간

행물에 글을 실었다. 벌이는 간신히 생활을 영위할 정도였지만, 나는 그곳에서의 생활이 행복하다고 느꼈다. 어느 금요일, 첫 직장에서 만난 친구의 파티에 가기 위해 사무실을 나서던 길에 로헬리오의 전화를 받았다. 첫 남자 친구 이후 처음으로 사귄 남자 친구였다. 파티 장소에 도착한 로헬리오는 나를 불러내더니, 다른 사람이 더 좋아졌다면서 관계를 끝내고 싶다고 말했다. 누군가 심장을 쥐어짜는 듯한 느낌이 들었고, 취해 있긴 했지만 눈앞의 그를 보면서 그가 다른 사람과 키스하는 장면을 상상하니 아팠던 게 분명히 기억난다. 그래서 나는 아무와도 작별 인사를 하지 않은 채 파티 장소를 떠났다. 나는 훌리안을 떠올렸다. 몇 년을 함께한 첫 남자 친구였고 아직 그를 완전히 떨쳐내지는 못했던 때였는데, 훌리안이 종종 하던 시시한 말을 떠올린 덕분에 산산이 부서진 마음을 안고 차로 향하던 길에 웃을 수 있었다. 내 차는 열여덟 살이 되었을 때 아빠에게 선물 받은 차로, 아빠가 폐차 직전의 차를 사서 시간이 날 때마다 틈틈이 집 차고에서 고친 것이었다. 78년도식 은색 밸리언트 모델인 그 차를 유지하는 일은 무급 노동으로 하는 나의 세 번째 직업이라고 할 법했지만, 선물 받았을 때 아빠가 금속 계기판에 붙여주었던 매기 심슨 자석은 아직 건재했다. 더운 여름밤이었다. 시간이 얼마나 흘렀는지는 알 수 없었지만 아무도 마주치지 않고 빠져나오는 데는 성공한 터였다. 비가 내린 후였고, 환풍기는 고장 나 있었다. 글러브 박스에 유리창을 닦는 빨간 플란넬 헝겊이 들어 있었다. 신호에 걸려 멈췄을 때 유리창을 닦으려고 헝겊을 꺼내려던 순간을 기억한다. 그때 처음으로 거기서 자살할 수도 있겠다는 생각이 들었다. 유리창은 뿌연 채로 두고, 눈 딱 감고 대로를 가로질러서 그렇게 단번에 끝장내는 거다. 지금 자살이라는 말을 하자니 너무 아득하고 거창하게 들리고 웃기기까지 한데, 그렇지만 절박하게 출구가 필요할 때, 그게 무엇이든 어떤 문이 필요할 때는 그것이 있다는 사실을 아는 것이 평화를 가져다준다. 깜빡깜빡 점멸하면서 탈출구가 있다고 알려주는 표지랄까. 언제라도 단번에 멈출 수 있는 가능성이 존재한다는 생각만으로도 평온해진다. 적막감을 마주할 때 끝의 가능성은 힘이 된다. 그때 나는 몇 주 전부터, 아니 몇 달 전부터 그런 구덩이 안에 있었다. 내가 바닥을 친 건 로헬리오와 헤어졌을 때도 아니고, 일이 너무 많아 허우적거릴 때도 아니었다. 바닥을 친 순간은 중요한 순간들이 으레 그러듯, 예고도 없이 한순간에 찾아왔다. 어느 금요일 밤, 직장에서의 긴 하루를 마무리하고 파티에 다녀오던 길, 비가 내린 후의 어느 후덥지근한 밤에 반쯤 취한 채로 신호등을 통과하려던 그런 순간에. 무언가에 밀려 유리잔이 떨어지기 직전이었고, 그제야 나는 내가 얼마나 캄캄한 구덩이에 빠져 있었는지 분명히 볼 수 있었다. 도대체 어디에서 왔는지조차 모를 어마어마한 슬픔을 느꼈고, 슬픔이란 걸 인식하는 단순한 행위만으로도 슬픔이 커지는 것 같았다. 멀리서 볼 수 있게 된 지금, 이제 나는 그 신호등을 통과한 것이 내가 어른의 삶에 진입하는 과정이었다는 것을 안다. 여태 억눌러온 폭발이었던 것이다. 동생 레안드라가 부모님 속을 썩이는 일이 너무 많아서, 나는 내 안에 화약이 얼마나 쌓여 있는지 눈치도 채지 못한 거였다. 나는 자살이 출구가 될 수 있으리라고 생각하며 울기 시작했다. 그때 전화가 울렸다. 로헬리오인 줄 알았는데 수화기 너머로 들려오는 엄마 목소리에 놀랐다. "무슨 일이니, 조에? 자려고 누웠는데 문득 네가 나쁜 일을 겪고 있는 것 같다고 느껴지더구나. 집에 와서 자고 가렴." 나는 오열하지 않으려고 무진 애를 써야 했고, 로헬리오와 헤어졌다고 말했다. 그러고는 그 순간 더는 아무 말도 할 필요가 없게 재빨리 전화를 끊고 싶었다. 하지만 그건 진짜 문제가 아니라 다만 증상에 불과하다는 게 분명했다. 신호에 걸린 채 나는 아무말도 할 수 없었고 하고 싶지도 않았다. 나는 스스로를 몰아세우면서 재킷의 소매를 말아 쥔 주먹으로 원을 그리며 유리창을 닦았다. 신호를 통과할 힘이 생길 때까지 나는 엉엉 울었다. 이전과 이후를 구분하는 지점이란 게 있다면, 그러니까 청소년과 성인의 삶을 구분하는 지점이란 게 있다면 내게는 바로 그 순간이었으리라. 예기치 않은 엄마의 전화를 받고 난 후의 그 순간. 그때 그 전화는 살면서 가장 당혹스러웠던 동시에 가장 시의적절했던 전화였다고 할 수 있겠다.

세 번째는 대략 3년 전의 일이다. 엄마 집에 갔는데, 대문을 열면서 엄마가 이런 말을 하는 것이었다. "어머, 어머, 우리 딸, 임신했구나. 수월하게 지나갈 거란다." 마누엘과 나는 꽤 오래전부터 피임을 하지 않고 있었다. 처음에는 정말로 임신하고 싶었고, 대화를 나누다가 그 주제가 나오면 긴장할 때도 있고 편안함을 느낄 때도 있었다. 하지만 기저에는 늘, 억지로 애를 쓰고 싶지는 않다는 것, 어쩌면 임신이란 걸 하지 않게 될지도 모른다는 것, 어쩌면 모성이란 것이 내게는 맞지 않을지도 모른다는 생각이 분명하게 자리했다. 그런 생각을 하면 마음이 편해졌다. 그러다 아무래도 상관없는 지경에 이르렀는데, 확률이 무척 희박했던 달에 임신을 하게 된 것이다. 테스트기로 확인하기엔 아직 너무 일렀고, 신체적으로 별다른 차이를 느끼지도 못했다. 며칠 후 엄마에게 전화해 검사 결과가 양성으로 나왔다는 사실을 말했더니 꽤나 엄숙한 목소리로 건강한 아기라는 답이 돌아왔다.

레안드라도 이런 일을 몇 번 경험한 적이 있다. 그중 한 번은 나처럼 목숨을 살리는 경험이었다. 엄마는 우리가 이런 사건을 언급하면서 엄마를 마녀라고 부르는 걸 싫어한다. 마녀라는 단어가 당신 스타일이나 치수와 맞지 않는 옷이라도 되는 것처럼 벗어던진다. 엄마는 그걸 직감이라고 부른다. 그래서 우리도 그 단어를 쓰게 된 것이다.

엄마는 이모가 늘 끼는 것처럼 렌즈가 두꺼운 안경은 쓰고 싶지 않다고 했다. 안경은 가면이나 마찬가지고, 가면 같은 건 쓰고 싶지 않다고. 안경 뒤의 눈이 커다래져서, 보호소에서 간절하게 입양을 기다리는 작은 강아지처럼 보이기 싫다고. 그래서 라식 수술을 하기로 했고, 내가 병원에 모시고 가게 되었다. 엄마를 돌보던 밤, 엄마의 그 희한한 예지력에 대해 물어보았다. 눈에 붕대를 감고 누운 채로 엄마는 예지력 같은 것은 존재하지 않는다고, 단지 확신일 뿐이라고 말했다. 손이 불에 타고 있는 것 같은 확신. 그런 확신으로 아주 드물게, 무언가 일어나고 있다는 것을 감지하는 거라고. 그리고 그 말을 한 순간이 아마도 엄마 스스로 그 능력에 대해 가장 깊게 생각해본 순간이었으리라.

5

나는 사람들의 앞날을 봅니다. 사람들의 앞날을 분명하게 볼 수 있는 것은, 그것이 바로 언어인 까닭입니다. 때때로 과거와 미래가 현재 안에서, 언어 안에서 돌아다니는 까닭입니다. 내가 사람들의 앞날을 보는 건 내가 그것을 찾기 때문이 아닙니다. 찾는다고 보이는 것이 아니지요. 우리 마을에는 앞날을 보는 사람들이 또 있습니다. 팔로마 역시 앞날을 볼 수 있었지요. 그래서 사람들은 팔로마에게 사랑의 조언을 구하곤 했어요. 그들의 사랑이 맞이할 앞날을 팔로마가 이야기해주기를 바라며 그녀에게 자초지종을 털어놓았지요. 그런 능력은 타고나는 겁니다.

나는 산후안데로스라고스에서 태어났습니다. 죄책감으로 가득한 마을이지요. 왜인고 하니, 우선 호수 하나 없는 마을의 이름에 호수*가 들어가지요. 산후안데로스라고스에서는 빗물이 모여 가까스로 웅덩이가 만들어집니다. 가장 큰 웅덩이는 과달루페의 성모께 바치는 푸른 제단이 있던 곳에 생겨났지요. 우리는 힘겹게 강물을 길어다 썼습니다. 프란시스카와 내가 강물을 길으러 갈 때면 팔로마도 함께 따라나섰지요. 팔로마는 그녀의 어머니와 함께 살았어요. 하지만 산후안데로스라고스에는 호수는커녕 고인 물이 단 한 방울도 없었지요. 산후안데로스라고스에서는 동전 하나조차도 어딘가에 고이는 법이 없었어요. 하지만 비는 왔고, 그래서 화전이 있었고 씨를 뿌릴 수가 있었지요. 이 마을에 넘치는 게 하나 있다면, 그건 바로 죄책감이었습니다. 이름에서까지 드러나지요. 호수도 물도 없으면서 산후안데로스라고스라고 불리고, 솔레다드와 돌로레스**라고 불리는 여인들에게서 웃음이 끊이질 않는 곳이니까요. 우리가 태어난 마을은 지독히도 죄스러운 곳이었습니다. 어디를 보든 죄책감이 넘쳤으니, 팔로마처럼 죄책감 없는 이들은 눈에 띄었어요. 우리가 물을 길어 나르던 시절에는 늘 그랬지요. 팔로마는 남자 치유자 집안에서 태어났기 때문에 죄책감이 없었어요. 팔로마는 남자로 태어났습니다. 태어났을 때 그녀의 이

---

* 스페인어로 호수는 '라고'이다. 마을 이름에 들어가는 '라고스'는 '라고'의 복수형이다.

** 각각 고독과 고통이라는 뜻의 단어로, 스페인어권에서 여자 이름으로 쓰인다.

름은 가스파르였어요. 그녀가 아직 소년일 적, 함께 물을 길으러 갔던 언젠가, 내 동생 프란시스카가 그녀에게 말했지요. 오빠는 꼭 언니 같아. 나중에서야, 무셰가 되어서야 팔로마는 내게 이렇게 말했어요. 펠리시아나, 자기, 어릴 적부터 내가 무셰였다는 걸 내가 어떻게 알았는지 아니? 그건 내 눈이 어쩜 이리 새카맣고 아름다운지 물어보는 거나 마찬가지야. 그런 건 타고나는 거니까, 마녀처럼. 팔로마가 치유자의 길을 걷기 시작한 건 그녀가 가스파르였을 적부터입니다. 어릴 때부터 할아버지를 도와 의식을 집전했지요. 그녀가 유일한 남자 손주였던 까닭이에요. 나는 우리 할아버지를 뵌 적이 없습니다. 팔로마는 가스파르였을 때부터 우리 아버지를 도와 의식을 치렀고요. 그녀는 소년 시절부터 우리 아버지를 도왔고, 기억은 안 나지만 어린 나 역시 그곳에 있었다고 팔로마가 말해주더군요. 우리 아버지 펠리스베르토 역시 죄책감 없는 사람이었습니다. 나무에서 나뭇가지가 왜 그렇게 나오는지 알 수 없는 것처럼, 사람의 피 또한 어떻게 계승되는지 알 수 없는 법입니다. 피는 설명을 해주지 않으니까요. 조에 양에게도 아들 펠릭스가 있지요, 자손들은 자신의 선조를 만난 적이 없을지라도 모든 걸 물려받는 법입니다. 내 아들 아파리시오를 보면 녀석의 아버지 니카노르가 떠올라요. 그 애는 그이처럼 표정을 짓고 그이가 화내던 것처럼 화를 내는데, 부자는 서로를 거의 알지 못했답니다. 치유자의 능력도 그렇게 피로 전해지는 겁니다. 조에 양의 아들 펠릭스와 돌아가신 아버지도 마찬가지예요. 피는 우리에게 설명을 해주지 않으니까, 아이가 자라면서 둘의 닮은 점이 계속 보일 겁니다.

팔로마는 가스파르로 태어났으니 우리 가족 중 여자로 태어나 치유자의 일을 하는 건 내가 처음입니다. 나 역시 죄책감 없이 태어났어요. 나는 내가 못났다고도 생각하지 않고, 외지인들이 나를 찾아온다고 해서 내가 특별히 잘났다고도 생각하지 않습니다. 이런 성격은 치유자였던 우리 아버지와 고개를 숙이는 법이 없던 우리 어머니를 닮은 거지요. 우리 어머니는 꼿꼿하셨고 매일 일하셨어요. 늘 위에 계셨지요. 아래도 아닌, 중간도 아닌, 언제나 위에 계셨어요. 어머니는 내 여동생 프란시스카처럼 말수는 적었지만, 내가 남편을 여의었을 때 내게 말씀하셨지요. 딸아, 고개를 들거라, 어미처럼 일하거라, 세상 모든 여자처럼 열심히 일하거라, 세상 모든 여자처럼 앞으로 나아가거라. 우리 어머니는 겨울의 혹한에 아들을 잃었습니다. 겨울철에 아이를 덮어줄 것이 아무것도 없었고, 그렇게 산후안데로스라고스의 추위에 어머니는 품 안에서 아들을 잃은 겁니다. 내 동생 프란시스카와 나는 오빠를 알지 못했어요. 우리에게 오빠가 있었다는 건 사실이지만, 어머니는 한 번도 오빠의 이름을 말해주지 않았어요. 어머니는 몸을 굽히는 법이 없었고 비탄에 잠기지 않았는데, 죽은 오빠의 이름을 말하면 어머니 안의 깊은 바다만큼이나 깊이 파 내려간 새하얀 무덤, 어머니에게는 새빨간 무덤의 크기만 한 상처가 벌어지고 말 테니까요. 어머니는 겨울철 혹한에 떠나보낸 아들이 있다고 말하지 않았고, 그래서 오빠의 이름을 말해준 적도 없는 거지요. 어머니는 이렇게 말씀하셨어요. 신의 뜻이 그러하니 내게는 너와 프란시스카가 있다. 내가 남편과 사별했을 때, 열심히 일하며 결코 슬픔에 잡아먹힌 적 없는 우리 어머니는 이렇게 말씀하셨지요. 펠리시아나, 아래로 내려가지 말거라, 중간도 절대로 안 된다. 나처럼 위를 지키거라, 앞으로 나아가거라.

산후안데로스라고스에는 중심가가 딱 하나 있었는데, 마을 사람 모두가 알던 개처럼 갈비뼈가 여기저기 튀어나와 있는 부실한 거리였습니다. 심지어 중심가에 개의 이름을 붙여주었던 것도 같군요. 친절한 사람들이 웅덩이 물에 적셔주는 딱딱한 토르티야를 먹던 개의 이름을요. 우리가 매일같이 걸어 다니던 그 길에는 돌무더기와 함께 과달루페의 성모상이 있었습니다. 푸른 제단의 발치에 커다란 웅덩이가 고였고, 그곳이 우리가 기도하던 곳이었어요. 산후안데로스라고스에는 성당이 없었으니까요. 푸른 제단이 있었고 제단 발치에 고이던 물이 있었고 키 큰 막대기 하나가 있었을 뿐입니다. 사람들은 그 막대기에 하얀 종이꽃을 매단 줄을 걸어 제단 위 성모에게 망토를 만들어주었지요. 성당에 가려면 산펠리페라는 옆 마을까지 가야 했어요, 우리도 몇 번 가본 적이 있지요. 이제는 그곳에 도시가 들어섰는데, 내 생각에는 성 필립보가, 그러니까 산펠리페의 성인이 그 모든 것을 자초한 겁니다. 사람들은 성상의 귀를 잘라내는 등 온갖 짓을 저질렀어요, 온갖 짓을 말이에요. 새겨들으세요, 친척의 이름을 따서 자식의 이름을 지으면 그런 일이 생깁니다. 그들은 제 이름에 어떤 악마가 깃든지도 모른 채 역사를 되풀이하게 되는 거지요. 산펠리페는 이름 때문에 도시에 잡아먹힌 겁니다. 예전에 그곳은 신부님이 살고, 마을의 유일한 광장에서 주말마다 나무 가판대 하나와 함께 장이 서고, 우리 아버지가 수확물을 팔고, 나는 그런 아버지를 따라다니던 곳이었답니다. 산펠리페에는 학교가 없었어요. 산펠리페와 주변 마을에서는 아무도 공부할 필요가 없었으니까요. 산후안데로스라고스는 말도 마세요. 지역에서 가장 작은 마을이어서 마을 주민이며 집들을 금세 셀 수 있을 정도였으니까요. 학교는 없었지만, 산후안데로스라고스와 산펠리페 사이에는 용설란으로 빚은 술인 풀케를 파는 곳이 여섯 군데는 있었어요. 화주와 볶은 땅콩도 팔았는데, 아버지는 술을 사면서 내게 볶은 땅콩을 사주시곤 했어요. 아버지에 관한 좋은 기억이라고 할 수 있겠군요.

아버지에 관해 기억나는 건 별로 없습니다. 기억들은 대개 이런 식이에요. 햇살이 산에 내리쬐고, 나는 화주를 주문하며 술병에 담아달라고 하는 아버지를 봅니다. 아버지는 셋째 딸이라도 되듯 그 술병을 애지중지하셨지요. 산후안데로스라고스와 산펠리페를 오가는 여정에도 함께였어요. 얼마나 아꼈는지 프란시스카와 팔로마와 내가 길어 온 물로 술병을 닦고는 물기를 말리기 위해 가장 선선한 그늘에 모셔두곤 했습니다. 아버지는 질항아리에 끓인 달콤한 커피를 좋아하셨어요. 항아리는 은은한 증기를 뿜어냈는데, 그 증기는 비와 천둥에도 짖어대며 땅을 지키는 잘 길들여진 개들 같았지요. 딱 하나뿐인 창문을 통해 보이는 질항아리의 증기는 그렇게 보였어요, 은은하게 피어오르다가 이내 창밖으로 흘러 나가곤 했답니다. 아버지가 집전하던 의식들은 기억이 나지 않지만 아버지가 제단에 올리던 물건 몇 가지는 기억납니다. 천연 밀랍으로 만든 초는 산펠리페에서 열리는 망자의 날 축제에서 쓰는 양초처럼 표백하거나 색깔을 입히지 않았어요. 저기 저 안개 너머로 보이는 언덕의 축제에서처럼 분홍색을 입히지 않았지요. 아버지가 집전하던 의식들은 기억나지 않지만, 내 동생 프란시스카가 걸음마를 뗄 무렵부터 아버지가 아팠던 건 기억합니다. 병을 치료할 수 없다는 이야기를 들었을 때 겁에 질렸던 아버지의 얼굴을 기억해요. 그때 나는 아버지와 같이 있었지요. 지금 이 이야기를 하면서 아버지의 얼굴이 선명히 보이는군요. 죽음이 아버지의 안에 알을 낳던 순간 아버지가 보인 두려움의 얼굴이요.

　돌아가시기 며칠 전, 나는 아버지가 일하던 밭에 따라갔습니다. 아버지는 맨손으로 일했어요. 우리에게는 가축은커녕 가축을 먹일 것도 없었으니까요. 그날 나는 아버지를 도와 농작물이 자라지 못하게 방해하는 잡초와 낙엽을 치웠습니다. 아버지는 잡초와 낙엽을 한데 쌓아 올리더니 더 크게 만드는 걸 도와달라고 하셨지요. 우리가 함께 만든 잡초 더미는 얼마나 높았던지 작은 산처럼 보였고, 아버지는 거기에 불을 붙였습니다. 태양이 산으로 들어갔고, 밤하늘 위로 치솟는 불과 연기가 선명히 보였지요. 우리는 가만히 불을 바라보며, 풀과 낙엽이 타는 냄새를 맡으며 서 있었습니다. 아버지와 함께 보낸 그날 하루 중 가장 기억에 남는 순간이었어요. 풀과 낙엽이 타는 냄새를 맡으면 나는 그날의 아버지가 떠오릅니다. 열기가 지독하디지독하게 푹푹 찌던 며칠이었고, 이제 막 몸짓을 시작한 듯 세차게, 세차게 불어오던 바람은 갓 태어난 짐승처럼 스스로의 힘을 통제할 수 없는 듯 보였습니다. 우리가 불모지 위에 쌓아 올린 잡초와 낙엽 더미에서 피어오르던 불길은 이웃의 밭까지 퍼져나가고 말았지요. 이웃의 밭을 태워버린 순간, 아버지는 그런 기침으로는 당신에게 살날이 얼마 남지 않았으리란 사실을 깨달았고, 그때부터 아버지의 숨은 타들어가기 시작했습니다. 오직 비[雨]만이 높이 치솟는 불을 꺼버릴 수 있는 것처럼, 폐렴이 당신의 숨결을 꺼뜨릴 때까지요. 이전에 우리는 제 주인의 밭이 아닌 남의 밭에서 난 농작물을 먹고 죽은 황소를 본 적이 있었지요. 마을에서 그런 건 나쁜 징조였고, 나는 갓 태어난 짐승 같은 바람이 불길의 혀를 저 멀리까지 잡아끌어 이웃의 밭을 태워버렸을 때 우리 아버지의 얼굴에 서린 두려움을 보았습니다. 아직 기침에 피가 섞여 나오지는 않았지만, 아버지는 이렇게 말씀하셨어요. 펠리시아나, 내게는 단지 몇 번의 낮과 밤만이 남아 있을 뿐이로구나. 그리고 그때, 어디선가 검은 새들이 나타나더니 불길의 혀를 피해 멀리 날아가더군요. 마치 겁에 질려 이리저리 오가는 인간처럼 몇 마리는 이쪽으로, 몇 마리는 저쪽으로 날아갔습니다. 그렇게 검은 새들은 동시에 날아오르더니 하늘에 모여 어떤 형태를 만들어냈는데, 그 형태 역시 고정된 것이 아니었습니다. 불이 내뿜는 열기 탓에 단단한 공으로 뭉쳐지기라도 하는 것처럼 검은 새들은 푸른 하늘에서 오밀조밀 모였다가, 불길의 혀에 제각기 흩어지며 다른 형태를 그렸습니다. 세찬 바람에 구름이 모양을 바꾸듯 새들은 모양을 달리했고, 새들이 만든 검은 공은 점점 작고 단단해지더니 꽉 쥔 주먹처럼 변했는데, 새들이 불에서 멀어지고 있던 까닭입니다. 꼭 불길의 혀가 새들을 죽음으로부터 멀리멀리 밀어내는 것만 같은 광경이었지요. 새들 자신의 죽음이 아닌, 다가오는 우리 아버지의 죽음으로부터 말입니다.

그날 밤부터 아버지의 기침에는 피가 섞여 나왔습니다. 아버지는 잡초와 낙엽 더미에 불을 붙였다가 그만 이웃의 밭을 태워버리고 말았다고 어머니에게 털어놓았고, 어머니는 펠리스베르토, 그건 나쁜 징조네요, 하고 답하셨지요. 하지만 죽음은 이미 아버지의 안에 알을 낳아두었습니다. 아버지는 이미 병을 안고 있었고 병은 아버지의 낮과 밤의 끝에서 아버지를 기다리고 있었지요. 하늘이 아버지를 데리고 갈 길을 검은 새들이 보여주었고, 농작물이 타면서 치솟은 불길이 신께로 가는 길을 밝혀준 것이지요. 아버지의 불이 내뿜은 연기로서 내가 치유자가 되기 전부터 아버지는 그 어떤 샤먼도, 치유자도, 의학의 대가일지라도 당신을 치유할 수 없다는 사실을 알고 계셨습니다. 그래서 아버지는 당신께 남은 얼마 안 되는 나날을 나와 함께 산길을 거닐며 보내셨어요. 아버지와 할아버지와 증조할아버지 그리고 당시 소년으로서 의식 집전을 배우기 시작한 팔로마가 채집하던 버섯과 약초가 자라는 곳을 보여주셨지요. 아버지는 내게 이렇게 말씀하셨습니다. 펠리시아나, 바로 여기 이곳에 책이 있단다. 우리의 것이 아닌, 오직 너의 것이란다. 어느 날 네 앞에 모습을 드러낼 거다. 당시에는 아버지의 말씀을 이해할 수 없었습니다. 아버지도, 할아버지도, 증조할아버지도, 팔로마도, 우리 어머니도, 내 동생 프란시스카도, 나조차도 읽고 쓰는 법을 알지 못했으니까요.

6

〈심슨 가족〉이 멕시코에서 방영되기 전, 아빠가 텍사스로 출장을 다녀온 적이 있다. 아빠는 내게는 바트 심슨 티셔츠를, 레안드라에게는 리사 티셔츠를 사다 주었다. 몇 번 봤는데 분명 아주 큰 성공을 거둘 시리즈라면서, 나중에 아빠 말이 생각날 거다, 하던 아빠 말이 맞았다. 우리 집 부엌에 늘 켜져 있던 작은 텔레비전으로 첫 화를 봤을 때 우리는 웃음을 멈출 수가 없었으니까. 아빠 인생에서 유일하게 예감이 적중한 순간이었다. 《바트 심슨의 인생 가이드》는 책 같은 건 아무도 거들떠보지 않는 집안에서 자란 내가 처음으로 재밌게 읽은 책이었다. 그 전까지 나는 책이란 지루한 것이라고 생각했는데, 그 책 덕분에 다른 책까지 펼치게 된 셈이다. 우리에게 티셔츠를 주었던 날, 아빠는 바트를 보며 내 생각이 났고 리사를 보며 레안드라 생각이 났다고 했지만, 텔레비전에서 시리즈를 보자 입 밖으로 꺼내지는 않았어도 아빠가 일부러 티셔츠를 바꿔서 준 것이란 걸 알 수 있었다.

어느 주말, 우리는 아빠와 함께 자동차 부품을 사러 갔다. 아빠는 친구네 차를 분해했다가 다시 조립해서 고칠 작정이었다. 아빠는 부품을 분리하고 정리하고 흩뜨리고 다시 정리했고, 그런 식으로 차고에 분해되어 있는 차만 몇 대는 보았다. 물론 아빠 차만큼 자주 분해되고 다시 조립되는 차는 없었을 테지만. 우리가 아빠를 따라갔던 날, 방에서 나온 아빠는 매기 심슨 티셔츠 차림이었다. 레안드라와 나한테 줬던, 앞면에 커다란 프린트가 들어간 하얀색 면 티셔츠와는 달리 가슴께에 작은 자수가 들어간 티셔츠였다. 우리는 아빠에게 왜 호머 심슨 티셔츠를 사지 않았냐고 물었고, 아빠는 호머 심슨이 조금 멍청해 보였다고 대답했다. 그날 오후, 부품을 사고 집으로 돌아오는 차 안에서 아빠는 우리더러 안경—아빠 얼굴에 걸쳐져 있던—을 찾아달라고 했고, 집에 도착해서는 아빠가 열쇠를 깜빡했다는 사실을 알게 되었다. 그래서 이모 집에 있던 엄마가 와서 문을 열어주어야 했다. 그 순간이 우리의 심슨 가족적 순간이었다는 레안드라의 말이 기억난다. 내가 열여덟 살이 되던 해 대학에 들어갔을 때, 아빠는 폐차 직전의 78년도식 밸리언트 승용차를 선물해주었다. 아빠는 그 차를 분해하고 다시 조립하고 고친 후에

금속 계기판에 매기 심슨 얼굴 자석을 붙여주었는데, 내가 이 자석은 뭐냐고 물었을 때 아빠의 대답은 이랬다. 당연히 붙여야지, 〈심슨 가족〉은 우리 가족의 문장(紋章)이잖니.

〈심슨 가족〉은 언제나 나를 웃게 한다. 우리가 가장 좋아하는 프로그램이었고, 거기서 우리는 감정을 배웠다. 그리고 바트 심슨 책은 내가 단 한 번도 관심 가져본 적 없던, 책이란 것과 친해질 수 있게 해주었다. 레안드라와 나는 우리가 겪은 일을 종종 〈심슨 가족〉에서 본 장면들과 비교했고, 거기서 인용도 많이 했다. 아빠가 돌아가신 지 4년이 지났을 무렵, 로헬리오와 함께 텔레비전에서 〈심슨 가족: 더 무비〉를 본 적이 있다. 우리가 함께였던 몇 달 중 연인으로서 같이 한 몇 안 되는 일 중 하나였다. 텔레비전 시리즈와 비교했을 때 영화는 형편없었지만, 매기 심슨이 나올 때마다 내 마음은 따뜻해졌다. 다른 날보다 그날이 더 기억나는 건, 매기 심슨을 보았을 때 따뜻해진 마음이 나로 하여금 자동차 금속 계기판의 자석을 떠올리게 했던 까닭이리라. 그날따라 아빠가 무척 그리웠다. 나는 아빠가 남겨준 자석이 해독에 아주 오랜 시간이 걸릴 암호로 쓰인 메시지라고 생각했던 것 같다. 아마도 펠리시아나를 만나기 전까지는 해독이 불가능했을 메시지.

우리 아빠는 어느 토요일 오후 2시 13분, 45세의 나이에 심장마비로 돌아가셨다. 사실은 첫 번째 심장마비를 일으켰을 때 모시고 간 병원에서 돌발성으로 일어난 두 번째 심장마비가 아빠의 생명을 앗아 간 것이었다. 우리 엄마는 43세의 나이에 대안 학교에 다니는 열여섯 살짜리 딸과 저널리즘 전공으로 대학에 갓 입학한 열아홉 살짜리 딸을 슬하에 둔, 둘이서 꾸리던 살림비용을 이제 대학교 행정 직원으로 일하면서 홀로 전담해야 하는 과부가 된 것이다. 레안드라는 치과 보조로 취직했고, 그때 나는 이미 신문사 편집국의 보조로 일하고 있었다. 신문사에서 일하게 된 데는 내가 고등학생일 때부터 엄마가 격려해준 공이 컸다.

우리 아빠는 말이 많은 사람이 아니었다. 아빠는 스스로 말보다 행동이 앞서는 사람이라고 칭하기를 좋아했다. 아빠와의 통화는 짧았고, 용건만 말하는 경우가 보통이었다. 엄마와는 한 시간이고 두 시간이고 별것도 아닌 이야기를 하며 수화기를 붙들고 있을 수 있었지만, 아빠와의 통화는 늘 짧고 간결했다. 전화기를 사이에 두고 10분 이상 이야기해본 기억이 없다. 아빠는 감정을 드러내지 않았고, 잘 웃지 않았으며, 우는 법이 없었다. 우는 대신 눈을 빠르게 깜빡일 뿐이었다. 아주 가끔 아빠가 연약해 보일 때가 있었는데, 그럴 때면 아빠는 즉시 사태를 뒤엎고는 도리어 화를 내며 마무리하는 식이었다. 아빠는 화가 나면 이성적으로 생각하지 못했고 분노에 잠식당했다. 터무니없는 논리로 헛소리를 늘어놓는 바람에 레안드라와 나를 경악게 하기도 했지만, 대개는 아빠가 하는 말이 너무도 엉터리였던 까닭에 우리 자매는 함께 쓰던 방 안 각자의 침대에 누워 아빠가 화나면 얼마나 제정신이 아닌지를 이야기하며 웃음을 터뜨리곤 했다. 하지만 화난 아빠 앞에서는 감히 웃을 생각을 하지 못했다. 이성을 잃고 폭발했을 테니까. 사랑한다는 말을 하는 것은 아빠에게 무척이나 어려운 일이었기에 아빠는 마치 그 말을 슬쩍 끼워 넣을 곳을 찾듯 선물이나 짧은 편지의 힘을 빌려야 했다. 하지만 우리는 모두 말없이 소통할 줄 알았고, 나는 아빠와 더 대화해야 할 필요성을 느낀 적이 없었다. 그런데 아주 최근에서야 나는 아빠가 짊어졌던 무게를 이해하게 되었다.

우리 엄마는 정반대다. 청산유수로 말을 하는 엄마는 길에서도, 카페에 줄을 서 있다가도, 그 어떤 곳에서 마주친 사람과도 긴 대화를 쉽게 이어갔다. 엄마의 그런 면모가 정점에 달했던 사건이 있었으니, 하루는 어떤 여자가 번호를 잘못 눌러 우리 집에 전화를 건 일이 있었다. 그 여자와 엄마는 한 시간이 넘도록 통화를 했고, 전화를 끊으며 엄마는 말했다. "아, 라켈이야. 전화를 잘못 걸었는데, 나랑 말이 잘 통하지 뭐니." 그때 우리는 그 상황이야말로 아무와도 쉽게 이야기할 수 있는 엄마 능력의 정점을 보여주는 순간이라고 여겼고, "라켈이야"라는 말은 그런 비슷한 상황을 부르는 말이 되었다. 그건 동생과 내가 아빠와 함께 웃던 농담이었다. 엄마가 한 시간이 넘도록 수화기를 붙잡고 번호를 착각한 여자와 온 생애를 이야기했던 밤, 아빠는 저거야말로 저널리즘의 현장 수업이라고 내게 말했다.

우리 아빠와 삼촌, 그러니까 아빠 쪽 조부모님 슬하의 유일한 자식인 두 아들은 서로 싸운 후로 말을 섞지 않게 되었다. 싸운 이유는 한 번도 들은 적 없지만. 하루는 엄마 아빠가 레안드라와 나를 맥도날드에 데려가 사촌들을 만난 적이 있다. 우리와 적잖이 닮은 우리 또래의 세 자매를 보고 당황했던 기억이 난다. 그리고 마치 여태 존재하는지도 몰랐지만 내가 속해 있던 무리를 드디어 만난 듯, 그 애들이 어떻게 움직이고, 어떻게 말하고, 어떻게 웃는지 넋이 나간 채 관찰했던 기억도 난다. 레안드라는 마치 평생 알고 지낸 사이인 것처럼 그 애들과 떠들었다. 그렇게 우리가 사촌들을 만났을 때 아빠는 삼촌과 다시 대화의 물꼬를 텄다. 물론 둘 사이에 많은 말이 오가지는 않았다는 점은 굳이 이야기할 필요 없으리라. 그런 절제된 태도야말로 아빠라는 사람의 본질이었다.

엄마는 6남매 출신이다. 사실상 가장 친한 친구인 여동생과 가장 잘 지내긴 하지만, 누군가에게 벌을 주기 위해 말을 걸지 않는 엄마는 상상할 수 없다. 한 사람에게서 지배적으로 나타나는 성격이 대개 그렇듯, 엄마의 개방적인 태도에도 뒷면이 있었다. 아빠의 침묵 뒷면에는 아빠가 신뢰할 수 있고 충직한 사람이라는 면이 있었듯이. 어쩌면 마누엘에게서 가장 두드러지는 면이 아빠와 비슷한지도 모르겠다. 이따금 엄마의 활발한 사회성이 집에서는 약점이 되기도 했다. 우리가 어렸을 때 엄마 아빠가 잠시 갈라섰던 시절이 있는데, 장담컨대 엄마의 성격이 그 위기에 적잖이 한몫했으리라.

대학교 행정직으로 일하던 엄마는 어느 날 출근 전에 우리를 학교에 데려다주어야 했다. 통학 버스를 놓쳤던 까닭이다. 엄마는 급했고, 교통 체증은 심했고, 레안드라는 늦게 일어난 데다 학교에 대한 불평을 늘어놓고 있었다. 그러다 신호에 걸렸을 때 엄마는 옆 차의 한 남자와 창문을 사이에 두고 이야기를 나누기 시작했다. 알고 보니 그 남자는 우리 학교에서 일하는 사람이었고, 학교와 반대 방향이던 직장으로 엄마가 바로 갈 수 있도록 기꺼이 우리를 학교에 데려다주겠다는 것이었다. 엄마는 낯선 사람의 차 뒷문을 열고 우리를 태웠다. 그 일을 아빠에게 말했을 때 아빠는 분노로 길길이 날뛰었다. 지금 생각해보면, 나는 내 아들 펠릭스를 낯선 사람의 손에 도무지 맡기지 못할 것 같다. 우리는 운이 좋았다. 그 남자는 우리에게 추파를 던지지도, 우리를 강간하지도 않았고, 다만 우리가 무슨 공부를 하는지 물어봤을 뿐이었다. 레안드라는 어디선가 읽은 구절을 암송했고, 남자는 감탄하며 레안드라가 무슨 과목을 가장 좋아하는지 궁금해했다. 내 동생은 학교를 지독히도 싫어했지만, 그 순간에는 생물을 좋아한다면서 누구든 그 애가 모범생이라고 믿을 법한 정보를 읊어대는 것이었다. 교문에 도착하자 남자는 차에서 내리더니 팔짱을 끼고 서서는, 어쩌면 내 동생의 장광설로부터 무언가 배웠다는 사실에 만족하며 우리 둘이 학교로 들어갈 때까지 기다려주었다.

　그 사건은 넘치기 직전의 물컵에 떨어진 물 한 방울이었다. 부모님은 잠시 동안 떨어져 지냈다. 아빠는 직장 근처 작은 아파트에 세를 들었는데, 가구가 거의 없다시피 해서 소리가 울리던 것과 날이 저물 무렵이면 텅 빈 바닥에 빛줄기를 드리우던 처량한 남색 블라인드가 기억난다. 일요일 밤, 아빠가 둥근 모양의 흰 종이 등—금속 고리에 종이 갓이 걸린 구조라 블라인드와 마찬가지로 바닥에 빛을 드리우던—의 불을 켜면 아빠 집은 그림자 극장처럼 보였고, 그것은 이제 집에 돌아갈 시간이라는 신호였다. 나는 아빠와 보내는 시간을 좋아했지만 무언가 잘못됐다고 느꼈는데, 그런 나의 불안을 두고 온 곳이 바로 그 일요일 밤의 그림자 극장이었던 것 같다. 부모님은 우리를 엄마 쪽 조부모님 댁으로 보내기로 결정했다. 조부모님 댁에서 우리는 6남매 중 가장 어린 막내 이모와 함께 살게 되었다. 바야흐로 그 시절은 엄마의 수다스러움이 선을 넘은 시절이었고, 레안드라와 나는 그러지 않았었더라면, 하고 얼마나 바랐는지 모른다.

퇴근하고 우리를 보러 올 때나 이따금 전화를 걸어올 때면, 엄마는 아빠와의 다툼을 세세하게 털어놓곤 했다. 우리는 두 분 사이의 일을 이해하지 못했다. 두 분 다 갓 서른을 넘긴 나이에 불과했지만, 둘의 관계에서 무언가 터져버렸고 둘 다 감정적으로 너덜너덜해졌다는 게 분명했다. 한편 레안드라와 나는 이미 우리에게 내재되어 있던 몇 가지 성질을 증폭했다. 나는 더 안으로 파고들었고, 레안드라는 반항심이 더 강해졌다. 지금 생각해보니 우리가 조부모님 댁에서 보낸 시간은 고작 1년이었지만, 당시에는 그 시절의 하루하루가 영원과도 같이 느껴졌다.

한번은 엄마가 어릴 때 이모와 함께 쓰던 방, 자매가 어릴 때 쓰던 가구가 그대로 있는 방의 예전 엄마 침대에서 엄마가 나와 함께 자고 간 적이 있다. 엄마가 온 줄도 모르고 잠에서 깬 나는 얇은 가운을 걸친 채 담배를 찾느라 가방을 뒤지는 엄마를 보았다. 그때 나는 우리가 집으로 돌아갈지 아닐지, 엄마와 아빠가 다시 합칠지 아닐지 알 수 없었다. 모든 게 불확실했다. 게다가 국가는 심각한 경제 위기에 침몰하고 있었다. 그 무렵 레안드라는 학교생활을 힘들어하기 시작했고, 목욕을 거부하기도 했다. 그 문제로 이모와 싸우던 게 기억이 나는데, 결국에는 타협점을 찾곤 했다. 레안드라는 폭식을 하기 시작했다. 하루는 혼자 머리카락을 잘랐는데, 엉망으로 잘린 머리를 손보러 할머니가 미용실에 데려갔지만 길이가 너무 짧았던 탓에 얼굴이 쿠키처럼 동그래 보였다. 우리 둘 중 딱 한 명만 문제를 일으킬 수 있는 거라면 그 패는 이미 레안드라의 손에 있다고 생각했던 기억이 난다. 그 애는 조부모님께 대들며 싸웠고, 원할 때 언제든 이모에게 상처를 주었다. 한편 나는 별생각 없이 공부하고 성적을 올리는 데 매진했는데, 그건 우리를 둘러싼 모든 골칫거리와 집안 분위기를 늘 가시밭처럼 만드는 동생의 태도를 만회하려는 것이었다. 나는 학교생활에 열중했지만, 그건 배움이라든지 튀고 싶은 욕구 때문이 아니었다. 오히려 모든 종류의 갈등 안에서 눈에 띄지 않고 싶은 욕구 때문이었다. 방에서 엄마를 발견한 토요일 아침 엄마가 말하길, 전날 오후에 학교에서 엄마 아빠 두 분과 면담을 하고 싶다는 전화가 걸려왔다고 했다. 이유인즉슨, 하루 종일 하라고 내준 과제를 내가 단 몇 시간 만에 끝내버렸고, 내가 반에서 가장 우수한 성적을 거두었고, 어쩌고저쩌고. 그래서 엄마는 뭐라고 하셨어요? 내가 물었다. "너는 내 기대를 저버리지 않는다고 했지." 엄마의 그 문장은 오랫동안 나를 따라다녔다. 그 위기의 순간을 관통하던 때에 왜 내게 기대를 했는지 이해할 수 없었다. 엄마는 대체 무얼 말하고 싶었던 걸까? 그리고 내게 대체 무얼 기대했던 걸까? 어쩌면 저널리즘 공부를 시작하면서 조금은 이해하게 된 것 같기도 하다.

　나는 한 학년을 건너뛰고 나보다 더 높은 학년의 아이

들과 한 반이 되었다. 나는 늘 숙제를 다 해 갔고 매주 책한두 권을 읽었다. 가끔 레안드라는 책을 읽는 나를 보고는 책벌레라고 놀리듯 손으로 안경 모양을 만들어 보이곤했다. 조부모님 댁에는 〈내셔널지오그래픽〉과 〈리더스다이제스트〉와 70년대에 할아버지가 할아버지 자식들 읽으라고 사두신 청소년을 위한 백과사전이 있었다. 나는 밤마다 백과사전을 조금씩 읽었다. 레안드라는 화장실에서〈내셔널지오그래픽〉의 옛날 호들을 뒤적였다. 그 애는 책을 보기라도 할 때면 책장을 반대로 넘겼고, 학교를 시간낭비로 여겼다.

어느 날 엄마 아빠가 우리를 데리러 왔다. 우리는 아빠에게 애인이 있는지 없는지, 엄마에게 애인이 있는지 없는지, 둘은 이혼하기 직전인 건지 아무것도 몰랐지만, 어쨌든 그날 우리 넷은 집으로 돌아가는 차 안에서 함께였다. 우리는 약국에 들렀다. 마치 아무 일도 일어난 적 없는 것처럼, 믿기 어려울 만큼 자연스러웠다. 엄마 아빠는우리에게 무얼 마시겠냐고 물었고, 둘은 함께 내렸다. 우리는 둘이 손을 잡는 모습을 보았고, 그래서 둘이 다시 합쳤다는 사실을 알았다. 그때 레안드라가 한 말을 아직도기억한다. "언니, 도대체 무슨 일인지 이해가 돼?"

엄마의 수다스러움이 지닌 따뜻한 구석이라면 엄마가누구와도 이야기를 나눌 수 있다는 점이었고, 엄마와 이야기를 나누는 사람은 누구나 엄마에게 비밀을 털어놓았다. 한편, 때때로 나는 보호받지 못한다고 느꼈다. 내게 일어난 일이나 엄마를 믿고 조심스레 털어놓은 비밀을 여기저기 떠벌릴 것만 같았다. 가령 내가 생리를 처음 시작한 날처럼. 그날은 토요일이었고, 나는 엄마의 직장에 따라갔다. 그날 오후 나는 엄마가 내게 방금 일어난 일을, 그것이 얼마나 개인적인 일이든 개의치 않고 모두에게 떠벌리리라는 확신을 느꼈다. 게다가 당시에는 호르몬이 날뛰던 상태였던 걸로도 모자라, 하얀 속옷에 커다란 갈색 얼룩이 진 것을 발견한 터였다. 나는 생리라는 건 빨간 줄로만 알았다. 무슨 문제가 있다고 생각하고 겁이 났던 까닭에 부끄러움을 무릅쓰고 엄마에게 털어놓았던 것이었다. 그리고 엄마의 동료가 큰 소리로 말하던 걸 기억한다. "나도 갈색 얼룩을 보고 놀란 적이 있단다." 나는 격분했다.

우리 아빠는 입이 무거웠고, 곁에 있어줌으로써 응원을 보내는 사람이었다. 아빠에게 털어놓는 비밀은 지켜지리란 걸 알았다. 몇 번인가 엄마에게는 말하지 말아달라고 부탁했던 적이 있는데, 엄마가 단 한 번도 언급한 적이 없는 걸로 보아 아빠가 나의 공범이 되어주었단 사실을 알수 있었다. 너희 엄마는 도통 무언가를 혼자만 알고 있는 법이 없단다, 아빠는 늘 말하곤 했다.

이렇듯, 우리 엄마는 개방적이고 직설적이다. 엄마가 남기는 음성 메시지는 대개 엄마 주변에 일어나는 모든 일을 상세하게 묘사하는 경향이 있었다. 가령 엄마가 우버를 부른다면 엄마는 듣는 사람 모두가 알 수 있게 운전자의 이름과 차 번호, 도착까지 남은 시간 따위를 큰 소리로 말할 것이다. 엄마는 혼자만 알고 있는 법이 없다. 우리 아빠는 어쩌면 바위였을지도 모른다. 레안드라와 내가 기댈 수 있는 바위. 아빠는 사진 찍는 걸 좋아했다. 아빠에게는 오래된 필름 카메라가 하나 있었고, 주로 풍경, 꽃, 나무, 건물, 기념비 따위를 찍은 사진들이 제법 쌓여갔다. 인물 사진은 별로 없었다. 마치 얼굴이나 사람은 입이라든지 말하는 행위와 너무 노골적으로 직접적인 관련이 있다는 듯 말이다. 아빠의 사진에는 아빠의 성격이 담겨 있었다. 아빠가 내게 78년도식 밸리언트를 선물해주었을 때, 그건 저널리즘을 공부하기로 한 나의 선택을 응원한다고 말하는 아빠의 방식이었다. 오래된 차를 고치는 것은 아빠가 좋아하던 일이었으니까. 아빠의 애정 표현은 마치 풀어야 하는 방정식과도 같았다. 그리고 모든 게, 자동차며 아빠가 찍은 사진들은 아빠와 똑같이 조용했다. 기분이 좋을 때 아빠는 사람들에게 포옹을 해보라고 하고 그들의 사진을 찍는 대신 어느 과일 장수를, 나무 한 그루를, 어느 골목을 찍었다. 아빠의 시선은 이야기를 가장 적게 품고 있을 법한 곳으로 향했다. 아빠는 내게 자동차를 주면서 무언가를 이야기한 걸 수도 있고 전혀 아닐 수도 있다. 다만 그건 아빠가 좋아하던 일이었다. 조립하고, 다시 조립하기 위해 분해하는 것. 그러니까 그 자동차는 나를 응원하는 은근한 아빠의 방식이었다. 아빠는 그런 걸 말로 하지 않았다. 내가 안다는 걸 아빠도 알았으니까. 아빠와 나의 그런 연결점이 어디서 생겨났는지는 펠리시아나와 세 번의 의식을 치른 후에야 알게 됐다. 그리고 더 중요한 건, 아빠와 나 사이에 해결하지 못한 일이 있다는 사실을 알게 됐다.

7

우리 어머니가 과부가 된 건 아마 스무 살이 채 안 됐을
무렵이었을 겁니다. 어머니는 슬하에 두 딸이 있었고 코스
메 할아버지와 파스 할머니는 가난했으므로, 모두 함께 더
나은 삶을 살기 위해 우리는 산후안데로스라고스를 떠나
할머니와 할아버지가 살던 산펠리페로 향했습니다. 모두
힘을 합치면 농작물을 더 많이 수확할 수 있을 거라고 어머
니가 말씀하셨지요. 코스메 할아버지는 늙은이가 아니었어
요, 파스 할머니만큼이나 힘이 셌지요. 할아버지와 할머니
는 화전을 일구고 씨앗을 뿌렸습니다. 우리가 도착했을 무
렵에는 시장에 내다 팔 만큼 이미 다 자란 옥수수와 강낭콩
말고도 커피나무와 호박과 차요테*가 싹을 틔우고 있었지

---

* 멕시코 원산의 호리병박과 식물.

요. 나는 동생 프란시스카와 함께 작물을 팔러 시장에 가기도 했고, 이따금 할아버지와 함께 성당 근처에 가기도 했습니다. 사람들은 할아버지를 존경했지요. 마주하는 사람의 눈을 바라보며 친절히 대한다는 이유로요. 그래요, 사람들은 그런 이유로 할아버지를 존경했습니다. 코스메 할아버지와 파스 할머니는 우리 밭에서 일하는 것 말고도 신부님의 밭도 일구었어요. 그건 어느 지주가 신부님께 기증한 밭으로, 그 밭에서 수확한 작물은 자선단체로 보내는 한편 신부님은 늘 우리의 단골손님이었고, 성당에서 운영하는 식당에는 우리에게서 산 작물을 썼습니다.

그래요, 내 동생 프란시스카와 나는 해가 산에서 얼굴을 내밀기도 전에 일어나서 밭일과 부엌일을 돕고 커피를 마시고 강낭콩과 토르티야를 먹었습니다. 칠리도 곁들여서요. 그 무렵 할아버지는 우리 다섯 식구가 사는 집에서 누에를 키우기로 하셨지요. 시장에서 누군가 할아버지에게 누에 이야기를 했고, 동전 몇 닢에 누에를 사 오신 겁니다. 그날 집에 들어온 할아버지의 손에는 손가락만큼 자란 누에 서너 마리와 알이 들려 있었습니다. 우리는 옷을 입은 채로 바닥에 멍석을 깔고 잠을 잤던 터라 비단은 만져본 적도 없었어요. 하지만 신부님의 사제복이 있었지요. 할아버지는 신부님이 걸친 빨간색과 보라색이 섞인 직물을 보여주겠다고 나를 데려갔습니다. 미사를 집전할 때 입는 옷도 비단이었고, 비단실로 자수를 넣은 옷도 있었어요. 그래서 코스메 할아버지는 비단을 만들어서 신부님께, 그리고 지주들과 사치품을 좋아하는 부자들에게 팔 생각을 하신 겁니다. 그렇게 나는 집에서 비단을 만들게 되었습니다.

누에가 자라기까지는 꼬박 사계절이 걸립니다. 누에나방들이 멍석 위에 알을 낳으면, 동생과 나는 두 계절이 지나 애벌레들이 부화할 때까지 알들을 돌보았지요. 애벌레들이 부화하면 뽕잎을 먹였어요. 애벌레들은 샌들 신은 발이 낙엽을 밟을 때 나는 소리를 내며 먹었지요. 애벌레들이 씹는 소리가 그렇다니까요. 아이 손가락만큼 작은 것에서 도대체 어떻게 그런 소리가, 마치 군인들이 낙엽 위를 행군하는 것 같은 소리가 나는 거냐고 생각하겠지요. 그런데 애벌레들이 그렇다니까요, 그 빌어먹을 아이 손가락만 한 녀석들은 그렇게도 소란스럽게 씹고 씹어댔답니다. 그러다 성충이 된 애벌레들은 작은 애벌레들과 분리했습니다. 그러지 않으면 저들끼리 잡아먹고 말 테니까요. 우리는 모두 똑같습니다. 애벌레들이나 시골 사람들이나 똑같아요. 사내 셋이 모인 자리에 누군가 마체테 한 자루를 던져주면 그들은 서로 죽일 방법을 찾아낼 겁니다. 그리고 우리는 도대체 어쩌다 세 사람모두 같은 마체테에 죽게 된 건지 영영 이해하지 못할 거고요. 그런 점에서 애벌레도 인간과 똑같습니다. 저들끼리 내버려두면 애벌레들은 서로를 잡아먹고, 우리는 나머지 두 마리를 잡아먹은 한 마리는 어쩌다 죽게 된 건지 알 수 없습니다. 사람도, 애벌레도 서로에게 마체테 휘두르는 걸 좋아합니다. 성충이 된 애벌레들은 아주 잘 먹는 남자의 뚱뚱한 손가락만큼이나 통통하지요. 녀석들이 침을 흘리기 시작하면, 이제 마른 가지 위에 올려주어야 할 때가 된 겁니다. 그러면 녀석들은 가지 위에 비단을 토해내지요. 밤마다 할아버지와 나는 애벌레들이 토해내는 비단을 걸었습니다. 그즈음부터 우리는 우리가 수확한 커피를 마시고 우리가 만든 비단을 팔기 시작했어요. 신부님뿐만 아니라 신부님과 절친한 부자 가문에도 팔았지요. 실을 뽑는 건 우리가 했고, 염색은 할머니가 했어요. 인디고, 코치닐*, 수피, 들꽃 따위가 담긴 항아리에 실을 담갔지요. 염색하지 않은 비단실도 팔았는데, 우리가 만드는 비단의 평판이 대단해졌습니다. 몇몇 가구에 파는 것을 시작으로, 결국에는 교구의 모든 가구에 팔게 되었지요. 당시 팔로마가 무얼 했는지는 기억이 나질 않습니다. 팔로마는 아직 가스파르였지만, 뒤에서 배경을 이루는 덤불처럼 늘 거기 있었어요. 할아버지와 함께 시장에 갔다가 팔로마를 마주칠 때면, 그게 정확히 언제였는지는 기억나지 않지만 팔로마가 아직 소년처럼 옷을 입고 다닐 때였는데, 할아버지는 그런 팔로마를 보고 저 자식

---

* 중남미 사막의 선인장에 기생하는 곤충에서 채취한 선홍색 염료.

은 걸을 때마다 깃털이 떨어지는 것 같다고 하셨지요. 팔
로마가 아직 가스파르이던 시절, 그녀를 처음으로 '파하
로'**라고 부른 사람이 바로 우리 할아버지였습니다. 무셰
를 혐오하던 사람들은 팔로마를 따라다니며 그녀를 '파하
로'라고 부르기 시작했지요.

　우리는 면으로 옷을 지어 입었습니다. 할머니가 더운
날을 위해 얇은 옷을, 추운 날을 위해 울로 짠 옷을 만들
어주면 엄마가 실로 자수를 넣어주었어요. 자라면서 동생
과 나는 일을 더 많이 하게 되었지만 옷은 바뀌지 않았지
요. 수선을 해 입었지, 옷이 바뀌지는 않았습니다. 시골에
서는 아이들도 어른처럼 옷을 입습니다. 두 발로 설 수 있
을 때부터 일을 시작하니까요. 송아지들이 태어나자마자
네발로 서는 것처럼, 아이들도 땅을 일구기 위해 태어나
자마자 서는 겁니다. 나는 사람들이 내게 데려오는 아이
들을 봅니다. 대개 외지인들이지요. 그 아이들은 장난감
이나 기계를 가지고 놀더군요.

　산펠리페 근교에 사는 지주들에게 비단을 팔아 번 돈으
로 할아버지와 나는 새끼 양과 암탉 몇 마리를 사들였습
니다. 할아버지는 동생과 나를 산펠리페와 산후안데로스
라고스 사이에 있는 언덕으로 보내 가축을 돌보게 했지

** 스페인어로 새를 의미한다. 지역에 따라 남성 동성애자를 의미하는 말로 쓰
이기도 한다.

요. 그 언덕은 아버지가 돌아가시기 전에 아버지에게 남은 낮과 밤이 얼마 없다고, 움켜쥔 주먹처럼 한데 모이던 검은 새들처럼 아버지의 숨통도 죄어올 거라고 치솟는 불이 아버지에게 속삭이기 전에, 모였다가 푸른 하늘로 흩어지는, 움켜쥔 주먹 같은 검은 새들이 네 숨결이 네 삶을 쥐어짤 거라고 우리 아버지 펠리스베르토에게 속삭이기 전에 아버지를 따라 걷던 언덕이었습니다. 저 멀리 보이는 언덕이 바로 그 언덕입니다. 그래요, 다음 주 일요일에 축제가 열릴 그 언덕이 맞습니다. 여기 보이는 분홍빛 초들은 축제에 쓸 것들이에요. 내게 있어 산후안데로스라고스와 산펠리페 사이에 있는 그 언덕은 나의 아버지입니다. 내게 언어를 보여주고, 신의 뜻으로 말미암아 내가 영혼의 깊은 바닷속 언어를 볼 수 있다는 사실을 가르쳐준 버섯이 바로 그 언덕에 자라지요. 할아버지는 우리를 그 언덕으로 보내 가축을 돌보게 했고, 누에를 위한 둥글둥글하고 가는 나뭇가지를 주워 오게 했고, 할머니가 부엌에서 지피는 불을 위한 마른 장작을 찾아 오라고 시켰습니다. 프란시스카와 나는 우리가 만든 비단을 팔아 번 돈으로 처음 산 새끼 양들을 돌보았어요. 양들이 크면 내다 팔고 다른 새끼 양들을 데려왔고, 그런 식으로 수를 불려나갔지요.

이 모든 일을 내 동생 프란시스카와 나는 꼬마 시절에 했습니다. 우리는 요즘 아이들처럼 장난감을 가지고 놀아본 적이 없어요. 조에 양과 조에 양의 동생 레안드라 양은 어땠는지 궁금하군요. 언젠가 할머니가 바느질을 하고 남은 면과 울로 내가 헝겊 인형을 만들고, 프란시스카는 할머니가 지주들에게 팔기 위해 염색하고 남은 비단으로 그 인형에게 망토를 하나 만들어준 적이 있습니다. 우리는 인형에게 마리아라는 이름을 붙여주고 인형을 가지고 놀았지요. 어느 오후, 동생과 나는 인형이 마치 우리의 친척이나 친구라도 되는 것처럼 인형 이야기를 하고 있었어요. 우리가 헝겊 인형 마리아 이야기를 하고 있다는 걸 알게 된 할아버지는 우리를 야단쳤지요. 할아버지는 우리 집안에서는 아무도 놀 시간 같은 걸 가져본 적 없다면서 내 동생이 남는 비단으로 만든 망토를 인형에서 뜯어버렸습니다. 집에서는 모두가 일을 해야 한다고 했어요. 할아버지가 말했지요. 펠리시아나, 프란시스카, 게으름뱅이와 베짱이는 죽은 자나 다름없다. 다른 사람을 괴롭게 만들면서 정작 저들은 인지조차 하지 못하는 몹쓸 놈들이야. 그러니까 너희들은 일을 해야 한다. 인형 톨라가 어쩌고 톨라가 저쩌고, 그런 짓은 이제 그만두어야 해. 우리는 인형 이름을 마리아라고 지었지, 톨라라고 짓지 않았어요. 할아버지는 원래 모든 사람의 이름을 기억하고 사람들의 눈을 보고 이야기하는 까닭에 존경받는 분이었지요. 어떤 상황에서도 할아버지는 사람들을 마지막으로 만났을 때 무슨 이야기를 했는지 기억했고, 시장에서 만나면 그 이야기를 하는 분이었습니다. 그래서 존경받는 분이었어요. 그런 할아버지가 이름을 바꾸어 부르며 우리에게 상처를 준 것은 그때가 처음이자 마지막이었습니다. 나쁜 기억력은 상처를 주기 마련이지요.

우리 마을에서 아이들이 원하는 걸 맘껏 할 수 있는 건 걸음마를 떼기 전까지입니다. 송아지처럼 스스로 일어설 줄 알게 되는 순간부터 아이들은 일을 해야 합니다. 동생 프란시스카와 함께 하던 놀이가 있어요. 경작지 근처를 돌아다니던 개의 등 위에 지푸라기를 올리는 놀이였지요. 개가 우리 가까이 올 때 지푸라기 한 줌을 등에 올리면, 개는 지푸라기가 저절로 떨어지거나 바람에 날아가기 전까지 등에 지푸라기를 얹은 채로 이리저리 다녔습니다. 등에 지푸라기를 얹은 개가 얼마나 멀리 갈 수 있을까 보는 게 우리의 놀이였고, 그 모습을 보며 우리는 자지러지게 웃곤 했지요. 코스메 할아버지는 우리가 노는 걸 못마땅하게 보셨고요. 펠리시아나, 프란시스카, 우리는 집안사람 모두를 똑같이 대한다. 너희도 마찬가지야. 여기서는 먹기 위해 모두가 일을 한다. 내가 너희에게 가르쳐줄 수 있는 게 하나 있다면, 그건 노동의 가치를 존중하는 법이야. 그러고는 우리가 마리아라고 이름 붙이고 할아버지는 톨라라고 부르던 헝겊 인형을 빼앗았습니다. 톨라는 할아버지가 싫어하던 여자의 이름이었어요. 할아버지는 프란시스카가 만든 비단 망토를 아궁이 불에 던져버렸는데, 그때 내 동생 프란시스카의 얼굴을 보고 나는 속에서 초록 불이 타오르는 것 같았습니다. 그런데 우리가 마리아라고 이름 붙이고 할아버지는 톨라라고 부르던 그 인형은 던지지 않더군요. 나중에 할아버지는 펠리시아나, 이 인형은 네가 만든 거라고 말했고, 오랜 시간 인형을 버리지 않고 간직했습니다. 나는 나중에야 그 이유를 알게 되었지요.

오랜 시간이 지난 후 할아버지는 인형을 다시 꺼냈어요. 할머니가 아팠던 어느 날, 그날이 내가 팔로마를 다시 보게 된 날입니다. 팔로마는 아직 소년 가스파르였지요. 우리 아버지 가문의 남자들은 모두 치유자였어요. 그래서 우리 어머니는 아버지의 가장 어린 조카 가스파르를 찾아간 거지요. 아직 망아지와 다름없는 어린 소년일 뿐이었지만, 가스파르는 우리 마을뿐만 아니라 이웃 마을들을 통틀어 치유자 가문의 유일하게 남은 후손이었으니까요. 그렇게 가스파르는 언어를 사용하기 시작한 겁니다. 팔로마가 되기 전의 가스파르는 가문의 남자들 평판을 듣고 사람들이 찾아오는 치유자였습니다. 가스파르는 아버지의 아버지에게 치유 의식을 배웠고 우리 아버지가 집전하는 의식을 거들었지요. 코스메 할아버지는 가스파르에게 힐난을 퍼붓곤 했습니다. 걸어 다닐 때마다 깃털이 떨어지는 것 같다며 파하로라고 부르면서요. 할아버지는 무셰처럼 옷을 입지 않은 무셰들, 다른 남자들과 밤을 보내는 남자들을 그렇게 불렀습니다. 그 자식들은 꼭 깃털이 달린 것처럼 걷는다고요. 몇몇 사람들은 팔로마를 계속 파하로라고 불렀어요. 팔로마가 자기, 내 이름은 팔로마*예요, 나는 작은 비둘기들을 좋아하거든요, 하고 말하든 말든 아랑곳하지 않고요. 언젠가 가스파르에게 사람들이 왜 그를 파하로라고 부르는 거냐고 물어본 적이 있습니다. 가스파르는 이렇게 답했지요. 펠리시아나, 어떤 남자들은 광장에서 다른 남자들과 만나는 걸 좋아해. 파하로는 자신과 같은 소년을 좋아하는 소년인 거야. 가스파르는 무셰들이 언덕 뒤의 땅처럼 메말랐다고 했어요. 아무것도 자라지 않는 땅. 갓 일구어 씨를 뿌린 화전에 비가 아무리 내려도 덤불 하나조차 자라지 않는 땅. 그곳의 땅은 저주받았고 같은 이유로 무셰들도 자식을 낳지 못하는 것이라고들 했지요. 코스메 할아버지는 무셰들 이야기가 나오면 잘된 일이지, 그런 놈들이 세상에 더 있어서 뭐하겠나, 하고 말하곤 했어요. 시간이 지나고 의식을 집전하게 되면서 나는 여자들과 밤을 보내는 여자들도 있다는 걸 보았고, 한번은 여자의 몸을 지닌 무셰가 나를 찾아오기도 했지요. 그리고 우리 할아버지가 파하로라고 부르던 사람들이 사랑에 빠지는 모습은 다른 사람들과 다를 것 없다는 것도 보았습니다. 그들 역시 다른 사람들과 마

_____

* 스페인어로 비둘기를 의미한다.

찬가지로 사랑하는 마음을 지닌 이들이었어요. 하지만 코스메 할아버지는 치유자가 아니었고, 무셰들은 종 자체가 다르다고 배우며 자랐고, 그렇게 믿었던 겁니다. 의식을 집전하면서 나는 사랑을 하는 사람들을 봤습니다. 사람들은 사랑에 빠졌고, 사랑하는 마음을 품고 고통스러워했지요. 남자든 여자든 할 것 없이요. 사랑 앞에 우리는 모두가 똑같다는 사실을, 밤에 우리는 모두가 똑같다는 사실을 언어가 우리에게 보여줍니다. 미사를 드릴 때도 그렇게들 말하잖아요, 태양 아래 우리는 똑같다고요. 마찬가지로 언어 아래 우리는 똑같습니다. 언어가 우리를 평등한 존재로 만듭니다.

사람들은 가스파르가 소년을 좋아하는 건 가스파르의 어머니가 그를 임신했을 때 누군가 퍼부은 저주의 말 때문이라고들 했어요. 제 눈처럼 커다랗고 새카만 눈을 지닌 소년들을 좋아하고, 밤처럼 새카만 눈과 남자들과 보내는 밤을 좋아하는 소년을 세상에 내놓다니, 천벌을 받을 어미라고들 했다지요. 가스파르는 외동이었고, 사람들은 제 언니처럼 자식을 많이 낳지 않고 딱 아들 한 명만 낳았다는 이유로 신께서 가스파르의 어머니에게 벌을 내린 것이라고들 했습니다.

가스파르를 처음 만났을 때, 그는 언제나처럼 아름다운 얼굴에 부드러운 피부를 지닌 소년이었어요. 가스파르를 처음 만난 건 그가 집전하는 의식에서였고, 나는 그에게

체모가 없다는 사실을 눈치챘습니다. 두 팔이 몸통과 만나는 곳에도, 다리에도, 어디에서도 털을 찾아볼 수가 없었어요. 부드러운 피부만큼이나 목소리도 부드러웠고, 왼쪽 눈썹 위에는 흉터가 하나 있었는데, 꼭 심하게 넘어져서 생긴 흉터 같았어요. 어머니가 집에 가스파르를 데려왔을 때, 나는 아직 첫 생리를 시작하기 전이었습니다. 그때 가스파르는 다른 사람들이 동전을 쥐듯 바나나잎으로 싼 무언가를 소중히 쥐고 있었어요. 며칠 후, 나는 첫 생리를 시작했습니다. 어쩌면 의식을 목격한 일이 나를 어른으로 만든 게 아닐까, 하고 생각했던 기억이 납니다. 그렇게 나는 동생 프란시스카보다 먼저 어른의 길을 걷게 된 것이지요.

할머니를 치유하기 위해 가스파르는 이런저런 물건을 가져왔습니다. 할머니의 눈은 푹 꺼져 있었고, 눈 밑에는 시커먼 그늘이 진 데다 피부는 석회처럼 창백했지요. 가스파르가 바나나잎으로 감싼 물건을 꺼내려 할 때 보니 그 안에 천으로 싸인 무언가가 또 들어 있더군요. 무엇인지는 보지 못했는데, 내 시선을 눈치챈 가스파르가 나를 꾸중했습니다. 화가 나 있었어요. 하지만 화가 났어도 말소리는 부드러웠습니다. 마치 세찬 강물을 셀 수 없이 받아내며 부드럽게 매끈해진 강물 속 조약돌처럼요. 가스파르는 잎과 천으로 감싼 물건을 내가 보면 우리 할머니를 치유하지 못할 거라고 말했지요. 그래서 나는 물러섰습니다. 하지만 호기심이 풍부한 소녀였던 나는 멀리서 실눈을 뜨고 바라보았어요. 혹시나 누가 가까이 온다면 내가 잔다고 생각할 테고, 누가 멀리서 나를 본다고 해도 내가 잔다고 생각할 테니, 나는 그렇게 실눈을 뜨고 가스파르가 바나나잎과 천으로 감싼 그 물건을 가지고 우리 집에서 할머니를 치유하기 위해 한 일을 조금은 볼 수 있었어요. 천연 밀랍 초 몇 개를 켜더니 바나나잎에 감싸인 물건을 위독했던 할머니에게 주더군요. 그러더니 상의를 벗었는데, 아주 아름다운 몸이 드러났습니다. 그때까지 나는 그렇게 섬세한 몸짓은 본 적이 없었습니다. 우리 집에서든 우리 마을에서든, 그렇게 움직이는 사람은 아무도 본 적 없었어요. 우리 파스 할머니에게도 우리 엄마에게도 그런 몸짓은 없었지요. 그들은 밭을 일구고 직물을 짜고 음식을 하는 여자들이었지, 건강한 몸이든 아픈 몸이든 사람의 몸을 따뜻함이랄지 부드러움이랄지 애정이랄지 아니면 그 모든 것이 한데 섞인 듯한 손길로 만져본 일은 없었습니다. 가스파르는 그런 손길로 바나나잎과 천을 만지더니 그 안에 있던 것을 꺼내 짝을 맞추어 준비했어요. 나중에야 나는 그것들이 버섯이라는 걸 알게 되었지요. 그러고는 노래를 시작했습니다. 소년의 목소리였지만 노래가 목소리를 부드럽게 만들었어요. 어쩌면 그 전에 목소리를 부드럽게 다듬었을 수도 있고요. 그의 아름다운 얼굴까지 함께 어우러진 모습은 그가 무척이나 정성

껏 돌본 무언가를 주고 있다는 인상을 주었지요. 봄에 처음 맺히는 꽃봉오리를 돌보듯 가스파르는 자신의 언어와 그것을 이루는 말들을 돌보았어요. 나는 가스파르의 말을 알아들을 수는 없었지만, 그의 말소리는 마치 음악 같았습니다. 그의 목소리는 강렬하게 내리쬐는 오후의 햇살을 피해 잠시 쉬어 갈 수 있는 선선한 모퉁이와도 같았지요. 아주 오랜 시간이 지나고 나서야 나는 그날 가스파르가 했던 일이 의식을 집전한 것이었다는 사실을, 그가 바나나잎을 벗기고 꺼낸 것이 할머니를 치유하기 위한 버섯이었다는 것을 알게 되었습니다. 아버지와 함께 다닐 때 나도 본 적 있는 버섯이었는데, 아버지는 그것들이 어디에 쓰이는 건지는 말해주지 않았어요. 다만 버섯의 종류와 버섯을 고르는 법을 알려주면서 이렇게 말했을 뿐이에요. 펠리시아나, 이게 바로 책이란다. 네 것이지. 나는 아버지가 무슨 말을 하는 건지 이해하지 못했습니다. 나는 그 버섯들을 전에 본 적이 있었습니다. 동생 프란시스카와 함께 새끼 양들을 돌보던 산후안데로스라고스와 산펠리페 사이의 언덕에서요.

우리 할머니의 치유 의식이 행해지던 그날 밤, 나는 눈을 감고 자는 척했습니다. 가스파르의 노래를 이해하고 싶었어요. 몇몇 단어는 알아들을 수 있었습니다. 그는 별들을 노래했고, 부드러운 목소리로 구름을, 공기와 소용돌이의 힘을, 함께 커다랗고 강력한 하나의 소용돌이를 이루는 두 개의 소용돌이를, 길들여진 바람을, 캄캄한 밤에 하얗게 빛나는 별들을 노래했습니다. 가스파르는 할머니에게 말했지요. 당신은 캄캄한 밤에 하얗게 빛나는 별, 나는 남자이고 여자이고 성인(聖人)입니다. 나는 캄캄한 밤에 하얗게 빛나는 별, 여기 이곳에 당신의 어둠을 밝히러 왔습니다. 그 순간이 내가 처음으로 여행을 떠난 순간이었습니다. 그토록 아름다운 가스파르의 목소리와 함께 나는 우리가 살던 집을 떠날 수 있었습니다. 목소리가 어찌나 아름다웠는지, 그가 언어를 아름답게 만든 겁니다. 그것이 내가 처음으로 자유라는 걸 맛본 순간이었습니다. 가스파르의 노래 속에서 나는 자유로웠어요. 목소리가 얼마나 아름다웠는지, 그 순간 나는 무엇이든 할 수 있을 것 같더군요. 그의 목소리를 들을수록 그 목소리를 안식처로 삼고 싶어졌지요. 그가 언어를 다루던 방식이 안식처가 되어주었습니다. 내 동생 프란시스카는 깊이 잠들어 있었지만, 나는 가스파르의 노래가 어떻게 끝날지 놓치고 싶지 않았어요. 동틀 무렵, 아직 해가 산에서 얼굴을 내밀기 전, 가스파르는 어깨에 들쳐 메고 온 동물의 내장에서 꺼낸 하얀 가루와 흙처럼 보이는 무언가를 손에 묻히더니 할머니의 가슴에 문질렀어요. 버섯은 먹이지 않았지만, 우리 엄마의 가슴과 코스메 할아버지의 가슴에도 가루를 문질렀습니다. 그리고는 자기 가슴에도 문질렀지요. 해가 뜨기 시작할 무렵 할머니가 일어났고 더는 병약

한 모습이 아니었습니다. 가스파르가 할머니에게 생명을 불어넣은 겁니다. 환자들이 심각하게 아플 때는 내쉬는 숨결 한 번에도 묘지로 떠나버릴 것처럼 보이지요. 혹은 세찬 바람과 함께 온 죽음이 그들 안에 알을 낳을 것도 같고요. 그 첫 번째 숨결이 우리 파스 할머니를 살렸습니다. 그날 밤 가스파르가 먹이고 발라준 것들 덕분에 할머니는 기운을 되찾은 겁니다. 가스파르의 목소리와 언어가 할머니를 부드럽게 어루만지기 전까지, 의식이 끝났으니 이제 한결 나아질 거라고 말하기 전까지 우리 할머니는 며칠째 몸을 일으키지도 못했는데 말입니다. 할머니는 정말 나아졌습니다.

의식이 행해지던 밤 이후에 첫 생리를 시작하고 며칠 후, 나는 동생과 함께 언덕에서 새끼 양들을 돌보고 있었습니다. 우리는 나무 아래 오랜 시간을 앉아 있었는데, 근처에 이런저런 버섯이 피어 있더군요. 아버지가 돌아가시기 전에 알려준 것과 똑같은 버섯들이었어요. 코스메 할아버지와 파스 할머니는 조상 중에 치유자가 한 명도 없었지만, 그래도 버섯에 대해 이야기할 때는 진지했습니다. 어머니는 아버지 집안의 치유자들에 대해 이야기할 때 존경심을 담아 이야기했고요. 어머니는 그들을 실제로 알았습니다. 그들이 하던 일도 알았고, 그들이 다른 이들에게 사랑받는 사람들이었다는 것도 알았지요. 할머니가 가스파르의 의식 덕분에 병에서 회복했으니, 나는 그 버섯들이 영험하다는 걸 알았습니다. 어쩌면 나도 먹어볼 수 있겠다는 생각을 했지요. 우리 할아버지가 내가 만든 인형을 내내 가지고 있었다는 걸 알게 된 때가 바로 그때입니다. 내가 만들고 마리아라고 이름 붙인, 할아버지는 톨라라고 부르던 그 인형이요. 어떻게 알았냐 하면, 할아버지가 할머니의 침상 주위에 둔 물건들 중 그 인형이 있었던 거지요. 인형을 들고 있는 할아버지를 본 가스파르는 이렇게 말했어요. 저 소녀에게는 책의 힘이 있어요. 나는 가스파르의 말을 이해하지 못했습니다.

나는 열 살 혹은 열세 살이었을 겁니다. 첫 생리를 시작한 지 며칠이 지났을 때였어요. 그때 동생과 함께 처음으로 버섯을 먹어보았습니다. 동생은 나보다 어렸지만, 나이 차이가 많이 나지는 않았어요. 새끼 양과 염소를 돌보던 오후, 그늘을 내어주던 나무 아래에서 먹어보았지요. 버섯을 먹자 배고픔이 사라지고 오후 내내 기분이 좋았던 것을 생생히 기억합니다. 이따금, 배는 고프고 우리가 살던 집에 다섯 식구가 먹을 음식이 충분하지 않을 때면 동생과 나는 양과 염소를 데리고 언덕으로 가서 버섯 하나를 나눠 먹곤 했습니다. 그러면 배고픔을 가라앉힐 수 있었어요.

한번은 우리가 양과 염소를 돌보며 앉아 있던 나무 아래까지 할아버지가 찾아온 적이 있는데, 깔깔거리며 웃고 있던 우리 둘을 본 겁니다. 우리는 도무지 웃음을 멈출 수가 없었어요. 마치 축제라도 즐기는 듯했지요. 그 모습을 보고 웃음을 좋아하지 않던 할아버지는 말했습니다. 지금 내 웃는 얼굴을 잘 봐두는 게 좋을 거다. 나는 우리 마을에 눈이 내릴 때만 웃고, 산펠리페에 내리는 것이라곤 슬픔과 우박뿐이니까. 우리는 웃음을 멈추지 못하면서도 할아버지가 화를 낼까 봐, 할아버지가 격분할까 봐 걱정이 됐지요. 그래도 도무지 웃음을 멈출 수 없더군요. 돌멩이 하나를 던지면 바닥에 떨어질 때까지 그 무엇도 추락을 막을 수 없는 것처럼요. 할아버지가 꾸짖으면 우리는 더 웃을 게 분명했지요. 우리의 웃음은 떨어지는 돌멩이와 같았으니까요. 할아버지가 심각하게 화를 내리라고 생각한 나는 진정하려고 애를 썼고, 할아버지도 내 그런 노력을 이해한 것 같았습니다. 우리가 자지러지게 웃는 걸 보고 결국에는 할아버지도 웃고야 말았으니까요. 할아버지는 우리가 버섯을 먹었다는 걸 알았고, 혼내는 대신 우리를 데리고 집으로 갔습니다. 그리고 그 일에 대해 엄마나 할머니에게는 일언반구도 없었습니다.

　장맛비가 쏟아지던 계절, 동생과 나는 산후안데로스라고스와 산펠리페 사이의 언덕을 다시 찾았고 버섯을 먹었습니다. 각자 하나씩 먹었지요. 비가 내리는 동안 내 동생 프란시스카에게도 첫 생리가 찾아왔습니다. 언니, 나도 생리를 시작했어, 동생이 말한 그 순간 나는 처음으로 환영을 보았는데, 아직도 생생하게 기억합니다. 거센 바람에 나뭇가지와 나뭇잎이 흔들렸고, 흔들리는 나뭇가지와 나뭇잎 사이로 우리 아버지의 얼굴이 보였습니다. 내가 말을 배울 때까지 곁에 머물렀던 우리 아버지가 그곳에 나타났던 겁니다. 아버지의 사랑을 느낄 수 있었어요. 아버지는 그곳에 살아 계셨습니다. 근사하게 차려입은 모습으로 나를 바라보았어요. 잘 차려입은 말끔한 얼굴의 아버지를 보니 좋더군요. 아버지는 동생과 내게 걱정할 필요 없다고 말하셨어요. 신께 감사 기도를 올려야 한다고 하셨지요. 큰일들이 나를 기다리고 있다면서요. 또 동생 프란시스카를 잘 돌보라고 하셨습니다. 동생은 평생 나와 함께할 거라고요. 나는 그러겠다고 아버지와 약속했습니다. 펠리시아나, 책은 네 것이란다. 아버지의 말이었지요. 나는 물론이고 우리 가족 중에 읽고 쓸 줄 아는 사람은 아무도 없었기에 아버지의 말은 이상하게 들렸습니다. 환영 속에서 들은 그 말을 아버지가 살아 계실 적에도 들은 적 있습니다. 그 말은 가스파르가 팔로마이기 전에, 내가 만든 마리아 인형을 든 할아버지를 보았을 때 그가 우리 할아버지에게 한 말이기도 했지요. 저 소녀에게는 언어가 있습니다. 저 아이가 책의 주인이에요. 그때까지도 나는 알지 못했습니다.

환영에서 깨어났을 때 나는 동생에게 아버지를 보았다며 아버지의 말을 전했습니다. 아버지가 어떻게 생겼냐는 동생의 물음에 나는 우리가 어머니보다 아버지를 더 닮았다고, 나보다 동생이 더 아버지를 닮았다고 말해주었어요. 그 말을 듣고 동생은 기뻐했지요. 나는 내가 길을 잘 찾았다고 생각했습니다. 느낄 수 있었으니까요. 아주 분명히 느낄 수 있었지요. 하지만 어디로 나아가야 할지 몰랐어요. 길을 처음으로 일러준 건 아버지였고, 어린 소녀였던 나는 그 길을 어떻게 따라가야 할지 몰랐던 거예요. 그러던 어느 날, 아직 가스파르였던 팔로마가 나를 찾아와 말했어요. 펠리시아나, 언제 한번 나를 보러 오렴. 언어와 책을 어떻게 찾을 수 있는지 알려줄 테니. 그러면 그게 네 것이란 걸 알 수 있을 거란다. 성경이요? 내가 물었어요. 아니, 펠리시아나. 가스파르가 답했고요.

내가 본 환영 속 아버지는 당신이 유령이 아니고 내가 당신을 상상으로 불러낸 게 아니란 것을 증명하려고 무언가 말하셨어요. 아버지는 이렇게 말하셨지요. 코스메 할아버지에게 우리 아버지와 할아버지와 증조할아버지가 갔던 치유자의 길을 따르겠다고 말하렴. 그러면 코스메 할아버지는 팔짱을 끼고 말할 거란다, 그건 남자들만 할 수 있는 일이라고. 하지만 꽃이 꽃으로 태어나면, 누군가 그것이 덤불이기를 아무리 원한다고 한들 꽃이 덤불이 될 수는 없는 법이란다. 펠리시아나, 이 말을 하고 싶어서 네게 온 거란다. 이 말은 네가 찾는 답이 될 거다. 코스메 할아버지에게 그렇게 말하렴. 다른 사람들에게도 그렇게 말해야 한다. 우리 아버지가, 우리 할아버지가, 우리 증조할아버지가 갔던 길이기 때문에 네가 치유자의 길을 걷는 것이라고 말하지 말거라. 이 길이 나의 길이라고, 그건 내가 펠리시아나이기 때문이라고 말하거라.

　그렇게 나는 나의 길을 알게 되었습니다. 내 이름 안에서 길을 본 것이지요. 나는 소녀일 때 나의 길을 보았고 느낀 겁니다. 나는 스페인어도 영어도 독일어도 프랑스어도, 나를 찾아오는 사람들의 그 어떤 언어도 할 줄 모릅니다. 나는 그들의 언어로 말할 줄 몰라요. 나는 여태 영화에 나오고 신문에도 실렸습니다. 사람들은 내게 책이며 음반을 보내요. 예술가들이 자신의 작품을 보내주는 거지요. 나는 그들에게 늘 고맙다고 말합니다. 하지만 나는 내가 처음이든 마지막이든, 사람들이 내 이야기를 하든 말든 아무 관심 없습니다. 고마운 일이지만, 관심 없어요. 나는 그저 나의 길이기 때문에 내가 하는 일을 하는 것뿐입니다. 내가 영화와 신문과 책과 사진에 나온다면, 그건 그런 일들이 내 이름이 보여주는 길에 나타났기 때문입니다. 나는 그런 일들을 찾아 나서지 않습니다. 다른 언어로 말하면서 나를 찾아오는 사람들에게 나는 나의 언어로 대답할 수 있을 뿐입니다. 나는 다른 언어로 나의 언어를 죽이지 않을 겁니다. 나는 공용어를 말하지 않습니다. 그래서 사람들은 통역사를 대동하고 오지요. 그래야 내가 하는 말이 그들에게 전해지니까요. 지금 내가 하는 말이 조에 양에게 나의 언어가 아닌 다른 언어로 가닿는 것처럼

마녀들

요. 그리고 그건 아무런 문제도 되지 않습니다. 같은 언어를 쓰는 두 사람일지라도 서로를 제대로 이해할 수 없으니까요. 한 명은 이렇게 알아듣고, 또 다른 한 명은 저렇게 알아듣기 마련입니다. 그래서 언어가 우리가 사는 현재만큼이나 거대하고 광활하다는 겁니다. 아버지가 나의 길에 대해 말해준 후로 아주 오랜 시간이 지나서야, 이미 세 명의 자식들, 아니세타, 아폴로니아, 아파리시오를 슬하에 두었고 이미 니카노르와 사별을 하고 난 후에야 나는 사람들의 몸과 영혼의 고통을 치유하는 치유자의 길에 들어섰습니다. 코스메 할아버지에게 이렇게 선언했지요. 이게 내 길입니다, 이 길을 신께서 내 길로 예비하셨습니다. 사람들을 치유하고 그들이 각자 영혼의 깊은 바닷속을 들여다보게 하는 것이 나의 길입니다. 할아버지는 팔짱을 낀 채 그건 남자들의 일이라고 말했어요. 우리 아버지가 말했던 대로요. 나는 아버지의 말을 따라 할아버지에게 나의 길을 증명해야 한다는 걸 알았습니다. 나는 모든 이에게 증명하고 싶었어요. 우리 아버지는 내게 펠리시아나, 다른 사람들에게도 너의 길을 증명해 보이거라, 여태 남자들만 가던 길에서 여자로서 증명해 보이거라, 하고 말씀하셨지요. 선조들이 받지 못한 것을 나는 받게 될 거라고 했어요. 그들이 남자여서 못 받은 것이 아니라, 내가 나이기 때문에 받게 될 거라고요. 그리고 그것이 바로 우리 아버지가 돌아가시기 전에 말씀하신 책이었지

요. 저 소녀가 주인이라고 팔로마가 말한 적 있는 그 책이
요. 그런데 그 책은 아직 내게 모습을 드러내기 전이었습
니다.

8

우리 엄마는 열여섯 살에 집을 나왔다. 남매 간에는 우애가 좋았지만, 부모님과의 관계에는 늘 긴장감이 맴돌았다. 엄마는 엄마의 부모님이 엄마에게 기대하던 것과는 다른 삶을 살고 싶었던 것이다. 사춘기에 접어들면서 갈등은 심해졌고, 엄마가 원하는 것—공부와 일—을 이룰 수 있는 유일한 길은 집을 나가는 것뿐이었다. 조부모님 슬하에는 자식이 여섯 있었는데 그중 딸은 우리 엄마와 이모 둘이었고, 6남매 중 막내인 이모는 엄마와 아홉 살 차이가 났다. 엄마가 열여섯 살이 되었을 때부터 조부모님은 결혼에 대한 압박을 가했는데, 다른 이유보다도 조부모님의 세상에는 공부하고 일하는 여자가 존재하지 않았던 까닭이다. 그런 상황에서 엄마가 공부와 일을 할 수 있는 유일한 방법은 동의를 구하지 않는 방식이었다.

엄마의 결정에 강력하게 반대했던 조부모님은 엄마가 집을 나간 지 얼마 되지 않고서부터 조금씩 누그러지는 태도를 보였는데, 물론 그리되기 전까지는 할머니의 무시무시한 협박도 있었다. 이른 독립은 엄마가 세상을 보는 방식에 결정적인 영향을 끼쳤고, 나중에는 레안드라와 나를 교육하는 방식에도 영향을 끼쳤다. 엄마는 학업과 동시에 옷 가게―한때 그 옷 가게였던 주차장을 가리키며 알려준 적이 있다―에서 일을 시작했고, 자전거를 타고 다녔고, 월급으로 다른 학생들과 함께 살던 집의 방 한 칸의 월세를 냈다. 그 학생들 중에는 우리 삼촌, 그러니까 아빠의 동생이 있었다. 엄마와 아빠는 그렇게 만나게 되었다.

우리가 조부모님 댁에서 지내던 시절, 레안드라는 폭식을 일삼았고 학교에 대한 흥미는 완전히 잃어버린 상태였다. 수업 시간은 온갖 딴짓을 하며 보냈는데, 의자에 앉아 있는 동안 내내 공책에 낙서를 하거나 지루해했다. 그래도 똑똑하고 스스로 앞가림을 잘했던 터라, 처음으로 퇴학당한 학교에서는 그럭저럭 좋은 성적을 유지했었다. 퇴학을 당하게 된 것은 행실이 불량하다는 지적을 계속해서 받았고, 열한 살이 되었을 때는 동급생들보다 훨씬 더 반항적인 태도가 극에 달한 탓이었다. 레안드라가 나보다 세 살이 어리다는 사실은 나로 하여금 그 애의 속도에 맞춰 가게 하는 면이 있었다. 가령 나는 내 동급생들보다 생리를 늦게 시작했는데, 내가 한 학년 월반했다는 이유도 있지만, 어느 면에서는 내가 레안드라와 동기화되었기 때문이기도 했다. 레안드라는 동급생들보다 생리를 일찍 시작했다.

우리 할머니, 그러니까 엄마의 엄마는 무척 독실한 가톨릭 신자였다. 조부모님 댁에서 지낼 때 우리는 할머니를 따라 성당에 가야 했다. 할머니는 레안드라의 반항적인 태도를 부끄러워했고, 그 애의 짧은 머리를 자주 지적하며 선머슴 같다고 트집을 잡기도 했다. 선머슴, 그것이 할머니가 쓰던 단어였다. 그러면 내 동생은 할머니가 아는 것과는 다른 다양한 머리 스타일과 옷 입는 방식이 존재한다고 대꾸했다. 레안드라는 공부에는 흥미가 없었고, 사람을 잘 다루는 천성과 유머 감각 덕분에 학급을 소란스럽게 만들곤 했다. 학교에 무슨 일이 있거나 문제가 생길 때면 레안드라가 가장 유력한 용의자였다. 온 가족이, 내 동생과 무척 가깝게 지내며 언제나 그 애를 보호해주던 우리 이모까지 깜짝 놀란 일이 있었다. 억지로 끌려다니던 성당에서 어느 날 레안드라가 신부님의 강론에 푹 빠져버린 것이었다. 모두의 예상과 달리 그 애는 할머니를 따라 기꺼이 미사를 드리러 다녔고, 밤마다 자기 전에 두 눈을 꼭 감고 두 손을 모은 채 기도했다. 그러던 어느 날, 레안드라는 첫영성체를 받겠다고 선언했다. 어찌 된 영문인지는 모르겠지만, 몇 분 후 나는 조부모님 댁 근처 성당에서 교리문답을 배우기로 그 애에게 설득당한 후였다. 우리 네 가족이 다시 함께 살게 되었을 때부터 아빠는 어쩔 수 없이 우리를 성당에 데려다주어야 했다. 우리가 첫영성체를 받았을 때 레안드라는 열 살, 거의 열한 살이었다. 나는 열세 살이었고, 스스로가 외발자전거를 탄 곰처럼 느껴졌다.

우리의 첫영성체는 합동으로 진행되었다. 행사와 관련된 가족들이 파티를 열었고, 레안드라의 성격을 잘 받아주며 다정했던 이모는 그 애에게 조그만 무지갯빛의 지포 스펙트럼 라이터를 선물했다. 언젠가 둘이 쇼핑몰 영화관에 갔을 때 본 라이터였다. 내 동생에게 그건 지구상에서 가장 멋진 색깔이자 가장 멋진 물건이었다. 가톨릭 십자가와 뼈 색깔 리본으로 묶인 밀 이삭 다발, 밤마다 기도할 때 불을 켜야 하는 커다란 초와 그 라이터가 제법 어울리는 선물이라는 의견을 처음으로 낸 건 이모의 남자 친구였고, 이모도 그에 동의한 것이었다. 레안드라는 이전에 이모 남자 친구의 은색 지포 라이터를 보고 자기한테 달라며 조른 적이 있었다. 그 애는 그게 세상에서 제일가는 발명품이라고 생각했다. 레안드라는 손으로 꺼보기도 하고 후후 불어보기도 하면서, 절대 꺼지지 않는 불이라고 내게 자랑하곤 했다. 창문으로 들어온 바람이 우리 침대 사이를 지나가도 꺼지지 않는 불에 그 애는 온통 마음을 빼앗겼다. 그날 밤, 우리는 우리가 받은 몇 안 되는 선물을 열어보았다. 대부분 할머니의 열렬한 신앙에서 비롯한 선물이었고, 레안드라는 그때 처음으로 지포 스펙트럼 라이터로 초에 불을 붙였다. 바로 그 라이터가 나중에 세 번째로 퇴학당하게 될 학교에 불을 지를 때 쓴 라이터였다.

우리 엄마와는 이루지 못한 일, 신앙을 나누는 일이 마침내 당신의 큰 손녀들과 가능해졌다고 생각한 할머니는 우리에게 각각 하얀 원피스 한 벌과 우리가 마치 성녀라도 되는 듯 성당 특유의 글씨체로 이름을 각인하고 자개빛깔 플라스틱 덮개를 씌운 성서 한 권, 동생이나 나나 결코 할 일이 없을 예수님이 새겨진 은목걸이를 선물해주었다. 할머니는 사진 앨범은 삼촌들이 선물해준 거라고 했다. 표지에 '내 첫영성체'라고 금색으로 쓰여 있고 마주 보고 기도하는 두 소녀의 금빛 그림자가 그려진 그 앨범은 사실 할머니가 산 것이었다. 우리 아빠는 무신론자답게 종교의식에 참여하지 않았다. 내내 서 있던 아빠는 무릎을 꿇으라는 신부님의 부탁도 거절했고, 대답도 거절했고, 기도도 거절했다. 아빠는 시간이 많았더라면 집집마다 다니며 무신론을 전도했을 거라는 농담을 즐겨 했다. 종교에 대한 우리 가족의 태도는 대략 이런 식이었다고 할 수 있다.

지포 라이터를 갖게 된 레안드라는 잔뜩 신이 났다. 라이터를 켜고 끄고 뚜껑을 열고 닫았고, 그날 밤 나는 이모가 내게 선물한 시집을 훑어보았다. 내 선물이 언니 선물보다 멋져. 왜냐하면 내 걸로 언니 걸 태울 수 있거든.

제 침대에서 레안드라가 이렇게 말하는 소리가 들렸을 때 나는 시집을 읽을까 말까 고민하던 중이었다. 당시 읽던 70년대 잡지보다 길게 이어지는 단어들이 더 웅장하고 어려워 보였던 까닭이다. 하지만 그래도 자기 전에 한번 읽어보기로 했다. 그 시집이 열세 살의 나에게 끼친 영향을 나는 평생 잊지 못할 것이다. 마치 내가 교리문답을 공부한 것과 첫영성체를 치른 것이 모두 페르난두 페소아의 이 문장을 이해하기 위해서였던 것만 같았다. '신조차 하나로 고정될 수 없거늘, 내가 어찌 하나로 고정될 수 있겠는가?'

그해 여름 나는 모든 걸 알게 되었다. 내가 13년 동안 해온 일, 그러니까 산다는 일에는 재미있는 면도 있다는 사실을 말해주는 걸 누군가 잊은 것만 같았다. 그 책은 내게 영화로, 음악으로, 신문으로, 부모님에 대한 의문으로 향하는 문이 되어주었다. 그해 여름 나는 첫 생리를 시작했다. 수영을 배우기 위해 물속으로 떠밀린 것처럼 신체의 변화와 감정의 소용돌이에 처음에는 겁을 먹었지만, 레안드라의 세계에서 적어도 잠시나마 분리되는 경험은 제법 만족스러웠다.

나는 조악한 시를 쓰기 시작했다. 정말이지 형편없었다. 학교신문에 기사도 쓰기 시작했는데, 그건 사실 그저 이런저런 복사본을 스테이플러로 박은 것이었다. 청소년답게 발끈하며 성질을 부리기도 했다. 악기를 배우고 싶었다. 드럼이 좋았다. 그래서 아빠에게 수업을 듣게 해달라고 부탁했다. 엔지니어였던 아빠는 음악에 관해서라면 아무것도 몰랐고, 이제 막 취향을 탐색하기 시작한 사춘기의 딸을 어떻게 대해야 할지에 관해서도 전혀 아는 바가 없었으리라고 짐작한다. 내 글을 칭찬하는 사람이 있다면, 그건 아빠였다. 하지만 아빠는 드럼을 향한 나의 관심을 다루는 법은 알지 못했고, 엄마에게 떠넘겼다. 엄마는 내게 집에서 가깝고 비싸지 않은 수업을 찾아보라고 했다.

내가 찾은 남자는 너바나의 〈Nevermind〉 앨범 재킷 사진이 그려진 민소매 티셔츠 차림에 머리를 길게 기르고, 나무와 벽돌로 만들어져서 숲속 오두막집 냄새가 나는 부모님의 집에 얹혀사는 서른에 가까운 남자였다. 도시 한복판에서 그런 시골의 분위기라니. 나무 장식, 전원풍 식탁 아래 깔린 소가죽 양탄자, 크기가 제각각인 장식용 점토 냄비, 벽에 걸린 거대한 마크라메* 장식이 희한하게 느껴졌다. 그는 옷을 입고 말하는 방식에서 나쁜 남자처럼 보이려고 무던히 애를 썼지만, 아마도 엄마가 만들어줬을 레모네이드를 마시면서 나를 부엌으로 안내하고는 자기는 여태 남자아이들만 가르쳐봤고 수업을 들으러 온 여자아이는 내가 처음이라는 말을 늘어놓았다. 그는 반쯤 마신 레모네이드 잔을 들고 말을 이어갔다. 생각해봐, 여자

---

* 수예의 한 기법.

드러머는 한 명도 없잖아. 록의 역사를 바꾼 여자는 사실상 한 명도 없다고. 그가 마지막 남은 레모네이드를 홀짝거리면서 말했다. 그러니까, 여자들은 노래를 하지 악기를 연주하지는 않아. 드럼은 말할 것도 없지.

때는 토요일 오후였고, 레안드라가 배낭을 메고 집을 나서고 있었다. 무얼 하러 나가는 거냐는 내 물음에 동생은 아니, 언니, 나 공원에 불 지르러 가는 거 아니야, 하고 대답하며 문을 쾅 닫고 나가버렸다. 레안드라는 이제 막 열한 살이 되었고, 첫 번째 퇴학을 당한 상태였다. 몇몇 교사들이 그 애는 똑똑하고 기억력이 좋아서 성적은 우수하지만 행실이 불량하다고 입을 모았던 까닭이다. 레안드라는 수업 시간을 못 견디게 지루해했고 친구들과 노는 걸 좋아했다. 친구는 쉽게 사귀었지만 수업을 방해했다. 잔을 넘치게 만든 마지막 한 방울은, 낙제 여부를 결정하는 선생님에게 대든 사건이었다. 선을 너무도 넘어버린 바람에 선생님의 인내심이 폭발해버렸다. 학년 전체에서 가장 높은 성적을 거두면서 시험은 완벽하게 통과했음에도 불구하고 선생님은 레안드라 사건을 논의하기 위해 다른 교사들을 소집했고, 이미 쌓여 있던 레안드라의 행실 불량에 대한 불만이 한데 모인 것이었다. 그렇게 레안드라는 두 번째 학교로 보내졌고, 나중에는 그곳에서도 퇴학을 당하게 되었다.

두 번째 학교는 낡은 건물에 있었고 교실마다 천장 중

앙에서 선풍기가 돌아갔다. 선생님이 등을 돌리면 누군가는 꼭 연필깎이나 지우개 따위를 선풍기에 던지곤 했고, 그러면 요란하지는 않아도 모두가 알아채고 웃을 만큼의 소음이 일곤 했다. 선생님이 자리를 비우고 선풍기는 돌아가고 있을 때면 학생들은 연필이며 펜을 던졌고, 한번은 누군가 필통을 던졌는데 안에 들어 있던 내용물이 교실 여기저기로 날아가는 바람에 모두가 웃음을 터뜨린 적도 있었다. 어느 날, 선생님이 다른 선생님과 이야기를 나누러 밖에 나간 사이 레안드라는 커다란 생수 통을 한 통다 써서 외투 한 벌을 적시고는 젖은 외투를 선풍기로 던졌다. 외투가 떨어지면서 천장도 조금 뜯겨 나오는 바람에 커다란 구멍이 생겨버렸는데, 나중에 레안드라는 그 구멍을 분화구라고 불렀다. 그 사건과 행실 불량에 관련된 증언으로 인해 레안드라는 또다시 퇴학을 당하고 말았다.

레안드라가 공원으로 향하던 그날 오후 그 애는 지퍼가 달린 후드 티셔츠를 입고 있었다. 레안드라는 공원 맞은편 건물에 살던 친구와 자주 어울리곤 했다. 친구는 늘 라스타파리 색깔*의 모자를 쓰고 다니는, 눈과 코가 동글동글하고 내 동생을 무척 아끼는 다정한 소년이었다. 그날

---

* 기독교와 토속신앙이 결합되어 흑인 예수를 섬기는 종교이자 범아프리카주의를 표방하며 흑인의 자유와 평등을 제창하는 운동. 이를 따르는 사람들을 '라스타'라고 부르며, 검정, 초록, 빨강, 금색이 들어간 모자가 상징이다. 마리화나를 신성시하며 대표 인물로 밥 말리가 있다.

오후 나는 방을 독차지하는 즐거움을 만끽하며, 노래할 때 내 목소리가 어떤지 들어보려고 외워 부르던 노래를 틀었다. 바로 그때 엄마가 방으로 들어오더니 드럼 수업은 어떻게 됐냐고 물었던 것이다. 나는 집에 일찍 돌아왔고 아빠는 집에 없던 그 순간, 노크도 하지 않고 들어오는 엄마의 행동이 불편하게 느껴졌다. 나는 드럼 선생이 내게 한 말을 엄마에게 전해주었다. 빨간 립스틱에 부스스한 머리를 하고 금색 벨트, 하얀 티셔츠와 하이웨이스트 청바지를 입은 삼십대 초반의 엄마가 내 침대 끝에 앉더니 말했다. "아니, 무슨 그런 천하의 멍청이가 다 있다니, 여자들에 대한 그런 고정관념이라니. 얘, 딸아, 그런 인간한테는 당신처럼 편협한 인간이야말로 록의 역사를 바꾸는 데 아무런 영향도 끼치지 못했다고 말을 해줬어야지. 그러고는 문을 쾅 닫고 나와버렸어야 하는 건데. 그런 좀생이 하나 때문에 드럼 칠 생각이 없어졌단 말은 하지 말렴."

　나는 다른 음악 선생님을 찾았다. 그는 여덟 명으로 구성된 청소년 그룹에게 드럼, 기타, 피아노의 기초를 가르쳤다. 선생님은 이십대 남자로, 빨간 머리와 속눈썹에 하얀 피부를 가졌고 주근깨가 계핏가루처럼 뿌려진 얼굴이었다. 키가 무척 컸고, 눈은 언제나 반은 감겨 있었고, 신중하게 움직이기에는 몸집이 너무도 컸다. 우리는 모두 선생님을 좋아했다. 수업은 선생님의 아버지 집 뒤편에서 이루어졌다. 유명한 정신분석학자였던 선생님의 아버지도 이따금 와서 인사를 건네곤 했다. 한번은 연습실과 집 사이에 있는 정원에서 방송국 카메라가 그를 취재하는 것도 본 적 있다. 당시 유명인이 자살한 사건이 있었는데, 자살에 관한 그의 연구를 인터뷰하는 것이었다. 그는 꽤 유명한 사람이었고, 얼마 전 진료실을 다른 동네의 건물로 옮겨 다른 정신분석학자, 심리학자, 심리 치료사들과 함께 일했다. 한편, 클래식 기타 석사과정을 공부하던 선생님은 학비를 벌기 위해 오후마다 우리를 가르쳤다. 그는 유쾌하고 기품 있고 친절했고, 우리에게 자신감을 심어주었다.

내가 마리아를 만난 건 그 음악 수업에서였다. 나는 기타에 집중하던 마리아와 밴드를 결성했고 '네온'이라 이름 붙였다. 마리아는 공책 귀퉁이에 네온의 빛을 발하는 초능력을 지닌 '네온 소녀'라는 캐릭터를 그려 넣었다. 어떤 상황에서 능력이 발휘되는지 혹은 도대체 어디에 쓰는 능력인지는 알 수 없었지만, 어쨌든 네온 빛 덕분에 남들보다 눈에 띄는 소녀라는 발상이 마음에 들었다. 우리는 토요일 오후마다 합주를 하기 시작했다. '공식' 밴드 이름을 '네온'이라고 정하기까지 우리는 때로는 네온이었고 때로는 네온 소녀였다. 곧 훌리아가 합류했는데, 마리아의 이웃으로 노래를 잘하는 친구였다. 그 애는 몇 번 안 되지만 관객 앞에서 연주했을 때보다 우리끼리 연습할 때 더 활기 넘치고 적극적이었다. 홀리아는 사람들 앞에 서는 건 불편해했지만 노래를 무척 잘했다. 연습 때의 모습과 무대 위에서의 모습은 정반대의 영혼이라고 할 수 있었는데, 꼭 두 명의 다른 사람 같았다. 우리가 관객 앞에 섰던 몇 번 안 되는 무대마다 홀리아는 앞머리로 얼굴을 덮고 눈을 감은 채로, 혹은 바닥을 내려다보며 노래했다.

우리의 첫 공연은 야외였고 마리아와 홀리아가 살던 지역에서 청소년 재능 축제의 일환으로 개최된, 밴드를 선발하는 경연 대회에서였는데, 겁에 질려 죽는 줄 알았다. 가족들이 왔고, 근처에서 어슬렁어슬렁 돌아다니던 사람들이 모여들기도 했고, 음악 선생님도 여자 친구와 함께 와서 열렬히 환호해주었다. 인사를 하려고 내려갔을 때 선생님은 우리에게 노란 꽃다발을 선물해주기까지 했다. 우리는 2등을 차지했는데, 배낭을 멘 채 라스타 비니를 쓴 친구와 함께 있던 레안드라에 따르면 경연 대회에서 2등이란 최악의 순위였다. 1등도 아니고, 3등이라는 구덩이에 떨어져서 아무도 기억하지 못하게 되는 것도 아니고, 지역 경연 대회에서의 2등이라는 것은 미적지근하고 그저 그렇다는 것이었다.

우리는 음악 수업을 같이 듣는 친구의 생일 파티에서도 공연했다. 우리 연주는 그때 더 나았고 공연도 더 재미있었다. 그다음에는 내가 다니던 학교이자 레안드라가 처음으로 퇴학당한 학교에서 공연을 했는데, 학교에서는 매해 연말이면 학생들이 무대에 올라 각자의 재능을 뽐내는 장기 자랑 대회가 열리곤 했다. 그때 레안드라는 혼자 나타났던 걸로 기억한다. 파란색 바지에 하얀색 민소매 티셔츠, 기모노 같은 욕실 가운을 걸치고 검은색 부츠를 신은 차림이었다. 레안드라는 친구들과 인사를 하더니, 그중 어느 여자애와 진한 포옹을 하고는 같이 앉았다. 여자애는 모든 공연에 박수를 쳤고, 레안드라는 우리 공연 외에는 박수를 치지도, 관심을 보이지도 않았다. 우리는 사랑 시를 외워서 낭송한 소년 다음으로 무대에 올랐다. 무대에 오를 준비를 하던 중 레안드라를 봤던 기억이 난다. 마치 소년이 낭송하던 시구를 더는 한 구절도 못 듣겠다는 듯 이마를 짚고는 기모노 가운을 걸친 채 극적으로 지루해하는 모양새를 연출하고 있었다. 당시 첫 생리를 시작했던 레안드라는 체중이 빠지고 있었고, 파스타 다이어트를 하는 중이라는 농담을 즐겨 했다. 그건 사실이긴 했다. 신진대사가 달라지기도 했고, 이제는 폭식도 그만둔 터였다.

우리는 당시 인기 있던 밴드의 노래 세 곡을 연주했고, 반응이 좋아서 우리의 자작곡도 한 곡 연주했다. 학교 무대에 올릴 곡으로 정하기 전에 마리아가 작곡하고 내가 작사한 곡이었다. 당시 레안드라는 몰래 담배를 피웠다. 아빠 쪽 할아버지가 폐공기증 때문에 피부가 잿빛이 되어 돌아가셨던 탓에, 아빠에게 있어 담배란 크립토나이트*와 마찬가지였다. 아빠는 테킬라나 위스키 한 병을 통째로 비울 수는 있는 사람이었지만 담배는 싫어했고, 담배 연기조차 참지 못했다. 그런 아빠가 레안드라의 흡연 사실을 알게 된다면 상처를 받을 터였고, 늘 일을 크게 만드는 걸 좋아하는 레안드라도 아빠에게는 상처를 주고 싶지 않아 했다. 그렇지만 담배를 끊을 생각은 없었기에 우리 공연이 끝난 후 친구와 담배를 피우러 나갔다. 우리 부모님도 관객석에 있었는데, 레안드라가 살금살금 우리에게 다가오는 게 보였다. 그 애는 민트 맛 풍선껌 냄새를 강하게 풍기고 스티로폼 컵에 담긴 커피를 홀짝이면서 확신에 찬 태도로 우리의 자작곡이 좋았다고, 하지만 다른 곡들이랑 세쌍둥이처럼 너무 비슷해서 구별이 잘 되지 않았다고 말했다. 레안드라의 말이 맞았다. 나는 다른 곡 가사를 쓸 때 더 멋있게 들렸으면 하는 마음에 사전에서 동의어를 찾아가며 썼다. 다 쓴 후에 레안드라에게 보여주자 그 애는 몇몇 단어를 이해하지 못했음에도 이렇게 말했다. 가사 나쁘지 않아, 언니, 언니는 진짜로 인류학적인 위업을 이룬 거야. 잔해 속에서 복잡한 단어를 발굴해낸 거잖아. 그 말은 나를 관통했고, 오랫동안 머릿속에서 맴돌았다. 세상에 유일하게 진실한 사람이 있다면, 그건 레안드라라고 믿었으니까.

---

* DC 코믹스 세계관에 등장하는 가상의 물질로, 슈퍼맨의 치명적인 약점이다.

나는 주로 차고에서 앨범을 처음부터 끝까지 통으로 들으며 연습했다. 연습 중에 가끔 아빠가 좋아하는 노래가 나오면 아빠는 뚝딱거리며 춤 비슷한 것을 추기도 했다. 레안드라의 평가를 듣고 난 후로 마리아네 집에서 합주를 위해 만났을 때, 나는 랩을 해보자고 제안했다. 가사는 셋이 함께 썼고, 투팍의 노래에서 딴 샘플을 사용했고, 드럼비트에 집중했다. 레안드라는 그 노래도 마음에 들어 하지 않았지만, 우리는 훌리아네 집 파티에서 그 곡을 연주했다. 훌리아는 앞머리로 얼굴을 거의 다 가리고, 보라색 모자를 쓰고, 형광 노란색으로 손톱을 칠한 모습으로 노래했다. 연습 때 훌리아가 말하길, 형광색 손톱이 파문을 일으킬 거라고, 그게 우리 밴드의 상징이 될 거라고 했다. 그래서 우리도 형광 노란색으로 손톱을 칠하고 무대에 올랐다. 노래 중간에 마리아는 파티와 관련된 내용을 즉흥적으로 불렀고 그게 히트를 쳤다.

열네 살, 열다섯 살이 되자 밴드와 형광색 손톱은 파티로 대체되기 시작했고, 곧 '네온'은 먼 과거의 일처럼 느껴졌다. 누군가 우리의 자작곡 이야기를 하기라도 하면 부끄럽기도 했는데, 밴드가 해산된 후에도 나는 계속 곡을 썼다. 단 한 번도 사람들 앞에서 부르거나 연주한 적 없는 곡들이었고, 심지어 레안드라에게도 보여주지 않았다. 때때로 그 애의 평가가 두려웠던 까닭이다. 그리고 중고 악기 시장에서 산 드럼은 내가 쓰는 시에 리듬을 입히는 데 쓰였다. 이따금 아빠가 자기 차나 동료의 차를 분해하고 조립하는 주말 오후면 나도 곁에서 드럼을 치며 리듬에 맞추어 말들을 쏟아내곤 했다. 음악이 있으면 더 그럴듯하게 들렸으니까, 마치 설탕 한 숟가락을 커피에 녹이지 않고 그냥 입에 넣을 수는 없는 것처럼. 무언가를 다른 무언가에 녹여내야 할 필요를 느끼는 것, 나의 그런 면은 어쩌면 아빠에게서 온 건지도 모르겠다.

나는 책을 읽거나 학교신문에 기사 쓰는 일을 그만두지 않았다. 레안드라는 책이나 신문에는 관심조차 없었다. 청소년기에 우리는 점점 더 멀어지는 듯했다. 같은 방 안에 창문을 사이에 두고 두 개의 평행선을 그리며 놓인 침대처럼 우리의 길은 결코 만나지 않을 것처럼 보였고, 우리가 집을 떠나면 관계도 소원해져서 가족 모임이 있을 때나 몇 마디 하는 사이가 될 것 같았다.

단 몇 달 만에 레안드라는 극적인 변화를 맞았다. 사춘기에 접어들기 전, 짧은 머리에 옴폭 팬 통통한 손을 지녔던 소녀는 예쁘장한 십대 소녀로 탈바꿈했다. 레안드라는 그런 변화를 즐겼다. 처음으로 술에 취한 날, 그 애는 제 친구들보다 훨씬 더 취하도록 마셨다. 레안드라와 친구들은 파티에서 보드카와 맥주가 동나도록 마셨는데, 파티를 연 소녀의 부모님의 독주를 섞어 마신 건 레안드라가 유일했다. 그리고 그날 밤 나는 아빠와 함께 동생을 데리러 가야 했다. 아빠가 동생을 업고 들어와 침대에 눕히는 동안 나는 부엌에서 플라스틱 양동이를 가져와 우리 침대 사이에 두었다.

레안드라는 주로 밖에서 시간을 보냈고, 우리는 집 안에서 마주칠 일이 거의 없어졌다. 나는 마리화나와 맥주와 세상을 바꿀 궁리를 하는 대화가 있는 파티에 다녔고, 레안드라는 온갖 종류의 파티에 출몰했다. 나는 컨버스를 신었고 레안드라는 부츠를 신었다. 언젠가 그 애가 내게 말한 적 있다. 언니, 내가 컨버스 신은 모습은 절대 볼 일 없을 거야. 그건 자본주의의 끔찍한 유니폼이니까.

그 시절에는 고등학교 상급생들이 큰 규모로 점심 파티를 열곤 했다. 점심 파티라고는 하지만 술을 마시고 시시덕거리러 모이는 곳이었고, 운이 좋은 친구들은 구석에서 서로 더듬거리거나 떡을 치기도 했다. 오전반 학생들이 수업을 마치고 나오는 오후 3시 무렵 시작해서 새벽에 신파 드라마의 결말을 맞이하며 끝나던 그 파티들은 아주 유명해졌고, 이름을 날리는 밴드들도 와서 공연하곤 했다. 나는 그런 파티에 딱 한 번 가본 적이 있는데, 마리아와 내가 무척 좋아하던 그 동네 출신 밴드의 공연이 있었기 때문이다. 거기서 우리는 연인 사이의 두 소년을 알게되었는데, 죽이 잘 맞아서 잔디밭에 같이 앉아 해가 질 때까지 마리화나를 피웠다. 그 시절 내가 파티에서 레안드라를 만난 건 그때가 유일했다. 레안드라는 만취해 있었고, 자기가 취한 걸로 뭐라고 하지 말라고 부탁했고, 코가 새빨개져서는 내게 말했다. 언니, 우리 여보를 소개해줄게, 내 친구의 여자 친구인데, 나랑 너무 잘 맞아서 내가 청혼했거든, 그리고 결혼까지 해버렸어. 그렇지만 엄마 아빠한테는 비밀이야, 결혼식에 초대도 안 하고 결혼해버렸다고 말하면 안 돼. 당시 내 목소리는 동생보다 많이는 아니고 약간 낮은 편이었는데, 그날따라 동생이 평소보다 높은 톤으로 말하는 것이 이상해 보였다. 왜인지는 모르겠지만, 나는 내 동생이 달콤한 향수를 뿌리고 다정한 목소리를 내는 그 여자애에게 잘 보이고 싶어 한다는 인상을 받았다. 이튿날 아침, 동생은 둘이 키스를 했고 아주 재미있었다고 말했다.

레안드라는 디자이너가 되고 싶어 했고, 그런 바람은 아빠를 불안하게 만들었다. 어쩌면 엔지니어라는 아빠의 실용적인 일과 반대되는 측면이 있어서였는지도 모르겠다. 엄마는 대화를 중립적으로 끌고 가려고 애쓰곤 했다. 나는 신문 기사를 쓰고 싶었다. 도서관에서 자료 조사를 하거나, 어쩌면 시를 쓰고도 싶었다. 종잡을 수 없는 나의 마음은 엄마와 아빠에게 있어 도무지 주파수를 맞출 수 없는 라디오 방송국이었다. 언젠가 나는 확신에 차서, 신문사 편집국에서 온갖 종류의 기사를 쓰는 일을 하겠노라고 엄마와 아빠에게 선언한 적이 있다. 그런 개념이 너무도 생소했던 우리 가족에게 나의 말은 마치 달에 깃발을 꽂겠다는 소리나 마찬가지였다. 하지만 내가 어떻게 지금

하는 일을 하게 되었는지 펠리시아나에게 말했을 때, 펠리시아나는 무척 확신하며 말하길, 내게도 언어가 있다고, 하지만 아직 무언가 빠진 것이 있다고 했다. 펠리시아나가 언어라는 것을 언급했을 때 처음에는 무언가 신비스러운 것이라고, 생소한 것이라고 느껴졌다. 하지만 곧 그녀가 훨씬 더 넓은 의미의 무언가를 말하는 것이라는 걸 알게 되었다.

그래서 어떻게 할 작정이니, 한번은 엄마가 물었다. 일자리는 집 앞으로 찾아오지 않는단다. 네가 나가서 찾아야 해. 어느 날 아침, 등굣길에 나는 신문을 한 부 샀다. 아빠가 토요일마다 읽던 신문으로, 우리 할아버지, 그러니까 아빠의 아버지에게서 물려받은 습관이었다. 할아버지역시 엔지니어였는데, 나는 아빠가 엔지니어라는 직업에특별히 흥미가 있었다기보다는 할아버지와의 관계를 유지하기 위해 그 직업을 택했다고 생각한다. 둘 다 같은 일을 한다는 사실은 조용한 친밀감을 형성하는 하나의 방식이었을 것이다. 우리 아빠가 말이 없는 편이라면, 할아버지는 무덤이나 다름없었던 까닭이다. 그 신문은 차고에서작업하는 아빠 곁에서 나도 이따금 읽던 신문이었다. 나는 신문사 주소를 보고 그날 오후 그리로 찾아가 편집국보조로 일하고 싶다고 했다. 우리 아빠가 사서 보던 신문이기도 했고 매일 아침 충직한 개처럼 우리 집 대문 앞에나타나던 신문이기도 했지만, 무엇보다 큰 신문사였으므로 운이 좋으면 나를 위한 일자리 하나쯤은 있을 거라고 생각했다. 나는 신문사 일이 어떻게 돌아가는지에 관해서라면 아는 바가 하나도 없었지만, 창구 직원이 나를 문화부 담당 편집 보조와 연결해준 건 내 태도가 꽤나 결연해 보였던 까닭이었으리라. 그는 내게 월요일에 다시 오라고 했다. 편집장과 이야기하기까지의 과정은 어려웠고, 마침내 대면하게 됐을 때 그는 시간이 남아도는 어린 여자애들에게 줄 일자리는 없다고 했다. 그가 말했다. 여기는 일하는 곳입니다. 시간을 죽이러 오는 곳이 아니에요. 나는 대기실 너머로 더 들어가지 못했다. 그 이야기를 엄마와 아빠에게 전했을 때, 둘은 부엌에서 텔레비전을 작은 소리로 틀어놓고 샌드위치를 먹는 중이었다. 아빠는 점잖게 반응했다. 편집장에게 다시 가서 내 말을 들어보게 해야 한다고 했다. 엄마는 폭발했다.

"막돼먹은 인간 같으니라고, 네가 남아도는 시간을 죽이러 가는 어린 여자애라고 누가 그랬다니? 그 잘나신 편집장님한테 누가 매너를 가르쳤는지는 몰라도, 그 인간, 제 주제를 알게 해야 해. 네가 하지 않을 거라면 엄마가 하마. 너희 아빠 말이 맞아, 편집장한테 다시 가야지. 그 인간 정신 차리게 하는 것뿐만 아니라, 네가 신문사 일은 물론이고 네가 원하는 일은 무엇이든 할 자격이 있다는 걸 증명해 보여야 한다, 조에."

이튿날 수업이 끝난 시각, 출근해 일하고 있어야 할 엄마는 나를 데리러 왔고, 신문사 건물 앞에 내려다 주었다.

"돈은 쥐꼬리만큼 주겠지만 그래도 너를 위한 일자리가 하나쯤은 있을 거야. 네가 일을 따내서 올 때까지 엄마가 여기서 기다릴게. 무급으로 일하는 건 절대 안 된다. 어떤 상황에서도 그건 옳지 않은 일이야. 네가 얼마나 신참이든 상관없어, 무급 노동은 절대 안 돼."

우리는 그다음 주에 또 가야 했다. 편집장이 자리를 비웠던 까닭인데, 그래도 다시 만나게 해주겠다는 보조의 약속을 받아냈다. 나는 학교 오전반이었기 때문에 평일에는 오후 시간대에, 토요일에는 아침 7시부터 오후 12시까지 일하는 조건으로 개똥 같은 급료의 일자리를 얻게 되었다.

곧 나는 편집국에 더 나은 교대 근무 시간대 따위는 존재하지 않는다는 사실을 알게 되었다. 나는 주말 내내 일하게 되었는데, 그래도 첫 상사의 신임을 얻은 덕분에 대학 졸업 후 처음으로 들어간 직장에 추천서를 받아 들어갈 수 있었다. 그리고 그 직장이 지금 내가 일하는 곳까지 데려다주었다. 내가 일을 따낸 그날 오후는 양극단을 오가는―아침에는 강렬한 더위가 극성이고 오후에는 꼭 비가 쏟아지고야 마는―기후의 여름날이었고, 검은 스웨터 차림에 주황 립스틱을 바르고 손톱은 분홍으로 칠한 엄마가 운전을 하며 했던 말이 기억난다.

"벼룩 문제는 보기보다 더 심각하기 마련이야, 조에. 그

거 아니, 유리병에 벼룩을 한가득 넣으면 벼룩들은 뛰어오르다 뚜껑에 부딪치지. 뚜껑 높이까지 계속 뛰어오르거든. 왜냐하면, 걔들은 벼룩이고 벼룩이 하는 일은 뛰어오르는 거잖니. 그런데 네가 뚜껑을 없애도 걔들은 여전히 보이지 않는 한계까지만 뛰어오른단다. 뚜껑이 없어졌다는 생각을 못 하거든. 남성우월주의적으로 굴러가는 체계 안의 문제도 똑같아. 너도, 레안드라도 한계에 부딪치는 벼룩이 아니야. 조에, 명심하거라. 너희는 원하는 만큼 높이 뛰어오를 수 있단다. 유리병에 뚜껑이 있다면, 너희가 직접 없애는 거야."

그 신문사에서 5년을 일하는 동안 엄마는 내 상사를 언제나 '잘나신 편집장님'이라고 불렀다. 첫 만남 때 나를 대했던 그의 태도를 끝까지 용서하지 않은 것이다. 그해 대학 커뮤니케이션학과에는 지원한 학생들 중 80명만 붙었고, 그중에서 장학금을 받게 될 학생은 열 명뿐이었다. 장학금을 받으며 커뮤니케이션학과에 들어간 건 내게 무척 중요한 업적이었다. 꼭 그 학과에서 공부하고 싶기도 했지만, 합격 가능성을 높이기 위해 여섯 달 동안 무진 애를 썼던 까닭이다. 학교 수업을 마치고 직장에서 틈이 나면 수학과 화학과 물리를 공부했다. 결과가 발표되었을 때 아빠는 사무실에서부터 내게 전화를 걸어와 내가 무척 자랑스럽다고, 내게 줄 선물을 준비하겠다고 했다. 그래서 나는 아빠가 저녁 식사를 말하는 줄 알았는데, 아빠의 선물은 78년도식 밸리언트였다. 집에서 엄마와 마주쳤을 때 엄마는 나만 보면 늘 하던 말을 했고, 그날에서야 비로소 그 말의 의미를 완전히 깨달았다. "너는 내 기대를 저버리지 않는구나", 그 말은 곧, 나에 대한 엄마의 기대란 결국 내가 하고 싶은 일을 하는 것이라고 말하는 엄마의 방식이었다.

9

이게 내 길이라고, 이 길이야말로 신께서 예비하신 나의 길이라고 선언한 후로 코스메 할아버지는 나와 말을 섞지 않았습니다. 나는 나를 보러 오는 사람들을 치유했고, 치유자로 유명해지기 시작했습니다. 내가 인간의 몸과 영혼을 치유한다는 소문이 돌자 옆 마을에서도 사람들이 나를 보러 오기 시작했고, 스페인어를 말하는 사람들이 오기 시작했고, 나중에는 다른 언어를 쓰는 사람들, 이국의 사람들이 여기 산펠리페까지 나를 찾아오기 시작했습니다. 그들은 말을 타고, 당나귀를 타고, 마체테를 휘둘러 길을 내며 왔습니다. 이국의 사람들은 어떻게든 왔습니다. 우리 마을 사람들을 안내자로 삼기도 했지요. 그 당시만 해도 차도는커녕 포장길도 없었습니다. 도로는 시장이 깔았습니다. 여기저기서 외지인들이 여기까지 몰려오는 걸 보고, 그들에게 좋은 인상을 남기고 싶었던 거지요. 시장은 미국인 은행가가 나를 보러 왔다는 사실을 알았습니다. 내 이야기로 만든 영화를 보고 찾아온 은행가가 권력 있는 사람인 걸 알아보고 시장은 자기 집으로 초대하기까지 했지요. 그 당시 밭들 옆에 있던 우리 집까지 찾아오려면 말이나 당나귀를 타고 네다섯 시간은 꼬박 걸렸고, 이따금 걷기도 해야 했으며, 우박과 함께 나뭇가지와 덤불이 떨어지기라도 하면 마체테를 휘둘러 길을 내야 했습니다. 그럼에도 사람들은 찾아왔고, 어찌나 많이 왔는지 나는 그 사람들에게 내일 오세요, 다른 날 오세요, 나중에 오세요라고 말해야 했지요. 하지만 나를 보러 오는 그 모든 사람보다도 정작 내가 가장 원했던 것은, 코스메 할아버지의 입에서 나오는, 내가 잘하고 있다는 말이었습니다. 할아버지는 내가 하는 일이 남자들의 일이라고 했었지요.

하루는 할아버지가 우리 집 문간에 나타나더니 이렇게 말하는 겁니다. 펠리시아나, 네가 유명한 치유자라는 소식을 들었다. 네게 언어가 있다는 말을 들었어. 내 축복을 주기 위해 왔다. 할아버지는 그런 사람이었어요, 마음을 여는 데 오래 걸리지만, 한번 열면 아주 크게 여는 사람이었지요. 할아버지의 문은 아주아주 커다란 문이었습니다. 할아버지가 내게 문을 열어주었던 적은 두 번이 전부였는데, 이때가 바로 그 두 번째 순간이었습니다. 처음은 니카노르와 결혼했을 때였지요. 그때 나는 아마 열네 살 정도였을 겁니다. 정확한 숫자는 몰라요, 여기 산펠리페에서나 산후안데로스라고스에서는 사람들이 태어날 때 서류를 작성하지 않으니까요. 첫딸 아니세타가 태어났을 때, 할아버지가 처음으로 내게 마음의 문을 열어 보인 겁니다. 할아버지는 마음을 묻어두는 사람이었어요, 쏟아져 나오기 전까지요. 할아버지는 내가 어릴 적 만들었던 헝겊 인형, 내가 마리아라고 이름 붙이고 할아버지는 톨라라고 부르던 그 인형을 들고 나타나더니 말했습니다. 펠리시아나, 이 인형은 이제 네 딸 아니세타의 것이다. 하지만 아이가 인형을 가지고 놀려거든 빼앗아야 한다. 그래야 아이도 제 길을 찾아갈 거다, 내가 네게 일을 가르쳤던 것처럼. 그렇게 나는, 니카노르와 결혼하고 아니세타를 낳았을 때, 할아버지가 내게 마음의 문을 연 것이라는 사실을 알았습니다. 말로는 하지 않았지만 할아버지가 나를 사랑하고 치유자로서의 나를 존중한다는 사실을 할아버지가 두 번째로 문을 열었을 때 알았습니다. 코스메 할아버지는 팔로마는 사랑하지 않았어요. 할아버지가 팔로마한테 던지던 말들은 꼭 돌팔매질 같았지요. 사람들은 팔로마를 좋아했지만, 우리 할아버지는 그렇게도 무정했습니다. 팔로마가 파스 할머니를 병상에서 일으켰을 때도 고맙다는 말 한마디 없었습니다. 팔로마가 가스파르였던 시절에도 할아버지는 그에게서 깃털을 보았던 까닭이지요. 누군가 팔로마 이야기를 꺼내면, 저 자식은 걸을 때마다 깃털이 떨어진다고 말하던 게 바로 우리 할아버지였습니다.

니카노르네 가족 이전에, 코스메 할아버지가 나를 내줄지 보러 왔던 가족이 셋 있었습니다. 그들은 아들을 데려오지 않았어요. 소녀들은 결혼 전에 신랑의 얼굴을 볼 수 없었으니까요. 아니, 아니요, 나는 그 소년들을 만난 적 없습니다. 그들의 가족을 만났을 뿐이지요. 니카노르네 가족이 가장 대가족이었고 친절했어요. 염소와 암탉과 돼지도 몇 마리 가지고 있었지요. 할아버지는 결혼을 승낙했고, 나는 마을 성당에서 열린 우리의 결혼식 며칠 전에 니카노르를 처음으로 만났습니다. 그는 무척 진지해 보였어요. 지참금으로 돼지 몇 마리와 염소 몇 마리를 가져왔고, 파스 할머니가 그것들을 돌보았습니다. 할아버지가 염소 한 마리를 잡았고 우리 엄마가 옥수수로 아톨레*를 만들었지요. 니카노르네 대가족은 화주와 칠면조 몰레**를 준비해 왔고요. 결혼식 당일, 니카노르는 글을 읽고 쓸 수 있다고 말했어요. 지역사회학교에서 배웠다면서요. 그의 가족은 우리 결혼식을 축하하기 위한 음

---

* 옥수숫가루에 물 또는 우유와 설탕 등을 넣어 걸쭉하게 끓인 멕시코 전통 음료.
** 멕시코 요리에 들어가는 여러 소스를 가리키며, 초콜릿이 들어간 고추 소스인 몰레 포블라노가 대표적이다.

악도 준비했습니다. 몬테스 밴드는 산펠리페의 파티와 여인숙을, 이 지역의 다른 마을들을 돌면서 연주하는 유랑 악단이었어요. 무용수들을 대동하는 그런 밴드여서, 우리 결혼식에서 사람들이 춤을 추도록 분위기를 띄워주었습니다. 그중 한 명이 니카노르네 친척이었거든요. 팔로마에게는 아직 남자가 없었어요. 그녀가 사랑하는 남자들이든, 사랑하지 않는 남자들이든, 아직 남자들과 밤을 보내고 다니기 전이었지요. 팔로마는 아직 소년 가스파르였고, 아직 치유자의 일을 하던 때였어요. 그날 가스파르는 니카노르 집안의 모든 여자들과 춤을 췄고, 여자들은 모두 가스파르를 좋아했지요. 가스파르는 친절하고 파티에서 함께 즐기기에 무척 재미있는 사람이었으니까, 니카노르네 집안 여자들은 모두 그와 사랑에 빠질 수밖에 없었어요. 가스파르는 모두를 웃게 했고 춤추게 했습니다. 한편 코스메 할아버지는 돌아다니면서 가스파르는 자기 가족이 아니고 사위 펠리스베르토 쪽 집안사람이라며, 유서 깊은 치유자의 대를 이을 마지막 후손이 저런 녀석이라니 참으로 안타까운 일이라고 통탄하고 다녔습니다. 모두가 춤을 출 때, 내 동생 프란시스카가 내게 와 말하더군요. 언니, 어른들이 나를 결혼시키지 않았으면 좋겠어. 그러더니 동생은 결혼식 내내 부엉이처럼 조용히 있었습니다. 크게 뜬 눈으로 여기저기 둘러보면서, 적지 않은 니카노르네 집안 아이들을 돌보면서 말이지요.

마녀들

결혼 후 처음 며칠간 나는 겁에 질려 있었습니다. 이제 예전처럼 내 동생 프란시스카와 한 멍석 위에서 잘 수 없기 때문이기도 했고, 니카노르는 아침을 푸짐하게 먹는 걸 좋아하는 한편 우리 가족은 그러지 않았기 때문이기도 했고, 결혼식 날 밤 그가 내 위로 올라왔을 때 무슨 영문인지 이해하지 못했기 때문이기도 했지요. 나는 받아들였습니다. 그게 결혼한 여자의 삶이라고 생각하면서요. 하지만 내가 이해할 수 없었던 건, 왜 사람들은 다른 사람 위에 올라타는 걸 좋아하는가입니다. 니카노르와의 결혼 생활 중 이해하기까지 오래 걸린 문제이지요. 나는 그저 그게 남자와 여자 사이의 관습이고 사람들이 그걸 좋아하는구나 생각했고, 그러니까 사람들의 관습을 따라야겠다, 생각했습니다. 니카노르가 위에 올라탔다니 그게 무슨 뜻이냐며 동생이 내게 묻더니, 결혼식 날이 자기에게도 닥칠까 봐 잔뜩 겁을 먹고는 코스메 할아버지가 자기를 결혼시키지 않았으면 좋겠다고 했습니다. 그러지 않아도 할아버지는 동생을 결혼시키려고 여기저기 말을 뿌리고 다니던 참이었습니다. 사람들은 이미 프란시스카가 늘씬하고 예쁜 소녀라는 걸 알았지요. 할아버지는 그들에게 자기 손녀 이야기를 하곤 했습니다. 시간이 걸렸습니다만, 나중에는 나도 왜 어떤 사람들이 다른 사람들 위에 올라타고 그걸 즐기는지 이해하게 되었습니다. 심지어 꽤 기분 좋은 일이란 걸 이해하기까지는 시간이 걸렸지요. 당시 니카노르는 아직 소년이었고, 아직 술을 마시지 않던 때였어요. 하지만 결혼식 날에는 그이의 가족들이 가져온 화주를 마셔야 했습니다. 우리 둘 다 억지로 마셔야 했던 거지요. 우리는 일하는 걸 가장 좋아하는 사람들이었습니다. 니카노르가 군 복무를 마치고 돌아온 후로 그렇게 술독에 빠져 살게 될 줄은 그때는 몰랐습니다. 상상도 못 했지요. 내 아들 아파리시오가 첫 걸음을 떼던 순간 마체테에 맞아 죽었을 정도로, 그이는 술독에 완전히 빠졌어요.

신혼 때 나는 니카노르와 함께하는 삶이 제법 좋다고 느꼈습니다. 만난 적도 없이 결혼했고 그이보다 그이의 가족을 더 먼저 알았으니 우리는 서로를 조금씩 알아가기 시작했고, 결국 결혼이라는 것이 괜찮은 것이라고 느끼게 된 겁니다. 나의 임신 사실을 그이에게 알렸을 때 그이는 기뻐하지도 슬퍼하지도 않았습니다. 마치 폭풍이 태양이 환히 밝히는 아침을 뒤따른다는 말을 듣기라도 한 것처럼요. 내가 임신했다고 말했을 때 니카노르는 아무 말도 하지 않았어요. 마치 이제 동이 텄다는 말을 들은 것처럼요. 그이의 대답은 이러했습니다. 펠리시아나, 달콤한 커피 한 잔 부탁하오, 당신이 늘 만들던 대로. 내가 임신 사실을 알렸던 그날, 니카노르는 매일 아침 해가 산에서 얼굴을 내밀기 전에 내가 만들어주는 커피를 마셨던 것처럼 그 소식을 받아들였습니다.

아니세타를 낳았을 때 코스메 할아버지가 찾아와 마음

의 문을 열어 보였지요. 가스파르도 왔었습니다. 아직 소년이던 그가 내게 말했지요. 펠리시아나, 나는 이제 깨끗하지 않아, 이제 사람들을 치유할 수 없어라고요. 그래서 사람들은 그때부터 외눈박이 타데오를 찾아가기 시작한 겁니다. 옥수수 낟알로 점을 치며 사람들을 속여먹는 작자였지요. 옥수수 낟알 일곱 알을 던지고는 미래를 읽는다면서 사람들이 듣고 싶어 하는 소리를 해주었습니다. 그가 외눈박이라서 미래를 볼 수 있다고 믿는 사람들을 속여먹은 겁니다. 가스파르는 어느 남자와 밤을 보냈다고 고백했습니다. 가정이 있는 남자였어요. 자식과 아내가 있는 도시의 정치인으로, 시장과 일하러 온 사람이었지요. 그는 소년들을 만나러 아무도 그를 알아보지 못할 풀케를 파는 술집에 갔고, 마침 그곳에 아직 소년이던 가스파르가 있었던 것이지요. 나는 죽음이 가스파르 안에 처음으로 알을 낳는 것을 목격했습니다. 죽음이 처음으로 가스파르 안에 알을 낳았던 건 그가 팔로마이기 전이었습니다. 그 정치인에게 자식이 있고 아내가 있어서가 아니라, 마을에서 마을을 돌아다니며 소년들을 만나고 다니던 그에게는 고름이 나오는 질병이 있었고, 그 병을 아직 소년이던 가스파르에게 옮겼던 겁니다. 나를 보러 왔던 그때 가스파르는 소변 대신 고름이 나온다고, 어떻게 없앨 수 있겠냐면서 펠리시아나, 네 신성한 약초로 나를 도와주렴, 하고 도움을 청했습니다. 우리는 언덕을 올랐고, 약초에 축복의 말을 불어 넣었습니다. 정치인과 밤을 보내고 얼마간의 시간이 지난 후에 가스파르의 병은 치유되었어요. 나는 포대기로 아니세타를 업고 있었는데, 가스파르는 그런 나를 보더니 말했습니다. 펠리시아나, 자기, 그 작은 아기와 아기의 미소가 모든 걸 괜찮게 만들어줄 거야. 아니세타가 태어난 순간부터 가스파르는 그 아이를 사랑했습니다. 나중에 아폴로니아와도 잘 지냈지만, 아니세타를 가장 아꼈지요. 그는 아이를 보러 나를 찾아왔고, 그렇게 우리는 서로를 더 자주 보게 된 겁니다. 가스파르는 집에 찾아왔고 우리와 함께 일했지요. 금방 아폴로니아가 세상에 나왔고, 또 금방 아파리시오가 세상에 나왔습니다. 아직 니카노르와의 결혼 생활을 하던 때였지요.

그 시절 니카노르는 혁명가들과 함께 소총을 들고 말을 타고 다녔습니다. 첫 번째 탄환은 팔에, 두 번째는 말에, 그다음은 배에 박혔지요. 그는 매번 다른 사람들을 통해 전갈과 함께 동전을 보내곤 했어요. 제가 살림을 돌볼 수 있도록요. 그즈음 파스 할머니가 돌아가셨고, 얼마 지나지 않아 코스메 할아버지도 할머니를 따라가셨습니다. 할머니 없이 할아버지는 슬픔을 견딜 수 없었던 겁니다. 우박이 내리던 어느 날 나는 그 슬픔을 목격했습니다. 코스메 할아버지의 죽음은 파스 할머니가 돌아가셨기 때문이었어요. 할아버지는 건강하셨어요, 내가 본걸요. 정정하셨지요. 죽음이 할아버지의 영혼에 알을 낳은 겁니다, 몸이 아니라. 죽음이란 원체 그런 법이니까요. 할아버지는 할머니가 돌아가신 지 얼마 되지 않아 따라가셨습니다. 곧이어 우리 어머니도 뒤따라가셨지요, 세찬 바람에 빠르게 번지는 불처럼 세 분은 그렇게 떠나버렸어요. 내 동생 프란시스카는 할아버지가 자기를 결혼시키지 못했다는 사실에 안도했습니다.

동반자의 죽음이란 그런 겁니다. 자기보다 앞서간 사람을 따라가려고 죽는 사람들이 있어요. 그들은 죽음에게 제발 내게 네 알을 달라고 빌고, 그러면 죽음이 그들의 영혼에 알을 낳는 겁니다. 그리고 만일 죽음이 제 알을 주지 않으면 그들은 시장에서 물건을 훔치는 사람들처럼 죽음의 알을 빼앗으려 들지요. 하지만 죽음은 늘 곁에 있습니다. 언제든 귓가에 노래를 속삭일 준비가 되어 있지요. 죽음은 사람들의 말을 듣기 때문입니다. 삶이 그러듯이요. 파스 할머니가 돌아가신 후로 코스메 할아버지는 말하기를 그만두었습니다. 입을 닫아버리셨지요. 말들이 떠나갔기에 입도 가라앉아버린 겁니다. 할아버지는 입을 쓰고 싶어 하지 않았습니다. 먹는 데조차요. 팔을 사용하지 않으면 마비되는 것처럼, 할아버지의 입은 함몰되었습니다. 그렇게 하면 이 땅에 존재하기를 그만둘 수 있다는 듯 할아버지는 말하기를 그만두었고 어느 동틀 녘 할아버지의 몸은 차가웠습니다. 할아버지 스스로 말하기를 그만두었기에 돌아가셨다고 할 수는 없습니다. 할머니가 돌아가신 후로 신께서 할아버지에게 더는 말을 주지 않았기 때문에 할아버지는 말을 그만두었고, 내 동생 프란시스카가 와서 코스메 할아버지가 이제 신과 함께 계시다고 말을 전하게 된 겁니다. 프란시스카는 안도한 기색이었어요. 이제 할아버지가 그 애를 결혼시키지 못할 테니까요. 할아버지는 이미 프란시스카를 시집보낼 작정으로 한 가족을 만났는데, 그들은 지참금이 부족했지요. 그리고 다른 주에 다른 가족이 지참금을 들고 할아버지를 만나러 오기로 되어 있었습니다. 하지만 할아버지는 돌아가셨고, 그들은 나타나지 않았지요.

우리 어머니의 심장에는 병이 있었고, 그 병은 모두가 잠든 깊은 밤 서서히 타들어가는 촛불처럼 어머니를 꺼뜨렸습니다. 이제 남은 건 내 동생 프란시스카와 나 그리고 나의 세 아이들 아니세타, 아폴로니아, 아파리시오뿐이었습니다. 니카노르는 혁명가들과 함께 전쟁터에 나가 있었으니까요. 아직 소년이던 가스파르가 와서 일을 도와주곤 했습니다.

그 시절에는 전쟁터에 나가 있는 동료들의 집집마다 돌아다니며 그들을 기다리는 아내와 아이들에게 동료들이 군에서 받은 수입과 그들의 전언을 전하는 군인들이 있었습니다. 읽고 쓸 줄 아는 이들이 매우 적었으니까요. 읽고 쓸 줄 알았던 니카노르는 내게 편지를 보냈습니다. 하지만 나는 글을 읽을 줄 모르니 편지를 전하러 온 군인에게 읽어달라고 부탁하곤 했고, 나중에 다른 사람에게 읽어달라는 부탁을 또 했습니다. 읽어달라고 부탁하고 또 하고, 니카노르가 내게 하는 말을 듣는 게 그저 기뻤습니다. 편지에서 니카노르는 자기 걱정은 말라며, 군인들 모두 무사히 빠른 시일 내로 돌아갈 거라고 했습니다. 그런데 얼마 지나지 않아 어느 군인이 우리 집 문을 두드리더니, 니카노르가 전장에서 죽었다는 말을 전하더군요. 나는 울었습니다. 니카노르가 죽었다는 사실을 받아들였고, 용기를 끌어모아 자식들에게 말했습니다. 너희 아버지 니카노르에게 작별 인사를 할 거다. 빈 무덤을 만들어드릴 거야. 너희 아버지를 애도할 장소가 있어야 하니까. 단지 이름 앞에서 눈물을 흘릴 뿐이라고 해도, 이름은 영영 죽지 않으니까. 이름에는 시간도 세월도 없단다. 우리는 누군가 세상을 떠났을지라도 그 사람이 살아 있을 때 부르던 이름으로 그 사람을 부르지. 언어는 언제나 살아 있는 법이란다. 나는 내 아이들에게 말했습니다. 아니세타, 아폴로니아, 아파리시오, 너희 아버지 니카노르는 언어 속에 살아 있는 이름처럼 영원히 살아 있을 거란다. 내가 아이들에게 그런 말을 한 날 밤, 니카노르가 전쟁터에서 보낸 돈을 전해주러 다른 군인이 찾아왔습니다. 나는 그것이 니카노르가 죽기 전에 보냈지만 뒤늦게 도착하고야 만 전언이라고 생각했지요. 나는 세 아이들을 데리고 나무 십자가를 세울 장소를 찾아다녔습니다. 용설란 옆에 십자가를 만들고 그의 이름을 새겨서 빈 무덤을 만들 생각이었지요. 그런데 어느 날 또 다른 군인이 오더니 니카노르가 무사하다고, 그가 전하는 메시지가 있다고 하더군요. 나는 도대체 어찌 된 일이냐고 물었습니다. 니카노르가 죽었는지 살았는지, 무엇이 진실이고 거짓인지 이해할 수 없었습니다. 하지만 나는 내 세 아이들을 데리고 니카노르의 이름이 새겨진 나무 십자가를 만들어 용설란 옆에 세우러 갔습니다. 그곳에서 우리는 기도를 할 테고 그러면 그의 모든 기억을 간직한 풀들이 그곳에서 자라날 테니까요. 하지만 죽은 그의 몸을 누일 구멍을 파야 할지, 아니면 그저 그의 이름만 새겨 넣으면 될지 알 수 없었습니다. 그래서 나는 나무판자를 구해서 십자가를 만들었고 흙에 그의 이름을 새기게 된 겁니다. 그 이후로 또 누군가 와서 돈을 전해주었습니다. 나는 울었어요. 니카노르가 살았는지 죽었는지 도무지 알 수 없어서, 이해할 수 없어서 나는 동생 프란시스카와 가스파르에게 도저히 영문을 모르겠다고 털어놓았습니다. 하지만 내 세 자식들에게는 너희 아버지가 전쟁터에서 돌아가셨다고 말했지요. 아버지가 살아 있다는 내 말을 믿게 하는 것보다는 죽음이 아버지 안에 알을 낳았다고 믿게 하는 편이 나았습니다. 아버지가 예수그리스도처럼 부활했다고 말하면 아이들이 그 말을 어떻게 믿겠어요. 하지만 아니세타는 내가 무엇이 진실이고 거짓인지 몰라서 운다는 사실을 알았습니다. 시신을 묻을 구멍을 파야 할지 말지도 모른 채 니카노르의 이름을 흙에 새길 십자가를 만들었을 때 내가 얼마나 혼란스러웠는지 알아본 거지요. 나는 아이들에게 우리에게 필요한 건 십자가에 새겨진 니카노르의 이름뿐이라고, 왜냐하면 이름에는 시간도 세월도 없고, 언어는 언제나 살아 있기 때문이라고 말했습니다. 하루는 또 다른 군인이 돈을 가지고 오더니 그이가 전쟁터에서 죽었다고 말해주더군요. 우리는 니카노르의 이름을 새긴 십자가 무덤 앞에서 울었습니다. 그리고 그때 나는 방금 막 태어난 아기가 안도의 울음을 터뜨리듯 울었습니다. 그가 살아 있으리라는 희망을 놓아주며 울었어요. 하지만 얼마 지나지 않아 만취한 니카노르가 대문 앞에 나타난 겁니다. 처음에는 그를 알아보지 못했어요. 그는 탄약통과 소총을 지니고 있었고, 콧수염이 자란 얼굴과 그가 걸치고 있던 옷 때문에 완전히 다른 사람처럼 보였습니다. 게다가 대낮부터 술에 절어 시큼한 땀을 흘리고 있었지요.

전쟁에서 돌아온 후 술에 대한 그이의 애착은 우리의 결혼 생활을 썩게 했습니다. 아무도 줍지 않아 땅에서 썩어가는 과일처럼요. 니카노르는 나와 우리의 세 아이들에게 무척 난폭하게 변했습니다. 내 동생 프란시스카는 그의 눈을 똑바로 보지 못했고 그에게 말도 못 걸었어요. 아직 팔로마가 아니던 가스파르는 우리 집에 더는 오지 않았고요. 니카노르는 짐승이었어요. 그이는 아니세타와 아폴로니아와 아파리시오를 두들겨 패기 시작했어요. 자기 마음에 들지 않는 말을 했다는 이유로요. 그러고는 이튿 날이면 죄책감에 용서를 구하는 식이었지요. 나도 몇 번 맞았습니다. 한번은 내 동생 프란시스카가 만든 아톨레가 맛이 없다고, 순 흙 맛이 난다면서 냄비를 깨부순 적도 있어요. 그이는 손에 잡히는 대로 아파리시오를 때렸습니다. 하루는 어느 소년이 아파리시오를 울린 적이 있어요. 얼마나 울었는지 숨도 제대로 못 쉬어서 새파랗게 질린 얼굴과 새파란 입술로 집에 돌아왔지요. 니카노르는 아파리시오를 두들겨 팼습니다. 소년이 때린 것보다 더 심하게 때렸지요. 왜냐하면 자기 자식이, 사내자식이 다른 애 송이 때문에 울고 있었으니까, 그건 남자답지 못한 일이라면서 아파리시오의 입술에서 피가 나도록 때린 겁니다. 이도 하나 나갔어요. 이가 다시 붙을 때까지 내가 밤새도록 손으로 누르고 있어야 했습니다. 동이 트자 이는 제자리에 붙었습니다. 아이는 아파서 울고 있었지요. 나는 아이가 덜 아프도록 뻥 뚫린 구멍에 약초를 발라주었습니다. 그렇게, 이가 다시 뿌리를 내릴 때까지 잡고 있었지요.

나는 니카노르가 다른 여자를 마음에 품기 시작했고 그 여자와 밤을 보낸다는 사실을 눈치챘습니다. 곧바로 알았지요. 니카노르는 전쟁터에서 죽지 않았습니다. 전언을 나르던 군인들이 그이를 여러 번 죽이고 부활시켰지요. 그는 혁명가들과 함께 소총을 들고 싸웠고, 주정뱅이가 되어 산펠리페에 기껏 돌아와서는 다른 여자와 밤을 보내고 다닌 겁니다. 니카노르는 싸우는 남자들 틈에서 죽지 않았습니다. 오직 제 아버지만 우러러보는 내 아들 아파리시오는 그랬다고 말하지만, 니카노르는 마체테에 맞아 죽었어요. 그이가 산펠리페에서 멀리 떨어진 작은 오두막에 데려가 밤을 보내던 여자, 비비아나라는 이름의 여자의 오빠에게 맞아 죽었지요. 사람들은 그 여자, 비비아나가 그와 강제로 밤을 보냈다고 말했습니다. 내가 지금 조에 양에게 말하려는 건 오직 내가 지내온 시간만이 말할 수 있는 것입니다. 만일 니카노르가 그 여자 위에 강제로 올라타려고 오두막으로 끌고 가기 전에 내가 그 사실을 알았더라면, 내 두 손으로 직접 마체테를 휘둘렀을 겁니다. 그러지 못했다는 사실이 마음속에 박혀 있어요. 빠져나가지 못하는 한숨처럼 여기 응어리져 있습니다. 그 사실은 늘 나와 함께합니다. 말로 내뱉을 때면 나를 무너뜨리지요. 언젠가 한 남자가 내 동생 프란시스카를 덮친 적이 있는데, 그때 나는 동생을 돕기 위해 할 수 있었던 게 아무것도 없었기 때문이에요. 그러다 나중에 니카노르와 비비아나 사이에 무슨 일이 있었던 건지 알게 되었습니다. 그이는 강제로 그녀를 덮친 게 아니었지요, 둘은 함께 밤을 보낸 겁니다. 니카노르는 강제로 그랬던 게 아니에요. 하지만 만일 그가 그랬더라면, 나는 마체테를 휘둘러서 그이를 떼어놓았을 겁니다. 내 동생 프란시스카를 덮친 남자 때문에라도요.

프란시스카의 말에 따르면 그 일이 일어난 건 프란시스카가 첫 생리를 시작하고 내가 결혼하기 전이라고 했습니다. 내가 그 일을 보게 된 건 시간이 흐른 후 내가 프란시스카를 위해 집전한 의식에서였고요. 우리 아버지가 돌아가시기 전에 언급했고 팔로마가 되기 전의 가스파르가 내가 갖게 되리라고 했던 그 책을 받고 나서였지요. 의식을 집전하는 동안 그 버러지 같은 남자가 내 동생 프란시스카 위로 기어오르는 걸 봤습니다. 지금 이 순간에도 그자를 마체테로 죽여버릴 수 있을 것만 같군요. 기억은 분노를 잠재우지 않으니까요. 나는 사람을 죽이지 않습니다. 나는 사람들에게 해를 끼치지 않아요. 하지만 그 버러지에 대해서는 분노를 느낍니다. 그래서 그를 죽여버렸을 수도 있다는 겁니다. 이런 말을 부디 신께서 용서해주시기를. 사건은 바로 저 맞은편 밭에서 벌어졌습니다. 내 동생은 이제 갓 첫 생리를 시작한 참이었고, 밤마다 우리가 깔고 자던 멍석을 소변으로 적시곤 했습니다. 그걸 본 나는 니카노르와 결혼하기 전, 동생에게 말했지요. 너는 이제 다 큰 여자다, 뭐 하는 거니, 소변은 나가서 보렴. 동생은 낮에는 밖에서 소변을 봤지만 종종 잠결에 잠자리를 적시곤 했습니다. 생리를 시작하기 전부터 프란시스카는 이미 달콤한 열매 같은 가슴을 지녔었고, 언니인 나보다도 늘 키가 컸습니다. 어떻게 가능했던 일인지는 모르겠지만. 우리 어머니는 나보다도 작고, 파스 할머니는 나와 우리 어머니보다도 작았으니까요. 코스메 할아버지도 작았습니다. 할아버지가 그럼에도 사람들의 존경을 받았던 건 그분이 사람들을 대하는 태도 때문이었지요. 할아버지는 사람들의 눈을 보며 이야기했고 그들이 말한 것은 죄다 기억했으며 그들의 이름을 기억했고 마지막으로 만났을 때 그들과 나눈 대화를 기억했습니다. 코스메 할아버지도 우리처럼 작았어요. 그런데도, 모질게 부는 바람이 제아무리 이파리를 흔든다고 해도 끄떡없이 길게 뻗어나가는 옥수수밭의 줄기처럼 프란시스카는 우리 모두보다 키가 컸습니다. 그 이유는 오직 신만이 아실 테지요. 그리고 일찍부터 여자의 몸을 갖추었던 까닭에 다니는 곳마다 남자들의 시선이 뒤따랐고, 남자들은 그 애에게 이런저런 말을 던졌지요. 아직 팔로마가 아니었던 시절의 가스파르는 프란시스카에게 아름답다고 말하며 그 애의 입술을 칠해주곤 했습니다. 그럴 때면 프란시스카는 천 조각으로 재빨리 입술을 닦아냈습니다. 사람들이 자신을 여자로 보는 걸 원치 않았던 까닭이에요. 결혼 전 어느 날, 동생이 잠결에 잠자리를 적시는 걸 본 나는 동생을 깨우고는 소변을 닦게 걸레를 가져오라고 했습니다. 옷에다 소변을 누기에는 너는 이제 다 큰 여자라고 했어요. 그러자 동생은 울음을 터뜨리더군요. 나는 더 이상 아무 말 하지 않았고 걸레를 가지러 나갔습니다. 할아버지한테 회초리로 맞으면 안 되니까요. 그런 일이 몇 번 있었고 나는 꾸중을 듣지 않으려고 새 멍석을 사러 가곤 했습니다. 아무도 알아채지 못하게 몰래 멍석을 새걸로 바꾸었지요. 그래서 결국 동생이 내게 사실을 털어놓은 겁니다. 그리고 나중에 의식을 집전하며 내 눈으로 그 광경을 보았지요.

그 버러지 같은 작자는 더럽고 뚱뚱한 손가락을 내 동생 프란시스카에게 억지로 집어넣었습니다. 프란시스카는 타는 듯한 고통을 느꼈고 그곳을 벗어나고 싶었지만 도움을 요청할 사람이 아무도 없었습니다. 풀어 헤쳐진 가슴에 창백한 태양이 거세고 뜨겁게 내리쬐었지요. 그저 그곳을 벗어나고 싶었던 프란시스카는 입도 벙긋하지 못했습니다. 그자가 도대체 왜 그 더러운 손가락을 넣고 있는지 이해하지 못했지요. 밭일로 다 갈라진 손가락으로부터 그저 벗어나고 싶었지만, 그가 힘으로 꽉 잡고 있던 까닭에 벗어날 수가 없었습니다. 이미 여자의 몸을 갖추고 있던 프란시스카의 가슴은 옷 밖으로 나와 있었고, 그자는 손가락을 넣었다 뺐다 하는 짓을 멈추지 않았습니다. 프란시스카는 그자와 한 공간에 있고 싶지 않았어요. 그자는 동생의 귀에 대고 나중에 신부로 팔려 갈 때 자기에게 고마워할 거라고, 결혼식 날 밤에 자기를 기억하게 될 거라고, 결혼 생활을 하다 보면 자기가 얼마나 컸는지 기억하게 될 거라고 말했지만, 컸던 건 내 동생 프란시스카의 공포였습니다. 그 버러지 같은 작자는 프란시스카를 강제로 범했습니다. 자기를 기억하게 될 거라고, 아무도 네게 이렇게 넣어주지 않을 테니 지금 이 순간을 기억하게 되리라고 재차 말하면서요. 그는 내 동생 프란시스카에게 억지로 밀어 넣었습니다. 프란시스카는 그곳에 있고 싶지 않았고 괴로울 뿐이었지요. 손톱에 흙이 잔뜩 낀 손가락과 짐승만도 못한 구역질 나는 영혼을 밀어 넣으며, 그 작자는 프란시스카 스스로도 만지지 않던 가슴을 움켜쥐었습니다. 프란시스카는 여자가 된 자신의 몸을 보고 싶지 않아서 해가 미처 뜨기 전에 목욕하곤 했습니다. 새카만 눈동자와 새카맣게 반짝이는 머릿결을 지닌 프란시스카는 갈대로 머리카락을 문질러 윤이 나게 하면서도 가슴은 건드리지도 않았지요. 그 일이 벌어지는 동안 프란시스카의 정신은 마을 성당 안 그리스도상 옆에 걸린 그림에 가 있었습니다. 구름 사이에 새하얀 발로 떠 있는 성모 그림이었는데, 구름은 움직이는 것처럼 보였어요. 물로 갓 씻긴 것처럼 깨끗하고 새파란 오후 하늘에 둥둥 떠다니는 구름, 구름은 모유를 먹고 잘 자라 뺨이 발그레한 아이처럼 통통하고 새하얀 모습이었습니다. 왜냐하면 언니, 그 구름들이 나를 다른 곳으로 데려가주었거든, 프란시스카가 말했습니다. 그 그림은 프란시스카가 안전할 수 있는 장소였어요. 마을 성당 안 하얀 꽃들의 향기와 함께 바닥의 차가움과 뜨거운 날의 그늘을 느꼈고, 성모를 보았고, 성모가 모유를 먹고 잘 자라 뺨이 발그레한 아이처럼 통통하고 새하얀 구름을 밟는 것처럼 보였고, 구름에서는 갓 태어난 신생아의 냄새가 났고, 공기보다 가볍고 새하얗고 부드러운 구름 사이를 떠다니면 무슨 기분일까 생각했습니다. 그 생각이 내 동생 프란시스카의 마음을 안정시켜주는 동안, 버러지 같은 작자는 프란시스카의 가슴이 과일이라도 되는 듯 핥으면서 오래 묵은 풀케처럼 구역질 나는 영혼을 줄줄 흘렸습니다.

세상에는 버러지 같은 자들이 있습니다. 그 버러지들에게는 이름이 없지요. 성경에도 버러지 같은 자들은 있는 법입니다. 그들은 마을에도 있고, 모든 언어와 시대에 존재합니다. 그들은 계속해서 여자들의 배 속에서 나올 테지만, 내게 그들은 이름 없는 존재들이며 앞으로도 그럴 겁니다. 그들의 죄가 곧 그들의 이름인 것이지요. 내 동생 프란시스카는 조용하고 깨끗한 영혼의 소유자입니다. 태어났을 적부터 지금까지 늘 그랬습니다. 내 동생 프란시스카가 없었더라면 나는 펠리시아나가 아니었겠지요, 동생 레안드라 양이 없었더라면 조에 양도 지금의 조에 양이 아니었을 테고요. 우리의 자매들은 우리에게 없는 무언가, 우리가 아닌 무언가입니다. 그리고 그들에게 우리 또한 그들 자신이 아닌 무언가인 법이지요.

니카노르는 비비아나를 억지로 덮친 게 아니었습니다. 몇 해가 지난 어느 날, 아폴로니아가 내게 오더니 비비아나가 임신했다는 사실을 들려주었어요. 자기 남편의 아이였고, 둘 사이에는 네 명의 자식이 있었지요. 아니세타와 아폴로니아에게는 니카노르를 원망하는 마음이 있었습니다. 마을에서 사람들이 제 아버지를 두고 하는 이야기들을, 그이가 주정뱅이라든가 비비아나와 밤을 보냈다든가 하는 이야기들을 들었으니까요. 나는 자식들에게 말했습니다. 너희 아버지가 너희에게 생명을 주었다, 아버지에게 원한을 품지 마라. 타버린 씨앗에서는 아무것도 자라지 않는 법이니까. 아버지의 이름이 타버린 씨앗이라면 꽃은 피지도 못할 거다. 조에 양은 남편과 아들이 있으니 내 말을 이해할 겁니다. 나는 내 자식들에게 아버지에 대한 원망의 마음을 거두라고 이야기했어요. 너희 아버지가 너희에게 생명을 주었으니, 그가 잠든 곳, 너희 아버지의 이름을 땅에 새기기 위해 내 손으로 직접 못을 박아 만든 십자가 아래로 가거라, 너희 아버지 니카노르의 이름에 대고 기도하거라, 그 십자가 아래에서 너희의 고통과 기쁨을 나누거라. 그가 너희에게 생명을 주었으니. 하루는 비비아나가 나를 찾아왔습니다. 사촌이 간에 통증을 느낀다고요. 비비아나는 내게 말했습니다. 니카노르 이전에 다른 남자들을 알았고, 니카노르와 도망치고 싶었고, 그녀 스스로 원했기에 둘이 밤을 보냈으며, 그이가 억지로 그녀를 범한 게 아니었지만 자기 동생이 억지로 당했다는 생각에 사로잡힌 오빠가 그이를 마체테로 때려죽인 거라고, 그래서 내게 죄책감을 느꼈고, 내게 그 말을 해주고 싶었다고요. 그리고 내가 아픈 사촌을 치유해줬으면 하고 부탁한 겁니다. 나는 비비아나 사촌의 간을 치유해줬습니다. 태양은 이 땅의 모든 것을 밝히는 법이니까요. 비비아나는 그녀가 니카노르를 집에 데려간 것이라고 했습니다. 니카노르는 잔뜩 취해 있었고, 그녀의 오빠는 동생이 남자들과 밤을 보낸다는 사실을 몰랐던 거지요. 니카노르는 그녀의 오빠가 본 첫 남자라는 이유로 운이 없었던 거라고 했습니다. 그 청년은 니카노르가 동생 위로 억지로 기어오른 줄 알았던 겁니다.

10

나는 아무 말도 하지 않았지만, 펠리시아나는 그냥 알
았다. 레안드라가 열여섯 살일 때, 어느 개자식이 그 애를
추행했다. 아빠가 돌아가신 지 얼마 안 된 때였고, 엄마
는 다니던 직장에서 이어지는 야근에 집에 돌아오면 텔레
비전을 켜고 잠들 때까지 그 앞에 앉아 있곤 하던 시절이
었다. 엄마의 기질은 우울과는 거리가 멀었다. 한 번도 그
런 면을 보인 적이 없었다. 아빠의 죽음 이후 엄마는 소파
에 파묻혀 울지는 않았지만, 넋을 잃고 텔레비전 화면 속
다큐멘터리를 보곤 했다. 다큐멘터리가 다루는 내용이 엄
마의 현실에서 먼 이야기일수록 더 몰두했다. 엄마는 픽
션을 보고 싶은 게 아니었다. 엄마는 현실을 보고 싶어 했
다. 다만 그 현실이 엄마의 현실과는 아주 먼 것이어야 했
을 뿐. 아빠의 죽음 이후 두 달 반이 지났을 무렵, 돌아가

신 후 처음으로 아빠의 생일을 맞았다. 레안드라와 나는 부엌에서 케사디야를 만들고 있었는데, 엄마가 오더니 이런 말을 했다. 우주가 팽창하면서 벌어지는 모든 일을 우리는 이해할 수 없다는 거였다. 그러더니 엄마가 생각하기에 블랙홀을 측정할 수 있는 방법을 자세히 설명하기 시작했다. 그날은 아빠의 생일이었지만, 우리 셋 중 아무도 입 밖으로 그 말을 꺼낼 수 없었다. 엄마는 우주에 관한 다큐멘터리 시리즈를 보기 시작했다. 은하수, 은하계, 물리학, 위대한 철학적 질문 따위에 몰두했다. 하루는 엄마 사무실 책상 컴퓨터의 바탕화면이 바뀐 것을 보았다. 우리 네 가족이 여행 갔을 때 바다에서 찍은 사진이 우주를 떠다니는 우주비행사 사진으로 바뀌어 있었다. 어쩌면 그건, 그 당시 엄마를 가장 잘 나타내주는 엄마의 자화상 같은 것이었으리라.

레안드라가 네 번째로 입학한 학교였던 대안 학교의 친구들 중 한 명의 큰언니가 치과 의사였다. 그녀는 생기발랄하고 재치 넘치며 두 뺨에는 보조개가 패고 사람들을 환대하는 말씨를 지닌 스물아홉 살 여자였다. 언제든 무슨 이야기든 나눌 준비가 되어 있었고, 대화 주제가 통속적일수록 더 열띠게 말하며 더 많이 웃었다. 동생을 데려다주거나 치과에 데리러 갈 때마다 그녀와 이야기를 나누는 게 즐거웠다. 한번은 레안드라가 친구네 집에 점심을 먹으러 갔다가 일을 하고 싶다고 말한 적이 있었다. 그때 친구네 언니가 마침 보조를 찾고 있다며, 레안드라에게 2주간의 수습 기간을 제안한 것이었다. 레안드라는 간호학이나 치의학에 관해서 아무것도 몰랐지만, 원무과에서 예약 업무를 담당하던 직원이 며칠 전에 그만둔 참이었다. 그게 레안드라의 첫 직장이었고 그 애가 의학 쪽 진로에 가장 가까이 가본 일이었다. 왜냐하면 그 애는 역설적이게도 피를 무서워했기 때문인데, 그 전에 학교에 불을 질렀던 것처럼 무언가 옳지 않다고 느끼면 수류탄을 던지는 것쯤이야 아무렇지도 않아 했지만 피는 도저히 보지 못했던 것이다. 방화 사건은 충격적이긴 했어도 놀라운 일은 아니었다. 다친 사람은 아무도 없었고 뉴스에 나오지도 않았다. 하지만 소란에 관한 소문은 곧 다른 학교로, 엄마 아빠의 직장 동료에게로, 사촌네 학교로 퍼져갔다. 레안드라는 그 화재처럼 행동으로 메시지를 전하는 아이였지만, 레몬을 썰다가 손가락을 베기라도 하면 창백해지는 아이기도 했다.

레안드라는 교정기를 끼고 활짝 웃는 입이 그려진 가운과 하늘색 바탕에 파란색 계열의 풍선들이 그려진 가운을 번갈아 입었는데, 유니폼과 브랜드에 반대하는 그 애의 옷 입기 취향이며 방식과 충돌하는 일이었다. 아빠가 돌아가신 후 몇 달 동안 레안드라는 눈 깜짝할 새 녹아 사라지는 비누처럼 살이 빠졌다. 단 몇 주 만에 통통했던 소녀가 빼빼 말라버린 것이다. 우리 셋 중 상실에 가장 큰 반응을 보인 건 레안드라였다. 울음을 터뜨렸고, 별것 아닌 일에도 폭발했고, 갑자기 엄마나 내게 말을 걸지 않는 등 그 애가 아침에 어떤 기분으로 눈을 뜰지 예측 불가였다. 레안드라는 모든 걸 기분에 맡겼고 어디로 튈지 몰랐지만, 무엇보다 화가 나 있었다. 누구와 이야기하든 아빠와의 추억을 이야기했고, 입 밖으로 말을 꺼내며 아빠를 소리 내어 기억했고, 우리 중 유일하게 마음에 떠오른 생각을 즉시 말했다. 다른 말로 하자면, 우리 셋 중 레안드라의 소화력이 가장 좋았다고 할 수 있겠다.

한 가족 내에서 카드의 패가 어떻게 정해지는지는 신기한 일이다. 배우는 바뀌지만, 역할은 그대로 유지된다. 언제나 가장 표현을 잘하는 사람이던 엄마는 스스로의 등딱지 안으로 숨어들어갔고, 언제나 가장 속내를 보이지 않고 냉소적이던 레안드라가 갑자기 솔직하고 수다스러운 역할을 맡게 된 것이다. 엄마와 나는 일 속에 파묻히는 것으로 스스로를 지켰다. 나는 대학에서는 공부에 전념했고, 신문사 보조로 일하던 직장에서는 업무에 전념했다. 물론, 현실 부정이었다.

어느 금요일, 레안드라는 파티에 갈 예정이었다. 그날 아침 욕실에서 마주쳤을 때 그렇게 말했다. 엄마에게 전화가 왔을 때 나는 상사가 손으로 교정을 본 교정지를 검토하던 중이었다. 나를 데리러 오겠다는 전화였다. 나는 아직 일이 남아서 못 간다고 했지만, 엄마의 목소리가 어딘지 불안했다. 엄마는 15분 후에 도착할 테니 레안드라의 친구 페르난도네 집에 데려다 달라고 했다. 나는 최근에 새로 들어온 직장 동료를 막 만난 참이었다. 스케이트보드를 들고 다니고 앞니 사이가 벌어진, 훌리안이라는 이름의 남자였다. 동생에게 여러 번 전화를 했지만 휴대폰이 꺼져 있었다. 엄마도 전화를 받지 않았다. 훌리안과는 이야기를 나누어본 적이 거의 없었지만, 괜찮은 사람이라고 생각했다. 그래서 나는 동생에게 무언가 심각한 일이 일어난 것 같다고 이야기할 수 있었고, 그는 아무런 질문 없이 일은 걱정 말라고 말해주었다.

엄마와 나는 페르난도네 집에 도착했다. 엄마는 문이 열릴 때까지 초인종을 눌렀고, 마침내 문이 열렸을 때 그 애는 레안드라가 거기 없다고 했다. 하지만 엄마는 포기하지 않았다. 페르난도가 다시 문을 열기 전에 건물 이웃이 대문을 열어준 덕에 엄마는 페르난도네 집 안으로 들어갈 수 있었고, 몇 분 후 만취한 레안드라를 데리고 나왔다. 차에 탄 동생은 몸이 안 좋다며 울기 시작했다. 나는 뒷좌석의 동생 옆으로 가서 문을 열고 동생이 토하는 동안 머리카락을 잡아주었다. 두 번 더 멈춰서 머리카락을 잡아주고 나서야 우리는 집에 도착했다. 엄마는 한마디도 하지 않았다. 나는 엄마가 극도로 흥분한 상태가 어떤지 알았다. 그때까지 나는 우리가 레안드라를 데리러 갔던 것이 그 애가 그 지경으로 만취했기 때문이라고, 아마 동생과 엄마 사이에 이야기가 된 일이었으리라고 생각했다. 하지만 곧, 레안드라를 데리러 가야 한다는 생각이 본능처럼 엄마에게 떠올랐던 것이란 사실을 알게 되었다. 레안드라는 완전히 취한 상태였고, 휴대폰은 배터리가 나가 있던 까닭에 페르난도의 주소를 엄마에게 보낼 수가 없었다. 나는 몇 번 그 애를 데려다주었던 적이 있어 가는 길을 알았다. 동생은 문장을 이어서 말하지 못했는데, 술 때문이라기보다는 기분 상태 때문으로 보였다. 내가 알지 못하는 걸 동생과 엄마는 알고 있다는 생각이 들었고, 엄마에게 도대체 무슨 일이 일어난 거냐고 물었다. 조에, 네 동생이 직접 말할 거다. 엄마는 차 문을 열면서 확신에 찬 어조로 말했고, 애도 기간 중 처음으로 집에 들어가자마자 텔레비전을 켜고 다큐멘터리를 보지 않았다. 엄마는 방으로 들어갔고, 라디오를 켜는 소리가 들렸다. 아빠가 돌아가신 후 들린 적 없던 뉴스 방송이 흘러나왔다. 나는 동생을 재우러 방에 들어가 동생의 침대에 걸터앉았다. 얼굴 위로 흘러내린 앞머리를 넘겨주었다. 이마가 땀으로 범벅이었다.

레안드라는 맥주 한 잔과 메스칼 한 잔을 마셨을 뿐인데 잠이 쏟아졌다고 했다. 술을 마신 후 파티에 갈 계획이었는데, 잠이 들어버렸다고. 집에는 페르난도와 레안드라 둘뿐이었다. 레안드라는 고작 술 두 잔에 이토록 몸이 무겁게 느껴지다니 이상하다고 생각하며 누웠고, 그때 등을 어루만지는 손길이 느껴졌다. 레안드라는 페르난도에게 어지러우니 잠깐 자고 일어나겠다고 했다. 여전히 파티에 갈 생각이었고, 잠깐 자고 일어나면 괜찮아지리라고 생각했다. 그리고 어쩐지 혼란스러웠는데, 도대체 왜 이렇게 피곤한지, 도대체 저 자식이 왜 등을 어루만지는지 이해가 되지 않았다. 어쩌면 음식을 잘못 먹었나 보다고, 어쩌면 살이 너무 빠져서 면역력이 떨어졌나 보다고 생각했다. 동생은 페르난도에게 만지지 말라고 했지만 페르난도는 동생의 말을 무시했고, 그 애를 뒤에서 끌어안았고, 목덜미에 입을 맞췄고, 티셔츠 위로 가슴을 어루만지면서 티셔츠를 벗기려고 했다. 내 동생은 축 늘어지는 몸으로 제발 그만하라고 어렵게 말했다. 페르난도는 티셔츠 위로 동생의 젖꼭지를 쓰다듬었고, 동생은 없는 힘을 끌어모아 그의 손을 뿌리치며 헛짓거리 말라고, 자기 좀 자게 놔두라고, 너랑 아무 짓도 할 생각 없다고 말했다. 하지만 그는 동생을 가만두지 않았다. 동생을 뒤에서 끌어안으며 내 침대에서 잠든 건 너라면서, 너는 분명 숫처녀일 거라는 둥 지껄였다. 동생은 제발 그만 만지라고 빌었다. 그는 그건 어렵겠다며, 너도 사실 즐긴다는 걸 다 알고 있다고 했다. 동생은 욕지기가 치밀어 올랐지만 몸이 천근만근이었다. 몇 분 동안 잠이 들었을까, 동생은 발기한 그가 허벅지에 몸을 문지르는 걸 느꼈고, 그를 밀쳐냈다. 레안드라는 치마를 입고 있었다. 단 한 동작으로 그는 레안드라의 속옷을 벗겼고 레안드라는 발기한 그가 다리 사이로 들어오는 걸 느꼈다. 어디서 온지 모를 힘으로 벌떡 일어난 레안드라는 가까스로 화장실로 달려가 문을 잠갔다. 침대에서 페르난도는 레안드라가 처녀인지 시험해본 거라고 말했다. 페르난도가 계속해서 레안드라를 괴롭히는 동안 레안드라는 잠긴 화장실 안 바닥에 앉아 있었다. 그가 하던 말로 보아 아마도 자위를 하고 있었으리라는 생각이 들었다. 바로 그때 초인종이 울렸고, 레안드라는 그게 엄마라는 걸 알았다.

동생은 화장실에서 나가지 않을 생각이었다. 페르난도는 결국 제풀에 지칠 테고 파티에 갈 테니까. 만일 그가 대문을 잠그고 나간다고 해도 부엌 창문을 넘어 주차장으로 연결되는 나선형 계단으로 나가면 된다는 걸 알았다. 하지만 동생은 겁에 질려 있었다. 문밖에서 그 개자식 페르난도가 너는 처녀가 틀림없다고, 수녀처럼 검은 옷만 입고 다닌다고, 옷을 이상하게 입는다는 둥 여전히 동생을 괴롭히고 있었다. 그가 동생에게 염병할 괴짜처럼 옷을 입고 다니기에 너는 너무 섹시하다고, 개 같은 년, 네가 지금 뭘 놓치고 있는지 아느냐고 지껄이는 동안 동생은 화장실 바닥에 앉아 저 개새끼가 술에 뭘 탔을까 생각하고 있었다. 몸이 무거웠고, 눈앞이 흐렸다.

엄마에게 무슨 일이 일어났던 거냐고 물었을 때, 엄마는 어떤 직감을 느꼈다고 했다. 시간을 보아 하니 둘이 아

마녀들

직 그 머저리네 집에 있으리라는 계산이 나왔다. 엄마는 분노에 휩싸여 있었다. 아빠의 죽음 이후로 지구에 처박힌 운석처럼 존재감 넘치는 엄마의 모습은 처음이었다. 페르난도 그 개자식이 무슨 짓을 하려고 했는지 알고 레안드라를 그 집에서 데리고 나왔을 때, 우주에 떠다니던 엄마가 지구로 돌아온 거라고 생각한다. 엄마는 레안드라에게 성폭력으로 신고하자고 했지만, 레안드라는 그러고 싶지 않다고 했다.

새벽이 다 될 무렵에야 레안드라는 잠들었고, 두 번 깼다. 그 후로도 불면은 계속되었고, 동생은 두 번의 공황 발작을 일으켰다. 엘리베이터, 자동차, 좁은 공간에 있기를 힘들어했고, 파티에 갈 때면 출구가 어디인지부터 찾았다. 한번은 MRI 검사가 그 어떤 공포 영화보다도 끔찍하다고 얘기하기도 했다. 그날 밤, 레안드라는 나를 깨우고는 무언가를 던지더니 주우러 가는 길에 내게 묻기를, 엄마의 직감이 어디서 오는 건지 궁금했던 적이 있냐고 했다. 언젠가 아빠가 이야기해줬는데, 한밤중에 엄마가 아빠를 깨우더니 아빠 삼촌이 방금 쿠에르나바카의 고속도로에서 사고로 돌아가셨다고 한 적이 있다고 했다. 휴대폰이 없던 시절이었다. 아빠는 깜짝 놀라서 삼촌네 집에 전화를 걸어 안부를 물었다. 아빠의 숙모가 전화를 받더니 삼촌이 고속도로에 나가 있다고 했다. 얼마 지나지 않아 사촌이 전화를 걸어왔고, 삼촌이 쿠에르나바카의 고

속도로에서 돌아가셨다고 전했다. 또 한번은 엄마가 내게 말하길, 레안드라와 내가 태어날 당시에는 초음파검사라는 게 없었다고 했다. 그래서 몇 달 동안 내가 남자아이일 거라고 생각했었는데, 어느 밤 꿈에 내가 나왔다는 것이었다. "공원 벤치에서 너를 발견했단다. 네 얼굴은 진흙에 뒤덮여 있었고, 내가 닦아주었지. 내 꿈속에 나타난 너는 네가 두 살 때 모습이랑 똑같았어. 나는 네가 내 딸이란 걸 알았단다. 그래서 네 아빠를 깨워서 우리 아이는 딸이라고, 얼마나 당신을 닮았는지 보게 될 거라고 이야기해줬단다."

이튿날 아침, 엄마는 거실 화분에서 죽은 잎들을 떼고 있었다. 보통은 내가 하던 일이었다. 배가 고팠던 레안드라는 그 주에 먹고 남은 음식 중 당기는 게 있는지 보려고 냉장고를 뒤지고 있었다. 나는 엄마에게 그 직감이 어디서 온 거냐고, 그 개새끼네 집에 가야 한다는 확신이 어떻게 생긴 거냐고 물었고 레안드라는 예전에 아빠에게 들은 이야기를 언급하며 거들었다.

엄마가 작은 비닐봉지에 죽은 잎을 모으며 말했다. "그러니까 이게 어디서 오냐면 말이지, 여자들은 모두 자기 안에 마녀 같은 면을 조금은 품은 채로 태어난단다. 우리 스스로를 지키기 위해서지."

"하지만 엄마, 우리가 레안드라를 구하러 갔잖아요."

"누가 너 혼자 스스로를 지켜야 한다고 했니? 어쨌든,

모르겠다, 너희 아빠네 삼촌 일은 나도 무지 놀랐어. 그건 누구를 지키는 일이 아니었으니까. 그러니까 나도 이 직감이 어디서 오는 건지는 모르겠구나. 다만 내가 무언가를 느꼈다는 것, 그거 하나는 말할 수 있어. 너희 아빠네 삼촌 일이 일어났을 때, 나는 그저 어떤 예감을 느낀 거야. 그건 아주 분명하게 느껴졌고, 그래서 너희 아빠에게 말한 거란다. 전화해서 안부를 물어보라고. 하지만 안타깝게도 나는 그분의 죽음을 본 거야."

"그걸 어떻게 봐요?"

레안드라는 지난밤에 일어난 일에 대해서는 이야기하고 싶지 않아 했고, 엄마는 동생이 이끄는 대로 대화를 이어갈 거라는 점을 확실히 했다.

"모르겠구나, 어떤 생각들은 통제할 수 없이 떠오르잖니. 그거랑 같아. 의심할 수 없는 확신의 순간이지."

"엄마, 어제는 정확히 뭘 느낀 거예요?" 레안드라가 물었다.

"직감이지, 레아. 시간을 보니 너희가 아직 파티 장소로 떠나지 않았겠다는 생각이 들더구나. 네 언니가 너를 그 집에 데려다줬다는 걸 알았고, 그래서 너를 찾으러 가자고 전화를 건 거지."

엄마는 자세한 이야기를 피했다. 레안드라가 원할 때 원하는 이야기를 편하게 하기를 바랐지만, 동시에 그 순간 자기 딸이 어느 지점에 있는지 알고 싶어 했다.

"직감이 들었단다. 아마 모든 엄마는 자기 자식이 위험에 처했을 때 그런 직감을 느낄 거야."

그날 오후, 레안드라와 나는 참으로 오랜만에 함께 점심을 먹으러 나갔다. 우리는 타코를 먹으러 갔고, 레안드라는 나보다도 더 먹었다. 생명 유지를 위한 몸의 반응 같았다. 우리는 상점 몇 개가 늘어선 거리를 걸었다. 구멍가게, 잡화점, 옷 가게 몇 군데, 70년대에 멈춘 것 같은 정형외과용 의료 기기 판매점 등등의 가게를 지났다. 레안드라는 음반 가게 앞에서 멈춰 섰다. 우리는 진열된 음반들의 재킷을 보며 의견을 주고받았다. 레안드라는 종종 눈에 띄는 색깔이나 디자인의 음반 재킷이 보이면 멈춰서 보곤 했는데, 그 애는 몇몇 재킷은 누가 디자인했는지 알았다. 내 동생은 디자인을 보고 음반을 샀다. 나는 단 한 번도 해보지 않은 일이었다. 동생의 음악 취향은 시각적인 것과 깊은 연관이 있다고도 말할 수 있을 것이다. 레안드라는 일러스트레이터와 사진가 등 재킷 디자인과 관련된 사람들에 대해 빠삭했고, 내가 아는 한 줌의 지식은 그 애에게서 배운 것이었다. 나는 단 한 번도 음반 재킷 디자인에 관심을 가져본 적이 없었고, 심지어 음반을 실물로 가질 필요성도 느끼지 못했었다.

우리의 다른 점은 옷 입는 방식에서도 드러났다. 레안드라는 아주 어릴 때부터 자기만의 고집이 있었다. 당시 그 애는 거의 늘 검은색만—검은 청바지, 검은 치마, 검은 라운드넥 면 티셔츠나 스웨터, 검은 부츠—걸쳤다. 그런가 하면 각기 다른 단체에서 수작업으로 만든 가방이 다섯 개는 있었다. 엄마 동료가 콜롬비아에서 가져온, 와 유족이 만든 형광색 가방이 기억난다. 둘은 수작업으로 만든 물건들에 관해, 여성 사파타주의자* 공동체에서 원모로 만든 가방에 대해 긴 이야기를 나누었다. 레안드라는 희한한 옷들을 저만의 기세로 입고 다녔다. 가령 거대한 쓰레기봉투처럼 보이는 회색 튜닉에 검은 벨트를 차고 다녔고, 기모노 한 벌이 있었고, 꽤 오래전부터 시내 길거리에서 산 아프리카 다시키 셔츠를 즐겨 입었다. 그런가 하면 오악사카식 노란 치마도 한 벌 있었는데, 그걸 미니드레스처럼 입고 다녔다. 사실 그 애는 수건이나 커튼을 두르고 거기다 검은 벨트를 차도 태가 날 터였다. 무엇을 입든 자신감이 넘쳤던 까닭이다.

레안드라는 다국적기업들과 그들의 거대한 독과점으로 인해 불안정하고 비인간적인 노동 조건하에서 일하는 노동자들의 처지에 대해 적극적으로 의견을 표했다. 체인점에서는 아무것도 사지 않았고, 엄마나 내가 그런 곳에서 물건을 사기라도 하면 레안드라는 그 기업들이 노동자들을 어떻게 대하는지, 아이들과 청소년들의 노동력을 착취

---

* 멕시코 원주민 거주 지역에서 결성된 민족해방군으로, 멕시코혁명 지도자 에밀리아노 사파타에서 이름을 따왔다. 신자유주의와 세계화에 반대하는 저항운동의 상징이다.

하는 현장에 대해 아주 긴 설교를 하곤 했다. 아빠는 옷에 관심이 없었고, 레안드라와도 사이가 가깝지는 않았다. 아빠는 옷에 관한 설교를 들은 적은 한 번도 없었지만, 내가 이야기를 전하면 급진적이라고 생각하면서도 동생의 입장을 존중했다. 사람들이 동생이 입은 옷을 보고 어디서 샀느냐고 묻는 건 이상한 일이 아니었다. 또래 청소년들에게는 생소한 곳에서 옷을 사곤 했으니까. 평범해 보이는 검은 스웨터일지라도, 직접 털실을 사서 뜨개질 동호회의 여성 노인들에게 공정한 값을 지불하고 자기 치수대로 만들어달라고 했을 가능성이 농후했다. 나는 옷에 별 관심이 없었다. 밝은색이나 무채색을 즐겨 입었고, 옷 가게에 마음에 드는 옷이 있고 금전적 여유가 되면 사는 것이었을 뿐, 특별히 관심이 있지는 않았다. 엄마처럼 레안드라도 꾸미기를 좋아했던 한편, 나는 유니폼을 입는 것에 아무런 문제도 없었다. 생각해보면 아빠도 두세 가지 색깔을 번갈아가면서 일종의 유니폼을 입었던 것 같다.

레안드라는 열여섯 살에 오로지 검은색만 두르고 다녔다. 아주 어릴 때부터 기하학적 패턴과 수제 가방을 좋아했다. 립스틱은 밝은색을 좋아했고 언제나 엄마처럼 입술을 바르고 다녔다. 동생은 일곱 살 적에 색색의 볼펜을 무척 좋아했고, 상단에 회사 이름이 인쇄되어 있는 편지지를 크기별로 모았다. 시작은 아빠네 회사에서 가져온 것부터였다. 편지지를 모으면서도 편지 쓰기는 좋아하지 않았다. 아니, 글씨 쓰는 것 자체를 좋아하지 않았던 까닭에 동생이 학교에서 쓰는 공책은 기하학적 그림으로 가득했다. 레안드라는 작은 동물 무늬를 좋아했고, 그중 고양이를 가장 좋아했다. 동생은 일곱 살 때 만일 자기가 동물이었다면 고양이였을 거라고, 그리고 나는 개였을 거라면서 자지러지게 웃었다. 어렸을 적 동생은 학용품을 좋아했다. 플라스틱 커버에 싸인 새 공책 냄새에 열광했다. 공책 안에 담길 내용물이며 공책이 존재하는 이유, 그리고 나중에는 학교와 교육체계 전부를 지겨워하긴 했지만. 어느날, 이미 세 번 퇴학당하고 네 번째 학교에 다닐 무렵 레안드라가 내게 말했다. 언니, 문제는 말이야, 예수그리스도가 아니야. 그 사람은 괜찮아. 문제는 기독교인들이야. 첫영성체를 함께 하자고 조르던 동생의 입에서 나온 말이었다. 학교도 마찬가지야, 문제는 교육이 아니라고. 우리를 바보 천치처럼 대하는 선생들이 문제란 말이지.

　또 한번은, 열네 살 무렵이었을까, 레안드라는 아주 확신에 찬 태도로 할 수 있는 날이 오면 곧장 문신을 하고 말 거라고 말했다. 아빠가 열여덟 살이 되기 전까지는 기다려달라고 부탁했기 때문이다. 열여덟 살 생일에 레안드라는 첫 문신을 새겼다. 원색의 직사각형 세 개였다. 혹시 무슨 의미가 있는 거냐고 내가 물었을 때, 그 애는 이렇게 대답했다. 문신에 꼭 의미가 있어야 해? 끝내주게 멋지잖아, 안 그래?

열다섯 살 무렵 레안드라는 모든 종류의 형태와 색상에 매료되었고, 그것들을 오래도록 응시하면서 언젠가 직접 디자인을 할 수도 있을 거라고 생각했다. 책은 완전히 관심 밖이었다. 언젠가는 서점에서 책 한 권을 펼치고 첫 장을 소리 내 읽더니 내게 말했다. 언니, 언니가 이런 걸 왜 좋아하는지 모르겠어. 대체 어떤 등신들이 이런 식으로 말해? 미술관에서는 더 추상적이고 흥미로운 색채 구성일수록 관심을 보였다. 만일 어떤 이미지가 이야기의 실로 연결되어 있으면 칼날 같은 문장으로 그 실을 끊어 버리곤 했다. 실제로 그 애는 인형극 속 인형의 실을 끊듯 이야기를 잘라내기를 좋아했다. 그런 태도는 권위에 대한 그 애의 반항이기도 했다. 레안드라는 이미지, 오직 이미지에만 관심을 기울였다. 내 경우에는 반대였다. 미술관에서 나는 정작 이미지보다 작품 설명을 보는 데 더 시간을 들일 때도 있었다. 펠리시아나의 말처럼, 자매는 서로가 아닌 모든 것이다. 음반 가게에 들어갔던 그날, 동생이 내게 물었다. 언젠가 자기도 무언가를 디자인하거나 만들어서, 지금 우리가 이러고 있듯 누군가 가게에 들어갔다가 우연히 자기 작품을 보고, 함께 있는 사람과 이야기를 나눌 만큼 그걸 마음에 들어 할 날이 올 거라고 생각하느냐고.

열다섯 살이 된 지 얼마 지나지 않아 동생은 머리를 밀었다. 미용실에 가서 군인처럼 머리를 밀어달라고 한 것이다. 그 모습을 보고 엄마는 네가 머리를 어떻게 자르든, 언제나처럼 예뻐 보인다고 했다. 아빠는 그 행태가 세상에 대한 분노와 반항의 표현이라고 느꼈지만, 그런 생각을 내게 말한 건 몇 주가 지나고 레안드라의 머리카락이 조금 자라기 시작했을 때였다. 아빠가 속마음을 누르고 있다는 걸 알게 된 레안드라는 어느 저녁, 차고에서 작은 전등 하나를 켜두고 자동차 부품에 기름칠을 하던 아빠에게 차분히 설명했다. 여성성이라는 것이 꼭 긴 머리와 연관될 필요는 없는 거라고, 다른 방식들도 있는 거라고. 아빠는 레안드라의 뺨에 입을 맞추며 너는 네가 하고 싶은 건 뭐든 할 수 있다고 말했다. 둘은 대화를 많이 하는 편은 아니었지만, 둘 사이에는 조용한 유대가 있었다. 꼭 두 마리의 달팽이처럼.

아빠처럼 레안드라도 물건보다는 공간을 좋아했다. 그 애는 상점에서 물건 사는 걸 싫어했고, 자본주의에 반대하는 강력한 의견을 갖고 있었다. 가끔은 도무지 주둥이를 다물지 않는 설교자를 데리고 다니는 것과도 같아서 집에 두고 나오는 편이 나을 때도 있었다. 어쩌다 상점 안으로 들어가면 파는 물건보다는 진열대에 물건이 진열된 방식에 관심을 기울였다. 낡은 카페, 오래된 건물, 꽃과 과일 가판대를 좋아했고, 아무것도 사지 않더라도 그런 곳들에서는 사람들과 친근하게 이야기를 주고받으며 시간

을 보내곤 했다. 그럴 때는 사람들을 대하는 엄마의 능력
과 아빠의 섬세함을 빼닮은 것이, 부당함을 마주했을 때
얼마나 맺고 끊음이 분명하고 단호하며 솔직해질 수 있는
지와는 완전히 다른 면모였다. 레안드라는 제멋대로 구는
사람들의 무례한 언동을 그냥 넘어가지 않았고, 계급주
의적, 인종차별주의적, 외국인혐오주의적 태도 때문에 누
군가가 불이익을 당하거나 누군가의 의견이 묵살되는 것
을 가만히 보고 있지 않았다. 그런 일이야말로 레안드라
의 가장 거친 면모, 열세 살 때 학교에 불을 지르고 퇴학
에 이르게 한 레안드라 특유의 분노로 그 애를 곧장 향하
게 하는 지름길이었다.

레안드라에게는 행실 불량의 기록이 있었다. 비록 망가
지기 직전에 놓인 청소년처럼 보였을지 몰라도, 레안드라
본연의 모습 저 깊은 곳의 무언가가 엄마 아빠로 하여금
딸이 언젠가는 세상에서 자기 자리를 찾으리라고 확신케
했다. 기하학적 패턴을 좋아했던 레안드라는 방화 사건
이후 아빠가 선물해준 사진기로 거리에서 만나는 각종 형
태를 사진에 담기 시작했다. 그 애는 거리를 청소하는 광
경을 보는 것도 좋아했다. 우리가 살던 곳 근처에는 아침
마다 라디오를 큰 소리로 틀어놓고 자기 대문 앞을 청소
하는 여자가 살았다. 여자는 열정적으로 청소했는데, 옆
에 물 양동이를 하나 두고 노래를 부르며 대걸레질을 했
다. 레안드라는 언젠가 그녀의 사진을 시리즈로 찍은 적

이 있다. 그러고는 내게 말하길, 언니, 잘 봐, 바닥에 그려지는 원의 형태가 노래에 따라 달라진다니까. 레안드라에게는 언제나 친구가 있었다. 어디를 가든 친구를 사귀었다. 한번은 커피를 사러 차에서 내렸다가 돌아오더니 그날 밤 우리가 파티에 가게 됐다고 한 적이 있다. 뒤에 줄 서 있던 사람이 우리를 파티에 초대했다는 것이었다. 우리 둘 중 친구가 많은 쪽은 언제나 레안드라였다. 한 학교에 단 5분을 있었어도 레안드라에게는 다음에 놀 계획이 보장된 채로 나오기에 충분한 시간이었다. 하지만 열세 살에 방화 사건이 있은 후로는 아빠가 선물해준 필름 카메라와 더 오랜 시간을 보내기 시작했다.

레안드라는 생일을 지독히도 싫어하는데, 지금까지도 사람들에게 생일 축하를 하지 말라는 부탁을 한다. 생일 케이크도, 생일 축하 노래도 싫어한다. '해피 버스데이'라는 말은 인간 종족의 수치라고 하기도 했다. 동생이 생일 파티라면 질색하게 된 건 열 살에서 열한 살 무렵부터였다. 유치해 보였던 거다. 지금도 그 애는 생일에 관해서라면 거짓말을 하는 버릇이 있는데, 원래 날짜에서 이틀이나 사흘 다르게 말하는 거다. 그러면 누군가 생일 축하한다는 인사를 건넨다고 한들, 의미 없는 말이 되는 거니까. 생일 파티 때 엄마가 찍은 사진들을 보면 사진 속 그 애는 억지로 끌려온 것처럼 보인다. 사진 찍히는 걸 극도로 싫어했던 아빠처럼. 아빠는 찍히는 게 아니라 찍고 싶어 했고, 레안드라도 마찬가지였다.

나는 어두운 영화와 타블로이드 신문을 좋아했다. 레안드라는 공포 영화를 볼 때 웃음을 터뜨렸다. 하지만 현실 속 우리의 일상은 정반대였다. 레안드라는 피라면 쳐다보지도 못했고 나는 쉽게 놀랐다. 레안드라는 수줍음을 타지 않았고 나는 수줍은 편이었다. 레안드라가 자랑스러워하는 게 있다면, 자기 몸이었다. 통통했던 어린 시절에나 사춘기 소녀 시절에나 마찬가지였다. 한편, 나는 사춘기를 부끄러워하면서 지냈다. 레안드라는 화장실 문을 연 채로 똥을 누었고, 마침 지나가던 내가 보고 뭐라고 한마디라도 하면 거길 지나간 내가 잘못이라며 오히려 큰소리치곤 했다. 그 무렵, 갑자기 살이 빠지던 레안드라가 한 번 기절한 적이 있다. 그때 나는 곁에 없었는데, 어쩐지 그런 식의 신체적 쇠약함이나 연약함 같은 것들이 동생의 강함과 어울리지 않는다는 생각을 했다. 동생은 그런 점에서 아빠와 비슷했다. 그 개자식 페르난도와의 일이 벌어진 후에도 레안드라는 용감했다. 이튿날 함께 타코를 먹고 거리를 쏘다녔을 때, 레안드라는 더 강해진 모습으로 이 모든 일에서 빠져나오겠다는 결심이 확고해 보였다.

그날 오후 우리는 정처 없이 걸었다. 레안드라는 인수르헨테스 대로의 거대한 건물에 대한 이야기를 들려주었다. 그라피티로 빼곡하고, 더럽고, 유리창이 깨진 채 버려진 건물이었다. 레안드라는 그것이 날개가 작은 거대한 새라고 했다. 쓸모 있는 다른 건물들 사이에 골칫덩이처럼 끼어 있는. 하지만 언니, 그건 번듯한 가정에서도 일어나는 일이야. 레안드라는 오래된 건물들을 좋아했다. 훼손된 외관, 더러운 창문, 막 다루어진 문, 세월에 먹힌 철근 같은 것들을. 그중에서도 멕시코시티의 70년대 건물들을 좋아했다. 로비에 제멋대로 배치되어 일종의 패턴을 이루는 색색의 타일, 철문, 철근, 넓은 아파트의 커다란 창문, 커튼 사이를 비집고 들어오는 오후 햇살. 레안드라는 부모님이 젊었을 적 살았던 도시가 무척 궁금하다고 했다. 페르난도 사건이 있은 지 며칠 후부터 레안드라는 70년대 건물 사진들을 찍기 시작했다. 어쩌면 아빠와 가까워지기 위한 방식이었을지도 모른다. 어쨌든 사진기를 선물한 건 아빠였으니까. 레안드라 스스로도 감지하지 못했던 무언가를 아빠는 보았던 건지도 모르겠다.

아빠는 물건들, 집들, 장소들, 버려진 자동차들이며 교량들 사진을 찍었지만, 사람은 거의 찍지 않았다. 아빠의 사진 속에 누군가 등장한다면, 그건 사고, 즉 피할 수 없는 일에 가까웠다. 다른 가족의 앨범 속 사진에 나무나 벽돌이 저도 모르게 함께 찍히는 것처럼. 우리 가족의 앨범은 아빠가 찍은 장소 사진들로 가득했다. 가끔 사람이 등장하는 몇 안 되는 사진들은 엄마가 찍은 사진이거나 행사가 있을 때 사진가들에게서 구매한 폴라로이드 사진들이었다. 그런 점에서 아빠 엄마의 사진 취향은 곧 아빠 엄마 본연의 모습과도 같았다. 엄마에게 사진이란, 만일 사진 속 누군가 웃고 있지 않다면 다시 찍어야 하는 것이었다. 사진에는 모두가 나와야 했고, 다정하게 붙어 있어야 했다.

레안드라가 70년대 건물 사진을 찍기 시작한 건 그 안에서 무언가 맞아떨어지는 걸 발견했기 때문이고, 아빠가 그 건물들을 언젠가 지나쳤으리라고 상상했기 때문이었다. 자기 마음에 드는 만큼 아빠도 좋아했을 법한 건물들을 찾아내는 것은, 마치 어린아이가 어른들의 식탁에서 지루함을 잊으려고 발명하는 냅킨과 빨대 놀이 같은 것이었다. 레안드라는 꽤 많은 사진을 찍었다. 어쩌면 수십 년 전에는 책상 하나와 의자 하나, 주파수가 잘 맞지 않는 작은 흑백 텔레비전 하나가 있었을지도 모르는, 경비원이 없는 경비실을 찍었다. 가짜 식물이 놓여 있고 이따금 사람이 지나가는 건물 현관을 찍었다. 지금까지도 나는 그런 건물을 보면 아빠보다는 레안드라 생각이 더 많이 난다. 아니, 레안드라가 아빠를 보던 방식이 떠오른다.

대안 학교를 다니던 레안드라는 다른 사람처럼 보이게 하던 유니폼을 입고 치과 보조 일을 하면서 틈틈이 사진을 찍고 현상했고, 이따금 내 의견을 묻기도 했다. 나는 레안드라도 그 공간들 안에서 일어나는 일들을 궁금해하는지 알고 싶었다. 반쯤 닫힌 저 커튼 뒤에서, 저 창문 뒤에서 일어나는 일들이야말로 내가 가장 궁금해하던 것이었으니까. 레안드라는 그런 생각은 한 번도 해본 적 없다고 했다. 아마 그런 점이 사춘기 때나 지금이나 우리를 구분 짓는 것이리라.

이런 것들이 레안드라가 좋아하던 것들이다. 한편, 벽토를 바른 80년대 집들, 하얀 신발 상자 같은 현대 건물들, 은행, 약국은 싫어했다. 시각적으로 끔찍하다는 이유였다. 으스대며 부를 자랑하는 사치스러운 건물들을 레안드라는 경멸했다. 시내에는 오래된 약국이 하나 있었는데, 레안드라는 이따금 그곳에 각기 다른 크기의 갈색 병을 사러 가곤 했다. 실험실에서 쓸 것 같은 그런 병들로 그 애는 우리가 함께 쓰던 화장실에서 내 물건과 자기 물건을 구분했다. 그 약국은 주문을 받고 처리하는 시스템이 한 세기 전과 똑같았고, 언제나 계산 줄이 길었다. 에센스와 천연 오일을 비롯해 글리세린과 알코올 같은 기본 재료를 판다는 점이 레안드라의 마음에 들었다. 레안드라는 그것들로 직접 마스크 팩이며 비누며 향수며 샴푸 따위를 만들곤 했다. 한번은 그렇게 향이 좋은 향수를 어떻게 만든 거냐고 물어본 적이 있다. 그러자 레안드라는 활짝 웃으면서 말했다. 언니, 기업들은 엿이나 처먹으라고 해. 우리는 다 똑같은 향을 뿌리고 다니지 않을 거야, 우리는 일렬로 선 마네킹이 아니란 걸 그들도 알아야 된다고. 도대체 그런 좆같은 생각은 애초에 어디서 나온 걸까?

레안드라는 타블로이드 신문을 싫어했다. 재기 발랄한 제목 아래 피를 철철 흘리며 죽어 있는 시신을 클로즈업한 기사를 한 번도 좋아해본 적 없었다. 드라마틱한 사고에 대해 이야기하는 걸 좋아하지 않았고, 피가 등장하는 사고나 질병에 관해 누군가 자세히 이야기할 때면 힘들어했다. 두 번째 심장마비가 아빠를 데려가기 전, 병원에서 엄마와 아빠를 만났을 때 간호사가 병실에 플라스틱 튜브를 걸어둔 채로 나갔고, 노란빛을 띤 액체가 바닥에 떨어졌다. 그게 아빠의 몸에서 나온 것인지 아니면 약물인지는 확실하지 않았지만 레안드라는 벌벌 떨었고, 잠시 나가 있어야 했다. 레안드라는 피를 지독히도 싫어했다. 아빠는 내게 말린 소시지 먹는 법을 가르쳤고, 그건 우리 둘이 공유하는 취향이었다. 펠릭스가 초리소를 입으로 가져가는 모습을 보면 얼마나 기쁜지 모른다. 아빠는 일요일마다 바비큐를 즐겼다. 아빠가 살아 있었더라면 손자와함께 기쁘게 소시지를 한 입씩 나누어 먹었으리라.

어린 레안드라는 쥐를 싫어했고, 무서워했다. 이념을 지키기 위해 화장실에서 화염병을 만들 줄은 알았어도 쥐에게는 항복했다. 쥐는 보는 것도 싫어했지만 뱀은 좋아했고, 심지어는 열한 살 생일 때 선물로 물뱀을 달라고 하기도 했다. 뱀은 얌전했지만 내가 너무 징그러워했던 까닭에 내가 없을 때만 우리 방에 풀어두곤 했다. 레안드라는 설치류도, 바퀴벌레도 싫어했지만 방 안의 카펫 위를 기어다니는 뱀의 움직임에는 매료되었고, 장애물을 두고 뱀이 피해 가는 모습을 보며 즐거워했다.

십대 시절 나는 무서운 이야기 읽기를 좋아했고 서스펜스를 즐겼다. 레안드라는 자기가 원해서 책을 펼친 적은 없지만, 좋아하는 영화 속 대사는 곧잘 기억했다. 한번은 〈엑소시스트〉에서 귀신 들린 소녀의 그 유명한 대사를 외워서 읊으며 자지러지게 웃은 적이 있다. 마치 자기가 귀신 들린 소녀가 된 것처럼 대사를 외우면서 무척 즐거워했다. 레안드라의 이런 완벽한 기억력은 나를 놀라게 하곤 하는데, 아주 오래된 과거의 일을 말할 때 내 기억에서는 완전히 지워진 정보를 언급하는 식이다. 가령 나는 제목도 기억하지 못하고 본 기억도 나지 않는, 우리가 어릴 때 본 영화의 줄거리를 아주 세세하게 말하는 것이다. 펠릭스가 태어나기 전 마누엘과 나는 힘든 시기를 지나면서 몇 달 동안 갈라선 적이 있었다. 나는 레안드라가 연인 타니아와 함께 살던 집으로 들어갔고, 이사 당일 밤 맥주를 마시며 그 애가 처음으로 한 말은 이러했다. 언니, 언니가 이성애자라서 그래. 그래서 연인 간에 그런 문제들이 생기는 거야. 그런 긴 대화를 나누면서 놀랐던 게 있다면, 아주 사소하기 그지없는 것일지라도 전부 기억하는 동생의 능력이었다.

동생이 처음으로 공포 영화를 본 건 우리가 어릴 때였다. 우리 집에서 그런 장르를 좋아하는 사람은 아무도 없었다. 아빠는 전기 영화와 역사 영화를 좋아했고, 엄마는 우리가 원하는 건 뭐든 보는 편이었다. 학교에서 한번은 몇몇 아이들이 반려동물 공동묘지에 관한 영화에 대해 이야기를 나누었는데, 레안드라가 그 영화를 보지 않았던 까닭에 아이들이 앞다투어 영화의 내용을 말해준 적이 있었다. 잔뜩 흥분해서 집에 돌아온 레안드라는 그 공동묘지에 묻힌 반려동물들이 악귀로 되살아난다는 말을 내게 전해주었다. 그 후로 오랜 시간이 지나고 나서도, 물뱀이 집 안에서 사라졌을 때 아빠는 분명 뱀이 방 어딘가에 똬리를 틀고 있을 거라고 했지만, 레안드라는 자기 침대 한쪽 다리에 몸을 칭칭 감고 있는 뱀을 발견할 때까지 아빠를 붙들고 놔주지 않았다. 내가 드럼을 치는 동안 레안드라는 방에 틀어박혀 그림을 그리곤 했다. 언제인지 정확히 기억은 나지 않지만, 열한 살 무렵부터 레안드라는 랄로라는 이름의 친구를 좋아하기 시작했다. 동생은 소년을 좋아한다는 얘기는 하지 않았지만, 어느 밤 자기 침대에 누워 내게 해준 말에 따르면 소년은 주말마다 부모님과 함께 테포스틀란에 가는데, 그곳에서 그 애는 부모님 친구네 딸과 몰래 빠져나와 레안드라로서는 청소년 사이에 일어날 수 있으리라고 상상도 못 해본 일들을 한다는 것이었다. 아마도 그 친구의 일화가 그때까지 느껴보지 못했던 무언가를, 끓어오르기 직전의 호르몬을 레안드라의 안에 처음으로 각성시킨 것이리라.

이튿날 아침, 양치를 하던 중 아직 입에 치약이 남은 채로 레안드라가 말했다. 언니, 내가 다 말한 게 아니야, 걔가 그러는데 둘이 발가벗고 수영을 했대, 발가벗고. 둘이 같이 수영을 했다니까. 부모님들은 부부끼리 밥을 먹으러 나갔고, 걔들 둘만 남아서 수영을 했는데 아무도 없으니까 수영복을 벗어버린 거야, 수영복을 벗고 발가벗은 채로 수영을 했다고, 언니. 열한 살의 레안드라는 완전히 이성을 잃었고, 나도 마찬가지였다.

레안드라는 나나 아빠에게 아무 말 없이 아빠가 몇 년 동안 찍은 사진들을 보관하던 하얀 상자에서 사진 몇 장을 빼돌렸고, 자기가 모으던 편지지에 랄로에게 줄 편지를 썼다. 언제나 배낭 속에 가지고 다니던 지포 스펙트럼 라이터도 선물했다. 랄로는 담배를 피웠으니 레안드라는 라이터가 그에게 더 쓸모 있을 거라고 생각했다. 편지를 받은 랄로는 레안드라에게 더는 말을 걸지 않았다. 하루는 누군가 레안드라에게 랄로가 레안드라를 비웃었다고 말해줬다. 빈 공간을 찍은 사진들로 콜라주를 만들다니, 주술을 부리는 것 같다는 이유였다. 레안드라의 사랑 고백을 비웃은 건 말할 것도 없었다. 레안드라는 내게 이렇게 말했을 뿐이다. 언니, 나는 이제 라이터도 없고 친구도 잃었어. 사랑이란 건 아마도 이런 건가 봐. 한 명이 모든 걸 주면 다른 한 명은 그냥 받기만 하는 건가 봐, 그깟 것 아무것도 아니란 듯이. 며칠 후, 랄로는 레안드라에게 편지와 라이터를 돌려주었다. 그때가 레안드라의 심장이 쪼개졌던 몇 안 되는 순간 중 하나였다. 페르난도 그 개자식과 있었던 불미스러운 사건 후에도 내 동생은 약한 순간을 강함으로 승화시키려는 사람이었다.

그 무렵 랄로는 아마 열네 살쯤 되었을 터였고, 레안드라는 지포 라이터와 편지를 돌려받은 후 다시는 그 애에게 다가가지 않았다. 랄로는 자기가 사귄 여자애들에 대해 떠벌리고 다니는 걸 좋아했고, 내 동생도 그중 하나로 포함됐다는 소문이 동생 귀에 들려왔다. 레안드라는 이웃 소년과 사귀기 시작했다. 소년은 다정했고 사랑에 빠져 있었지만, 레안드라는 소년에게 별 관심이 없었다. 아마도 내 동생은 연인 관계에서 상대가 자신을 어떻게 대해주는 게 좋은지 아주 이른 나이에 알게 된 것 같다. 동생은 나보다 훨씬 먼저 남자 친구를 사귀었다. 소식을 들은 부모님은 보수적인 반응을 보였는데, 워낙 개방적인 분들이었기에 그런 반응은 예상 밖이었다. 그날부터 아빠는 우리에게 통금 시간을 정해주었다.

레안드라와 거리를 쏘다녔던 그날 오후는 행복했다. 하지만 그날 밤 레안드라가 샤워기 아래서 얼마나 오랜 시간을 물을 맞고 있는지 알아채자 배 속이 뒤틀리는 게 느껴졌다. 어쩌면 레안드라는 페르난도 그 개자식과의 일을 되짚어보고 있었는지도 몰랐다.

11

고대 신앙에 따르면, 치유자는 남자들과 성관계를 가져
서는 안 됩니다. 그리고 버섯을 먹을 사람들은 의식에 임
하기 전과 후로 닷새 동안은 성관계를 가지지 말아야 하
고, 원한다면 일곱 낮과 일곱 밤을 기다려도 좋습니다. 나
는 니카노르와의 결혼 생활을 유지하는 동안에는 버섯을
먹지 않았습니다. 나를 마녀라고 생각하지 않았으면 했
고, 성관계와 관련된 규칙은 정직하게 지켜져야만 했으니
까요. 사별한 첫해 말쯤 되자 나는 깨끗했습니다. 남편도,
남자도 없었으니까요. 그런데 한쪽 골반이 아프기 시작
했고, 치유자 두 명한테 보였는데 아무도 고통을 낫게 해
주지 못하더군요. 그래서 나는 산후안데로스라고스와 산
펠리페 사이의 언덕으로, 우리 아버지가 돌아가시기 전에
나를 데리고 갔던 그 언덕으로 가기로 했습니다. 내 동생

프란시스카와 함께 양과 염소를 돌보러 가던 그 언덕에서 나는 가스파르가 섬세하게 어루만지던 버섯과 똑같은 버섯을 찾았지요. 이제 팔로마가 된 그녀는 모든 것을 꽃 다루듯 섬세하게 어루만졌어요. 어찌나 손길이 부드러웠는지, 때로는 그 손길을 받고 싶다고 생각할 정도였지요. 그런 부드러움이라니, 사람은 말할 것도 없고 무언가를 만지는 손길이 그런 식으로 부드러운 것은 더더욱 본 적 없었습니다. 가스파르일 적에 할머니를 치유한 의식에서도 그녀는 할머니에게 버섯을 먹이기 전에 그토록 섬세한 손길로 버섯을 어루만졌지요. 나는 조심스레 버섯 몇 쌍을 땄습니다. 버섯은 그렇게 짝을 지어 먹어야 하기 때문이에요. 결혼과 마찬가지로 서로 사랑하며 한쪽이 다른 한쪽에게 힘이 되어주어야 하니까요. 덤불 사이에 핀 민들레라도 되듯 나는 버섯을 부드럽게 잡아당겼고, 부드럽게 잡지 않으면 바람에 찌그러지거나 흩어지기라도 할까 봐 조심스레 다루었습니다. 이제 팔로마가 된 가스파르가 버섯을 어떻게 다루었는지 떠올리면서요. 나는 버섯들에게 말을 걸었고 신께 내가 버섯을 잘 고를 수 있도록 도와달라고 빌었습니다. 버섯은 두 개를 한 번에 먹어야 한다는 걸 알고 있던 터라 짝을 맞추어 버섯을 골랐고, 동생과 어머니와 내 자식들이 모두 잠든 그날 밤, 나는 혼자 의식을 집전하고 스스로를 치유한 겁니다. 당시에는 아직 어머니가 살아 계셨습니다. 오늘 밤 내가 나를 치유할 수 있다면 다른 사람들을 치유할 수도 있을 거라고 생각했던 기억이 납니다. 세상만사가 그런 법이지요. 처음에는 자기 자신에게 그다음엔 타인에게도 적용되는 겁니다. 자신의 영혼 깊은 바닷속을 들여다볼 수 있어야 다른 사람들을 들여다볼 수 있지요. 만일 내가 다른 사람들을 도울 수 있다면 코스메 할아버지의 축복이 나와 함께할 테고, 그러면 그 축복을 다른 사람들과 나눌 수 있으리라고 생각했지요.

하지만 당시에는 내가 일을 그만둘 수 있으리라는 가능성조차 상상하지 못했습니다. 집에서는 언제나 굶주렸고 식구도 많았으니까요. 나는 자식들에게 누에 기르는 법을 가르쳤습니다. 동생과 내가 코스메 할아버지에게 배웠던 것처럼요. 이전처럼 가공할 수는 없었지만 비단은 언제나 잘 팔리는 품목이었으니까요. 어머니와 동생이 밭들을, 강낭콩과 호박과 커피 재배를 담당했습니다. 총책임자는 나였고요. 그런데 내 아들 아파리시오는 바지 안에 빈대라도 들어간 듯 한시도 가만히 있지 못했어요. 녀석이 가만히 있지 못했던 건 어쩌면 니카노르가 죽은 후로 녀석이 집안의 유일한 남자였기 때문인지도 모르겠군요. 여자들만 있는 집안에서 자란 사내 녀석들이 어떤지 아시지요, 우리 집안은 오로지 여자뿐이었으니 녀석은 빈대처럼 여기저기 들쑤시고 다닌 겁니다. 남자들로 이루어진 가족을 찾아가 붙으려고요. 뭐, 내 생각은 그렇습니다. 내 동생과 나는 순종적이었습니다. 호기심은 많았지만 순종적이었지요. 동생은 내가 가는 곳마다 따라다녔고, 내가 가는 곳마다 동생도 함께였지요. 하지만 동생은 나보다 차분했습니다. 내 아들 아파리시오는 퉁퉁 부은 모습으로 고래고래 소리를 지르며 태어났는데, 태어났을 때부터 궁둥이까지 털로 뒤덮여 있었습니다. 털북숭이 망아지처럼 태어난 녀석을 무엇으로도 막을 수 없으리란 걸 직감했지요. 그래서 나는 밭 옆에 구덩이를 팠습니다. 맘 편히 일하기 위해 깊은 구덩이를 파고 그 안에 아들 녀석을 넣어두었지요. 녀석이 저 또한 우리처럼 일을 해야 한다는 사실을 이해할 나이가 될 때까지 말입니다. 한 번씩 가서 음식을 주었고, 또 소리를 지르면 다시 음식을 가져다주었지요. 그래도 입을 다물지 않으면 녀석의 누이들이 가서 조용히 시켰답니다. 만일 딸들까지 내 일을 방해했더라면, 나는 밭 옆에 구덩이를 세 개는 더 팠을 겁니다. 하지만 아니세타와 아폴로니아는 내 동생 프란시스카처럼 차분한 아이들이었어요. 나중에 팔로마가 아폴로니아에게 자기 화장품을 조금 나누어 주긴 했지만, 집에서 유일하게 풍족한 것이라면 그건 바로 노동이었습니다. 집안에 굶주림이 있고 식구가 많을 때 일은 언제나 많은 법이었고, 그럴 때 생떼를 부리는 아이들을 데리고 일하는 사치란 우리에게 존재하지 않았어요. 생떼를 부리는 아이들은 방해가 될 뿐이었으니까요. 그래서 나는 내 딸들에게 말합니다. 도시 아이들은 저들의 크기에 맞는 물건들에 익숙하다고,

마치 온 세계가 저들의 작은 손에 맞춰진 듯 말이지요. 하지만 시골 아이들은 다릅니다. 시골 아이들은 어른들과 똑같은 구멍에서 저들의 필요를 해결해야 하고, 작은 손으로 어른들과 똑같은 일을 합니다. 왜냐하면 우리의 세상은 굶주림과 노동으로 이루어져 있으니까요.

내 딸 아니세타는 천연 밀랍 초를 만들기 시작했습니다. 초는 한 쌍으로 만들었는데, 집 안 여기저기에 못을 박아 걸어둔 줄에 심지를 매달 수 있게 하기 위해서였지요. 아폴로니아는 비단 만들기를 담당했습니다. 아니세타가 커가는 모습을 보고 있자면 그 애가 나중에 남자들의 행동을 변하게 하리란 걸 알 수 있었어요. 하지만 아니세타는 거기에 현혹되지 않았고, 내 동생 프란시스카처럼 일하기를 좋아했지요. 내 딸은 줄에 심지를 매달 수 있도록 짝을 맞추어 온갖 크기의 천연 밀랍 초를 만들기 시작했습니다. 코치닐과 벼랑에서 자라는 나무의 껍질로 초를 염색하기도 했지요. 그런 염색의 재능은 증조할머니에게서 온 거였고, 나는 딸에게 말했습니다. 네 그런 재능은 너희 증조할머니에게서 온 거로구나. 파스 할머니는 우리 옷을 지어 입히고 인디고와 수피로 옷감을 염색하셨지. 네 증조할머니가 옷을 지을 때는 꼭 오른손이 두 개인 것 같았단다. 수를 놓던 내 어머니가 오른손이 두 개인 것 같았던 것처럼 내 딸 아니세타는 아름다운 밀랍 초를 만들었고, 작은 초와 제단에 올릴 큰 초는 곧 성당으로, 신부들에게로, 신앙심 깊은 여인들에게로, 직접 제단을 지어 기도할 수 있을 만큼 돈 많은 여인들에게로 팔려나갔습니다. 그렇게 아니세타는 각종 크기로 만든 천연 밀랍 초로 집안을 먹여 살리기 시작한 겁니다.

나는 내 골반을 치유할 수 있었습니다. 내가 나를 치유할 수 있다면 다른 사람들도 치유할 수 있으리란 걸 알았지요. 하지만 내게는 아직 책이 없었고, 나는 아직 언어가 무얼 할 수 있는지 알지 못했습니다. 신의 말씀이란 듣기 전까지는 알 수가 없는 법이니까요. 펠리시아나, 이것이 네 길이다. 내가 이런 말을 들었을 때처럼 말입니다. 해 뜨기 직전이 가장 어두운 때라고들 하지요. 그렇게 나는 의식 집전을 시작했습니다. 내 골반을 치유하고 난 후부터지요. 그런데 나의 해는 내 동생 프란시스카가 병에 걸리고 나서야 뜨더군요. 그때까지 나는 언어가 무얼 할 수 있는지 알지 못했습니다. 스스로 골반을 치유한 후로 사람들은 아픈 사람들을 내게 데려왔습니다. 한 친척이 아픈 가족을 치유해달라고 부탁했고, 나는 약초와 내 딸 아니세타가 만든 천연 밀랍 초 일곱 개로 병자를 치유했습니다. 기도와 약초로 치유했고, 내 손길 또한 통증을 완화하더군요. 내 손길과 기도로 사람들의 병이 어디에서 기인한 것인지 알 수 있었습니다. 그리고 사람들의 병에 따라 약초를 써서 그들을 치유했습니다. 언덕에서 자라는 약초에 내가 축복을 불어넣은 것이었지요. 팔로마가 소문을 날랐고, 눈에 안개가 낀 노인을 한 명 데려왔습니다. 처음에 팔로마는 노인들만 데려왔어요. 화주를 마시며 이렇게 말하곤 했지요. 펠리시아나, 자기, 신께서는 가난한 이들이 병을 치유할 수 있도록 약초와 버섯을 주신 거야. 약초와 버섯은 사람을 돈으로만 보는 도시의 병원들보다 훨씬 더 강력하다고. 팔로마는 내게 언덕에서 자라는 약초들에게 말을 거는 법을 가르쳐주었습니다. 나와 함께 언덕을 올랐고, 미소를 머금은 얼굴과 특유의 유머 감각으로 약초들이 얼마나 남자들 같은지, 각기 다른 버섯이 남자들과 보내는 밤과 얼마나 닮았는지 알려주었지요. 약초와 버섯에 축복을 불어넣는 법을 가르쳐준 건 팔로마였습니다.

몸이 아파 찾아오는 노인들의 병은 치유할 수 있었어요, 하지만 영혼의 병도 치유할 수 있으리란 건 아직 몰랐습니다. 당시에는 나를 찾아오는 사람이 적었어요, 아주 소수의 사람만이 나를 찾아왔지요. 팔로마는 사랑과 사랑의 미래를 보는 카드를 읽을 줄 알았습니다. 그래서 사람들은 마음이 아플 때 그녀를 찾았지요. 팔로마는 다정하고 사람들을 웃게 했으니까, 사람들은 미래를 알고 싶을 때 그녀를 보러 갔습니다. 팔로마는 남자들과 밤을 보내는 법이라든지 그들의 마음이라든지 그런 것들에 대해서도 조언해주었지요. 하지만 이제 치유자는 아니었습니다. 팔로마는 말하곤 했지요. 자기, 나를 빨간 마녀라고 불러줘. 그러면서 빨간 립스틱을 바른 입술로 웃음을 터뜨렸습니다.

나는 축복을 불어넣은 약초로 의식을 집전하기 시작했습니다. 버섯도 쓰긴 했지만, 주로 약초를 썼어요. 내가 약초를 혼합할 때면 팔로마가 말하곤 했지요. 펠리시아나, 애, 꼭 고삐 풀린 망아지 같네, 이리 가져와봐. 이건 조금 덜 넣고, 저것도 덜 넣어야 하고, 이건 조금 더 넣어야지. 팔로마와 나는 양동이에 혼합물을 채워 넣었고, 마셔보기도 했지요. 우리가 만든 약초 혼합물을 팔로마는 약주라고 불렀습니다. 펠리시아나, 복통에 좋은 약주를 더 담그자꾸나, 팔로마가 말했지요. 펠리시아나, 두통에 좋은 약주를, 관절에 좋은 약주를 더 담가야 해. 팔로마는 간의 염증을 가라앉히는 약주를 만들었고, 화주를 즐겨 마시는 이들의 환영을 받았지요. 모든 약주는 효능이 있었고, 약주를 찾는 사람들이 생겼어요. 마을 사람들은 선조 때부터 이 방식대로 병을 치유해왔지만, 팔로마와 내가 만든 약주가 잘된 것은 약초들에 축복을 불어넣었던 까닭이고, 팔로마에게 좋은 약초를 고르고 힘과 축복을 불어넣으며 혼합하는 재능이 있었던 까닭이지요.

약주를 만들기 위해 우리는 축복을 불어넣은 약초를 혼합했고, 혼합한 약초를 술과 함께 양동이에 담갔습니다. 질병에 따라 민트, 샐비어, 운향, 정향을 함께 담그기도 했는데, 그 외에 필요한 게 있으면 구하러 나갔지요. 그동안 프란시스카가 아니세타와 아폴로니아와 아파리시오를 돌보았습니다. 사람들이 나를 찾아온 건 내가 치유자 집안 출신이라는 소리를 들어서였지, 나라는 사람을 만나기 위해 나를 찾아온 건 아니었습니다. 펠리시아나를 찾은 게 아니었지요. 사람들은 이렇게 말했습니다. 들리는 말로는 당신이 치유자 집안 출신이라고, 아픈 내 가족을 치유할 수 있다고들 하더군요. 그런가 하면 내가 팔로마와 함께 약주를 만든다는 사실을 알고 찾아오는 사람들도 있었습니다. 그런 사람들은 이렇게 말했지요. 저이는 무셰이긴 하지만 남자야, 남자 치유자 집안 출신이니까 약주를 담그는 거라고. 사람들이 내 이름을 기억하고 나를 찾아오기까지는 비가 여러 번 내려야 했습니다. 나는 그들에게 말했지요. 나는 샤먼입니다. 지혜로운 남자들 집안 출신이지만 나는 여자이고 내 이름은 펠리시아나입니다. 신께서 나를 아시므로, 온 하늘이 나를 압니다. 나는 여자이고 치유자입니다. 언어가 내 것이기 때문입니다.

어쩌면 조에 양은 이미 그때부터 내가 언어로 치유자의 길을 가기 시작한 것이라고 할 수도 있겠군요. 언어가 나를 영혼의 깊은 바닷속으로 데려다주었으니까, 이미 약초를 알고 약초에게 말을 거는 법을 알았으니까, 몸의 병을 치유하는 약주를 만드는 법을 알았으니까 말입니다. 하지만 아직 바람이 내 이름을 실어 나르지 않았었고 아직 책도 손에 넣지 못했던 때지요. 내 동생 프란시스카가 위중

한 병으로 몸져눕기 전까지는 그랬습니다. 그때 바람이 내 이름을 키웠습니다. 바람은 모든 걸 크게 만드니까요. 잠에서 깬 프란시스카는 멍석에서 몸을 일으켜 커피 농장으로 향했습니다. 거기서 밭일과 씨름했고, 농장에서 정신을 잃은 겁니다. 내 딸 아폴로니아가 비명을 질렀습니다, 이모가 돌아가셨다고요. 나는 달려 나갔고, 아파리시오는 구덩이 안에서 칭얼거리고 있었지요. 아폴로니아가 물을 가져다주거나 놀아주기를 기다리면서요. 프란시스카는 더 자주 정신을 잃기 시작했어요. 조금만 무리를 해도 오래도록 기절해 있었지만, 개의치 않았습니다. 몸을 쉬게 하는 법이 없었고 우리에게는 일언반구도 없었지요. 한번은 내 아들 아파리시오가 무지막지하게 짜증을 부린 적이 있습니다. 도살장에 끌려가는 돼지처럼 고래고래 악을 써댔지요. 우리는 밭을 일구고 씨를 뿌리는 일을 할 수 있도록 매일 땅을 파서 아들 녀석을 넣어두곤 했는데, 거기서 꺼내달라고 악을 쓴 거지요. 그때 나는 정신을 잃고 쓰러지는 내 동생 프란시스카를 보았습니다. 무슨 막대기처럼 픽 쓰러지더군요. 동생은 자신이 여자로서 원숙기에 접어드는 거라고 했지만, 나는 동생을 보고 이렇게 말했습니다. 프란시스카, 아직 때가 너무 일러. 그러자 프란시스카는 배가 호두처럼 쪼그라들고 말라가고 있다고 했어요. 아이를 낳지 않아서 시들어가고 있다고, 아이를 낳지 않아서 신께서 이런 고통을 내리시는 거라고 했습니다. 동생은 자신이 자꾸 정신을 잃는 것엔 아랑곳하지 않고 말했어요. 이게 바로 아이를 낳지 않는 여자들에게 일어나는 일이라고, 그런 여자들의 배를 호두처럼 말려버리는 게 신의 뜻이라고요. 그러고는 여전히 일을 계속했습니다. 하지만 쓰러지는 일이 점점 더 잦아졌고, 그러다 어느 날 아침에 일어나지 못하게 된 겁니다. 기력이 없었고, 손가락 사이로 빠져나가는 물처럼 내 동생이 빠져나가고 있었어요.

그때 이미 나는 내 골반도 치유했고, 약주와 기도를 받으러 나를 찾아오는 노인 몇 명도 치유한 뒤였지요. 내가 치유자 집안 출신이고 우리 집안 남자들이 지혜로운 남자들이었으므로 나에 관한 소문이 퍼졌고, 그래서 사람들은 저 여자도 치유자 집안의 후손이니 한번 찾아가보자고 생각하게 된 겁니다. 하지만 나는 내 동생 프란시스카의 푹 꺼진 두 눈을, 검은 조롱박잔처럼 움푹 팬 눈구멍을 보는 것이 어찌나 괴로웠던지 팔로마를 찾아갔습니다. 내 동생을 치유해달라고요. 팔로마는 파스 할머니를 치유한 적이 있으니까 내 동생을 치유하는 법도 알 거라고 생각했습니다. 그때 그곳에서 나는 무셰의 옷을 입은 팔로마를 보았습니다. 길고 검은 머리카락은 거의 푸른빛이 돌 만큼 윤이 났고, 흉터가 있는 눈썹과 같은 쪽에 브로치를 달고 있었지요. 그 브로치를 나는 팔로마의 장례식 때 팔로마에게 달아주었습니다. 초를 밝히는 것과 같은 의미였지요.

각지에서 사람들이 찾아와 초를 밝혔습니다. 사람들은 팔로마를 사랑했어요, 팔로마는 어디서나 사랑받았습니다. 나는 그 브로치를, 생전에 그녀가 달기 좋아하던 쪽에 달아주었어요. 팔로마는 이렇게 말하곤 했지요. 펠리시아나, 자고로 흉터란 숨기는 게 아니야, 뽐내야 하는 거야. 나는 내가 나락까지 떨어졌던 시절이 자랑스럽거든. 그러고는 흉터가 있는 쪽에 브로치를 달았던 겁니다. 사람들이 그쪽을 보기를 원했으니까요. 브로치는 사람들의 시선을 눈썹 위 흉터로 향하게 했습니다. 사람들이 상처를 보게끔 한 겁니다. 부드럽게 어루만지는 손길처럼 부드러운 그녀의 목소리를 들으니 가스파르의 부드러운 손길과 말할 때 두 뺨에 생기던 보조개가 떠올랐지요. 귓가에 들리던 팔로마의 목소리는 마치 섬세하게 어루만지는 손길 같았어요, 푸른빛이 감돌던 검은 머리카락처럼 목소리에도 윤기가 흘렀지요. 너무 깊은 밤은 파랗게 보이기도 하는 것처럼요. 팔로마는 다른 마을에서 열리는 밤의 무도회에 갈 준비를 하고 있던 참이었지요. 꽤 오래전부터 열리던 무도회로, 다 같이 음식을 나누고 춤을 추며 무셰 여왕을 뽑는 자리였어요. 그날 밤 팔로마에게서는 빛이 났어요. 팔로마가 말했지요. 펠리시아나, 얘, 무슨 일이니. 지금 친구들과 함께 나가려고 꾸미는 중이야, 펠리시아나, 자기, 무슨 일로 왔는지 말해봐, 어쩜, 꼭 얼굴이 종잇장처럼 하얗게 질렸구나. 팔로마는 눈가에 파란 펄 아이섀도를 바르고 있었어요. 과달루페가 그녀를 발견하고 내게 와서 팔로마가 살해당했다고, 저기 저 거울 앞에 팔로마가 죽어 있다고 말해주었을 때 거울 앞에 죽어 있던 팔로마의 손에 들린 아이섀도처럼 반짝였지요. 그 거울에서 나는 팔로마의 죽음을 두 번 목격했고, 두 번 다 그녀는 살아 있는 것처럼 보였습니다. 내가 프란시스카의 병을 고쳐달라고 팔로마를 찾아갔을 때 그녀는 그 거울 앞에 있었지요. 당시 산펠리페에는 무셰가 많지 않았습니다. 지금은 그때보다는 많지만, 당시에는 팔로마가 마을 방방곡곡에서 무셰들이 모이는 무도회를 주최하는 초창기 무셰 중 한 명이었지요. 나는 지금껏 팔로마처럼 관능적인 사람을 본 적이 없습니다. 푸른빛이 도는 검은 머리카락은 윤이 났고, 어두운 피부는 매끄럽게 빛났어요. 그녀의 얼굴을 보면 구름 한 점 없는 밤하늘을 보는 것처럼 기분이 좋아졌지요. 그녀의 눈빛은 가스파르였을 때와는 달랐습니다. 팔로마가 되고부터는 눈빛에 기쁨이 더 담겼어요. 하지만 그녀의 피부와 그녀에게서 뿜어져 나오던 빛은 애정을 담아 부드러운 목소리로 모든 것을 어루만지던 그 소년의 영혼을 여전히 품고 있었어요. 왜 그랬는지 모르겠지만 그날 나는 멋져요, 가스파르라고 말했습니다. 아마도 그날만큼은 그녀가 가스파르이기를, 치유자로 돌아와주기를, 그녀에게서 치유자로서의 답을 얻기를 바랐던 거겠지요. 그러자 팔로마는 대답했습니다. 펠리시아나, 농담

하지 마, 얘, 나는 무셔야. 나를 가스파르라고 부르지 말아
줘. 가스파르라니, 가래 끓는 소리처럼 들리잖니. 팔로마
라고 부르럼, 그게 내 이름이니까. 펠리시아나, 자기, 나는
날개를 달고 태어났어. 우리 아버지 이름처럼 흉측한 이
름으로 나를 부르지 마, 사람들은 우리 아버지가 평생 손
에 굳은살이 박이도록 밭일을 하다가 한숨을 내쉬며 바스
러졌다고들 하지. 나는 우리 아버지를 몰라, 내가 유일하
게 아는 아버지는 어머니가 돌아가시면서 남긴 유품에서
찾은 사진 속 사람일 뿐, 우리 어머니의 아픔 속에 존재하
는 사람일 뿐이야. 자기, 나한테는 팔로마가 더 잘 어울려,
내 옷처럼 예쁘잖아. 코스메 할아버지는 나를 파하로라고
불렀지만, 그건 내가 걸어 다닐 때마다 깃털을 떨어뜨려
서가 아니야, 후회와 고통을 짊어진 사람들 사이에서 내
가 날개를 달고 꼿꼿하게 있어서였지. 다른 사람들은 가
족들이 자기들한테 거는 기대의 무게 때문에 제대로 일
어서지도 못할 때 말이야. 그러면 나는 그 신사들에게 이
렇게 말하곤 했어. 왜 그리도 많은 후회와 두려움을 짊어
지고 다니나요, 아름다운 그대들을 위해 그리스도께서 이
미 짐을 짊어지고 가셨는걸요, 그대들을 대신하여 십자가
에 매달려 고통받으신 그리스도를 봐서라도 삶을 즐기세
요, 인생은 아름다운 거랍니다. 그런 말을 나는 빨간 립스
틱을 칠한 입술로 했어, 그러지 않으면 내 미소는 한없이
까발린 기분이 들거든. 팔로마는 입술을 칠하고 있었고,

나는 그녀의 도움이 필요했습니다. 그녀가 우리 할머니를 치유했을 때처럼요. 나는 그녀가 기적을 행하는 걸 본 적 있었고, 내 동생 프란시스카를 치유하려면 그녀의 도움이 필요했습니다. 팔로마의 입술은 그녀의 동그란 얼굴처럼 동그스름했고, 빨간 입술은 사랑 넘치는 영혼을 지닌 그녀의 아름다움을 더욱 돋보이게 했지요. 그때 나는 그녀를 팔로마라고 불렀고, 다시는 가스파르라고 부르지 않았습니다. 내가 말했지요. 팔로마, 머리카락과 눈에서 반짝이는 푸른빛이 예뻐요. 빨간 입술도, 흉터로 시선을 옮겨가게 하는 브로치도 예쁘고요. 그 이후로 나는 그녀를 가스파르라고 부른 적이 없습니다. 나는 물론이고 내 아이들과 내 동생 프란시스카도 그녀를 가스파르라고 부르지 않았지요. 내가 그렇게 일러두었으니까요. 팔로마가 대답했습니다. 펠리시아나, 우리는 모두 아름다운 걸 보기 위해 태어나, 행복하기 위해 태어나는 거야, 나의 소중한 펠리시아나. 그런데 네게서 슬픔이 보이는구나, 무슨 일인지 말해주렴. 무엇이 네 얼굴을 종잇장처럼 창백하게 만든 거니. 팔로마가 벽에 걸린 거울 앞에서 입술을 칠하는 동안 나는 내 동생 프란시스카의 병에 대해 말했습니다, 동생을 치유하려면 그녀의 도움이 필요하다고 했지요. 팔로마, 기적을 행할 수 있는 유일한 사람은 당신이에요, 파스 할머니를 치유했을 때처럼 기적을 행해주세요. 나는 그녀를 가스파르라고 불렀던 것을 사과했습니다. 다시는 안 그럴 거예요, 내가 말했고 그녀의 얼굴을 보니 내 사과가 마음에 든 것 같았어요, 두 뺨에 보조개가 움푹 팼으니까요. 팔로마는 행복할 때 뺨이 그렇게 패곤 했지요. 마치 코스메 할아버지와 파스 할머니와 우리 집안의 모든 치유자와 수년 후 내가 슬하에 두게 될 모든 손주들이 팔로마, 당신은 아름다워요라고 말하기라도 한 것처럼 그녀는 행복해 보였어요. 하지만 팔로마는 펠리시아나, 나는 치유를 그만둔 지 꽤 됐는걸, 약주를 담그고 약초를 구하는 건 도와줄 수 있지만 그건 도울 수가 없어, 하고 말했지요. 가까이 다가가니 술 냄새가 훅 끼쳤고, 입술에 립스틱이 과하게 칠해진 게 보였지요. 립스틱이 입술 선 너머까지 번져 있었는데 그게 오히려 그녀를 더 관능적으로 보이게 했습니다. 술을 너무 많이 마시는 사람이나 시장에서 돈을 너무 많이 쓰는 사람 혹은 사람들과 작별 인사를 할 때 포옹을 너무 많이 하는 사람처럼 팔로마의 입술에는 빨강이 넘쳐흘렀고, 팔로마라는 사람 전체에서는 푸른빛이 넘쳐흘렀습니다. 그녀가 웃을 때 두 뺨에 패던 자국에서도 빛이 흘러나왔지요. 하지만 이런 긴급 상황이 닥쳤을 때 나를 도와줄 수 있는 유일한 사람인 그녀는 치유자의 길을 그만두었고, 그 무엇도 그녀의 마음을 돌이킬 수 없었습니다. 그녀는 치유자가 아닌 그녀의 진정한 길을 찾았으니까요. 그건 팔로마로 살아가는 길이었습니다. 빛을 머금은 눈을 깜빡이듯 새하얗고 가벼운 날갯짓으로 하늘을 누비며 보는 이들의 눈에 기쁨을 가져다주는 그녀를 보았을 때, 팔로마가 날아오르는 모습을 보았을 때, 나는 그 어느 때보다도 이 세상에 혼자 남겨진 듯한 기분이었습니다.

친구들과 무셰 여왕을 뽑는 무도회에 갈 준비를 하느라 팔로마의 집에서는 오일과 향수 냄새가 진동했어요. 옷과 화장품과 반짝이가 여기저기 흩어져 있었는데, 나는 그토록 관능적인 옷과 그토록 화려한 색깔의 화장품은 본 적이 없었습니다. 내 동생 프란시스카는 나들이옷에 관심을 가져본 적이 없었고, 우리가 가진 옷은 전부 울이나 면으로 만들어진 작업복이었습니다. 늘 그래왔지요. 내 딸 아폴로니아가 마을로 놀러 나갈 때 화장을 하고 치장을 하기 시작하기 전까지 나는 화장품이라든지 그런 반짝이는 것들을 본 적이 없습니다. 딸은 방금 씻고 나와도 아름다운 아이였지만 팔로마가 준 화장품은 그 애를 빛나게 해주더군요. 아폴로니아는 니카노르와 가장 닮은 아이였어요. 관능적인 옷을 좋아했고요. 하지만 놀러 나갈 때 입을 옷이라곤 블라우스 두 벌뿐이었지요. 내 딸들에게는 팔로마가 무도회에 갈 때 입던 것 같은 옷도 화장품도 없었습니다. 그 무도회는 각자 가진 가장 멋진 옷을 차려입고 밤새워 춤을 추고 음식을 나누어 먹는 자리였어요. 색색의 끈으로 검은 머리카락을 땋은 무셰들도 있었고, 머리카락이 쫙 펴질 때까지 젖은 머리를 빗고 온 무셰들, 전날 밤부터 머리카락을 돌돌 말아 컬을 주고 온 무셰들도 있었지요. 그들은 금이나 은으로 세선 세공된 귀걸이를 달았고, 테우아나 드레스와 우이필 블라우스*를 입었고, 벨벳이나 레이스 치마를 입었습니다. 도시에서 입는 드레스를 입고 공용어로 말하는 사람들도 있었지만, 그들은 모두 무도회장에 모여 함께 춤추고 음식을 나누어 먹었습니다. 나 역시 몇 번 팔로마를 따라간 적이 있습니다. 주최 측에서 무셰 여왕에게 지어주는 비단 드레스의 후원자로 갔던 거지요, 아폴로니아가 만든 비단을 썼으니까요. 내가 동생의 병 때문에 팔로마를 만나러 갔던 그날, 나는 팔로마가 그 축제에 생명을 불어넣는 영혼이라는 걸 알 수 있었습니다. 드레스 지퍼를 올려주면서, 예의 그 부드러운 목소리로 술자리 전체를 즐겁게 만드는 그녀의 모습이 그려졌으니까요. 팔로마가 하는 말과 그녀의 목소리에 즐거워하는 남자들의 모습도 그려졌습니다. 하긴, 누구인들 팔로마를 보고 즐거워하지 않을 수 있을까요. 태어날 때부터 행복했고 죽을 때도 행복할 것만 같은 사람인걸요. 팔로마가 가장 좋아했던 것이라면, 바로 행복감을 느끼는 것이었어요. 그녀의 장례식에서조차 나는 그녀를 행복한 모습으로 떠올렸습니다. 동시에 내 동생 프란시스카가 죽어 있는 모습이 그려지기도 했지요. 내가 치유하지 못하

---

* 멕시코 전통 의상.

면 죽음이 동생 안에 알을 낳을 테고, 그러면 점점 더 꺼져갈, 움푹 팬 두 눈이 그려졌지요. 죽은 동생의 두 눈이 다시 열리지 못하도록 무거운 동전 두 닢을 올려둔 모습이 그려졌고, 그때 내 영혼이 얼어붙더군요. 아무것도 놓치는 법이 없던 팔로마는 봄꽃이 피어나듯 내게 말했습니다. 펠리시아나, 그런 얼굴 하지 말고 눈물 흘리지 말렴, 눈물은 콩을 짜게 만들 거야. 나쁘게 받아들이지 마, 펠리시아나, 자기, 나는 이제 아이를 다루지 않을 뿐이야. 이제 나는 남자들을 다룰 뿐이지.

아이란 팔로마가 의식을 치를 때 쓰던 버섯을 부르는 말이었어요. 나는 팔로마가 눈썹의 흉터가 더 돋보이도록 화장하는 모습을 지켜보았습니다. 팔로마가 말했지요, 우리가 싸웠던 전장에는 꽃을 가지고 가야 하는 법이야. 그 흉터는 마을 시장에서 팔로마가 살랑살랑 걷는 걸 본 사람들 때문에 생긴 것이었습니다. 코스메 할아버지가 저 녀석은 걸을 때 깃털이 떨어지는 것 같다고 했고, 한 남자가 휘두른 주먹에 아직 소년이던 팔로마의 눈썹이 찢어졌지요. 팔로마가 흉터를 돋보이게 하려고 화장하는 모습을 지켜보며 나는 프란시스카의 눈이 얼마나 더 꺼질까 생각했습니다. 내가 얼른 도착하지 않으면 죽음이 알을 낳을 텐데, 내가 뭐라도 하지 않으면 그 무거운 동전들이 동생의 눈을 더 꺼지게 할 텐데. 하지만 죽음이 알을 낳고 눈이 점점 더 깊이 꺼져가는 것으로부터 동생을 구하려면 무얼 해야 하는지 알기 전까지는 팔로마의 집에서 나올 수 없었습니다. 팔로마가 두 손으로 내 얼굴을 감싸 쥐었어요. 거울 옆에 열어둔 병에 담긴 크림을 바른 손에서는 성당의 꽃향기가 났지요. 그러고는 영혼의 깊은 바닷속에서부터 나를 바라보며 말했어요. 펠리시아나, 자기, 이미 네 안에 있어. 아직 몰랐던 모양이구나, 자기가 알고 있는 줄 알았지 뭐야. 어쩌면 겁먹게 될지도 몰라, 스스로의 힘이 어디까지인지 알게 되는 건 무서운 일이니까. 내가 어땠을지 생각해봐, 죽어가던 사람을 내 손으로 살릴 수 있다는 걸 알게 되었을 때 나는 어린 소년 가스파르에 불과했잖아, 아마 자기도 놀라게 될 거야. 뜨거운 냄비를 잡았다가 놀라서 놓치는 것처럼 스스로 할 수 있는 일을 보고 놀라게 되는 거지, 네 안에 있는 힘은 불이 불을 기대하지 않았던 사람들을 놀라게 하는 것처럼 너를 놀라게 할 거야. 자, 이제 이렇게 생각해보자. 냄비를 불에 올린 건 너 자신이고, 그 불은 네가 안에 가지고 있던 불이라고 말이야. 자기, 어쩌면 똥을 지릴지도 몰라. 팔로마의 말에 나는 그런 생각을 하고 있을 여유가 없다고 말했습니다. 이미 내 골반도 스스로 치유했고 노인 몇 명도 치유했는데 이제는 내 동생 프란시스카를 치유해야 한다니, 내가 구하지 않으면 동생이 죽게 될 거라니. 그러자 팔로마가 말했지요. 펠리시아나, 그렇다면 이제 궁둥이를 움직여야겠지. 언덕으로 가렴, 신께서 자기와 함께하실 거야. 언어가 자기

것이고 책 또한 자기 것이니까, 신의 손에 맡겨. 신께서 도
와주실 테니. 그렇게 나는 팔로마의 집에서 나왔고, 아버
지가 돌아가시기 전 나를 데려갔던 언덕에서 버섯과 약초
를 고르는 나의 여정에 함께해달라고 신께 빌었습니다.

　사람들은 말합니다. 배가 고프지 않으면 먹지 않는 법
이라고요. 그날 나는 내 동생 프란시스카에게로 향하던
죽음의 알을 깨뜨리고 말겠다고 결심했어요. 죽음이 동생
의 귀에 죽음의 노래를 속삭이지 못하게 할 작정이었지
요. 벌써 내 동생의 눈에 안개를 드리우고 있던 그 동전들
을 치워줄 작정이었어요. 나 자신을 치유했고 치유자의
후손이라는 이유로 나를 찾아온 사람들도 치유했지만, 실
패할까 봐 두려웠습니다. 하지만 팔로마가 말했지요. 펠
리시아나, 두려움 따위는 배은망덕한 인간들과 머저리들
한테나 줘버리렴. 네게는 언어가 있어, 네 안에 가지고 있
는 거야. 하지만 그 냄비를 잡지 않으면, 두려움의 불만큼
이나 높이 치솟는 죄책감의 불이 자기를 태워버릴 거야.
그날 밤 나는, 만일 이번에 성공하지 못하면 죽음이 내 안
에 알을 낳을 때까지 고행으로 죗값을 치르겠다고 생각했
습니다. 하지만 내게 치유자의 피가 흐르니, 여자인 나 또
한 선조들이 했던 일을 할 수 있으리란 걸 알았어요. 내가
더 멀리 가야 한다는 것도 알았지요. 여자라는 이유로 내
가 걸을 때면 꽃들이 나를 씻겨주었고, 물이 나를 씻겨주
었으니까요. 나는 여자로 태어났고, 그렇다고 해서 치유

의 힘이 변하지는 않아요. 삶이 우리에게 주는 힘은 강력합니다. 물은 이 땅 위의 모든 것을 씻기지요, 그러니 위독한 내 동생 프란시스카를 치유하기 위한 나의 여정도 깨끗이 씻겨주리라고 생각했습니다. 그때까지 나는 생사의 갈림길에 있는 사람을 치유해본 적은 한 번도 없었습니다.

그렇게 그날 밤 나는 처음으로 의식을 집전했습니다. 내 온 영혼을 다해 치른 첫 의식이었지요. 스스로 부서지기 직전이 되지 않고서는 신께서 예비하신 길을 걸을 수 없는 법이고, 해가 뜨기 직전이 가장 어두운 법이니까요. 나는 산에서 얼굴을 내미는 해를 지켜보겠다며, 내 온 영혼을 다해 신께 나를 바쳤습니다. 내 동생 프란시스카를 치유할 수 있게 해달라고요. 그리고 그렇게, 삶이 내게 그러라고 했을 때 나는 내 이름이 적힌 길 위에 올라서게 된 겁니다. 지난 의식들은 연습이었다고 할 수도 있겠습니다. 스스로 아플 때면 무슨 일이든 일어날 수 있다는 사실을 분명하게 인지하지만, 사랑하는 사람이 고통받을 때면 최악의 순간을 보내게 되지요. 사랑하는 사람이 느낄 고통을 생각하는 것만으로도 늙어버려요. 그날 밤 나는 내 동생 프란시스카의 눈을 꺼지게 하는 병을 치워버리고 싶었고, 신께 나와 함께해달라고 빌었습니다. 그리고 신께서는 온 영혼을 다해 부르짖는 이에게 귀를 기울이십니다.

나는 내 딸 아니세타가 만든 천연 밀랍 초 일곱 개에 불을 붙였습니다. 내 동생 프란시스카와 내게서 병을 씻어내달라고 신께 빌었지요. 사랑하는 가족이 아플 때는 그의 가족들까지도 치유해야 하는 법입니다. 나는 아폴로니아가 내게 준 비단 조각으로 싸매두었던 강력한 버섯을 꺼냈습니다. 동생에게 버섯을 주자마자 동생은 정신을 잃었고, 그때부터 버섯들이, 나 역시 팔로마처럼 아이라고 부르기 시작한 버섯들이 나를 이끌기 시작한 겁니다. 프란시스카가 눈을 떴고 나는 도대체 무엇이 문제인지 알아보기 위해 동생 영혼의 깊은 바닷속을 들여다볼 수 있었습니다. 신께 빌었지요. 무엇이 문제인지 이해하게 해달라고, 그리고 내가 동생을 치유할 수 있도록 도와달라고. 그리고 나는 환영을 보았습니다. 내가 존경하던 이들이 내 앞에 모습을 드러냈어요. 모두 순면으로 지은 옷을 입고 있었지요. 내가 언덕에서 버섯을 먹고 처음으로 환영을 보았을 때 우리 아버지가 잘 차려입은 모습으로 등장했던 것처럼요. 나는 우리 아버지를 알아보았습니다. 어릴 적 환영 속에서 보았던 것과 같은 모습이더군요. 그 사람들이 내 앞에 나타났을 때, 나는 그들이 내가 알지 못했던 내 선조들이란 걸 알았습니다. 우리 할아버지, 증조할아버지, 그리고 이름은 모르지만 나와 같은 피가 흐르는 나의 선조들이란 걸 알았어요. 그리고 그들이 내게 줄 무언가를 가져왔다는 것도 알 수 있었지요. 나는 내가 그들의 뒤를 이어 그 자리에 선 최초의 여자라는 걸 알았습니다. 그곳에 있던 남자들은 모두 나 이전에 있던 이들이기에 그 자리에 함께했던 겁니다. 나의 것을 내게 주려고요. 그들은 그것이 나의 것이란 걸 알았으니까요. 뼈와 살로 이루어진 사람들은 아니었지만 다른 시대에는 존재했던 이들이란 걸 알 수 있었습니다. 내게 무언가를 보여주고 싶어 한다는 것, 아이 버섯들이 나를 그들에게로 인도했다는 것, 그 이유가 이제 곧 밝혀지리란 걸 알 수 있었어요. 그들 가까이 다가가자 질 좋은 나무로 만든 탁자 하나가 생겨났고, 거기서는 촉촉한 숲 냄새가 났습니다. 굵은 빗방울이 시원하게 내린 후 숲에서 나는 냄새, 탁자에서는 바로 그런 냄새가, 무거운 물방울로 깨끗이 씻어내는 물 냄새가 났습니다. 이 세상의 탁자가 아닌 것 같았지요. 그건 물건이라기보다 행복이라는 감각 같았어요. 그리고 탁자 위에 책 한 권이 나타났습니다. 보는 것만으로도 아름다운 기분을 느낄 수 있었어요. 탁자 위에 놓인 그 책을 보기 전까지 나는 행복이란 것을 알지 못했습니다. 책에서는 광채가 뿜어져 나왔습니다. 마치 점토 벽돌로 지은 어둡고 차가운 부엌에 내리쬐는 햇살처럼 바라보기조차 어려웠습니다. 빛줄기가 어찌나 강렬한지, 강렬한 빛에 여기저기 떠다니는 작은 입자들이 보였지요. 그렇게 나는 책의 광채를 통해 나의 선조들을 본 겁니다. 내리쬐는 뜨거운 빛줄기를 통해, 입자들로 이루어진 담요를 통해, 따뜻한 햇살을 통해 나는 나의 아버지와 할아버지와

마녀들

증조할아버지와 내가 만난 적 없는 우리 집안의 선조들을 보았습니다. 내가 지금 내 앞에 있는 조에 양과 저기 있는 통역사를 보듯 그들을 본 겁니다. 느낄 수 있었어요. 나는 단 한 번도 그토록 깨끗하고 순수한 장소에 있어본 적이 없었습니다. 깔끔하다는 이야기가 아닙니다, 몸의 깨끗함과 영혼 깊은 곳의 빛을 말하는 겁니다. 그건 마치 최초의 공기를 들이마시고, 깊이 들어간 그 공기가 내 모든 것을 깨끗하게 해주어 평화를 느끼는 것과 같았어요. 그때 그중 세 명이 그들의 손을 책 위에 올렸고, 그러자 책이 커지기 시작하더니 어린이의 키만큼 자라났습니다. 내가 그걸 펼쳐볼 수 있다는 사실을 알 수 있었고, 펼쳐보았습니다. 책장은 글자와 단어와 문단으로 가득했습니다. 읽을 수는 없었지만 이해할 수 있었어요. 전에도 말했다시피 나는 읽고 쓰는 법을 배운 적이 없습니다. 내 동생 프란시스카와 나는 공부란 게 무언지 모르고 자랐지요. 하지만 그 책은 공부할 때 쓰는 책과는 달랐어요. 그것은 언어로 쓰인 책, 다른 재료로 만들어진 책이었습니다. 하얀 책장은 아침 햇살이 어둠을 몰아내며 모습을 드러낼 때의 빛처럼 밝게 빛났습니다. 그 책은 열기의 힘을 품고 있었습니다. 표지는 마치 온종일 햇볕 아래 놓여 있던 돌처럼 뜨거웠지요.

존재들 중 누군가 입을 열었습니다. 만난 적은 없지만 내 선조라는 사실을 알았지요. 목소리를 듣는 순간 나는 그가 나의 증조할아버지라는 사실을 알았습니다. 펠리시아나, 이것은 지혜로운 자들의 책이요, 네 것이란다. 증조할아버지가 말하자 책은 한 손에 들어오는 성경책 크기만큼 작아졌고, 손에 받아 든 순간 빛이 눈에 보이기만 하는 게 아니라 몸에 느껴지더군요. 열기가 느껴졌고, 무엇보다 내가 찾아 헤매던 힘이 느껴졌습니다. 세찬 비가 내린 후의 숲 냄새가 나던 나무 탁자와 존재들은 사라졌고, 나는 책과 홀로 남게 되었습니다. 책과 있으니 나는 그 어느 때보다 혼자가 아니고 강하다고 느꼈어요. 그 힘이 나의 힘이기도 하다는 것을 느꼈습니다. 책의 힘이 곧 나의 힘이었던 겁니다. 나는 내 동생 옆에서 책을 들여다보았습니다. 프란시스카는 두 눈이 검은 조롱박잔처럼 푹 꺼져 있었고 밭은 숨을 내쉬고 있었지요. 금이 가고 있는 거울처럼 쪼개진 숨을, 깨진 거울 같은 숨을 쉬고 있었습니다. 나는 책의 첫 장을 펼치고 처음 몇 줄을 프란시스카에게 읽어주었습니다. 나는 노래를 시작했지요, 글자들이 음악처럼 쓰여 있었으니까요. 그것이 내게 주어진 축복이었습니다. 단어를 말하기만 해도 음악이 되었어요. 프란시스카 영혼의 깊은 바닷속으로 들어가 무엇이 그녀를 아프게 하는지 보기 전에, 아이가 신의 손길이 나를 인도하고 있다는 것을 알려주었습니다. 신께서는 항상 인도하시는 분이니까요. 아이는 지혜로, 곧 언어로 인도하고, 언어는 책속에 있습니다.

첫 장을 전부 노래하고 나니 나는 심장 가득 차오르는 힘을 느꼈습니다. 임신한 여인이 배 속 아기의 첫 발길질을 느낄 때보다 더 큰 힘을 느꼈지요. 언어를 이루는 단어들을 하나하나 말할 때마다 나는 치유를 행하고 있었고, 치유란 생명을 낳는 것만큼이나 강력한 일이니까요. 우리 가문의 치유자 모두가 내게 무언가를 보여주고 싶어 했지만 나를 인도하지는 못했습니다. 보여주고 인도하는 것은 언어이고, 그것이 바로 언어의 힘인 까닭입니다. 내 동생 프란시스카를 치유하기 위해서는 첫 장으로 충분하리란 사실을 알겠더군요. 그래서 해가 산에서 얼굴을 내밀 때까지 책의 첫 장에 쓰여 있던 단어들을 노래했고, 노래를 멈추자 책은 내 손안에서 자취를 감추었습니다. 그날 밤 내 동생의 병은 끝이 났고 나는 내 이름에 예비된 길을 걷기 시작했습니다. 책에 나를 온전히 맡기고 집전한 의식으로 내 동생을 치유했던 그날 밤, 나는 내가 산 자들보다 죽은 자들에게 더 많이 빚지고 있다는 사실을 깨달았습니다. 언어는 죽은 자들의 것이기 때문이에요. 언어가 힘이 아니라면, 대체 무엇이란 말입니까?

12

첫 번째 방문 때 심리 상담가는 레안드라에게 상실에 관하여 이야기하는 행위가 신경학적 관점에서 말하자면, 그 사건을 원래 있던 자리에서 옮길 수 있게 해줌으로써 이전과 같은 중요성을 띠지 않게 해준다고 설명했다. 언젠가 에밀 시오랑의 인터뷰에서 그는 화가 날 때 분노가 증발할 때까지 쉬지 않고 욕설을 뱉는다는 내용을 읽은 적이 있다. 그는 신문 칼럼에 자살에 관한 글을 쓴 적이 있는데, 자신의 연락처를 알아낸 한 여자가 전화를 걸어 너무도 괴롭다고, 삶이 지독하게 지겹다고, 무엇이 당신을 자살하지 못하도록 막느냐고 물은 적이 있다고 했다. 그는 아직 웃을 수 있다면 자살할 이유가 없다고 대답했다. 그 인터뷰를 어느 날 사무실에서 읽었는데, 우리가 함께 돌아다닌 그 토요일 오후에 레안드라가 웃었다는 사실이 기억나자 무언가 나를 치고 간 것만 같았다. 예전보다 덜 웃긴 했지만, 그래도 웃었다. 레안드라는 그 일들에 대해 직접적으로 이야기를 꺼내지는 않았지만, 아빠의 죽음과 페르난도 그 개자식과의 불미스러운 사건을 겪고 나서도 특유의 유머 감각을 잃지는 않았던 것이다. 그 사건들에 대해 아무런 말도 하지 않으면서 웃는다는 것이 내게는 양극단에 놓인 증상들로 보였다. 마치 일상을 미지근하게 유지하기 위해 한 손은 뜨거운 표면에, 다른 손은 차가운 표면에 대고 있는 것만 같았다. 그중 어느 한쪽 손을 떼면 다른 한쪽은 얼어붙거나 타버릴 터였다.

가끔은 동생이 어떤지, 정말로 어떤지 물어보고 싶었지만, 동생의 과정을 존중하고 싶었다. 나는 동생이 더 자주 웃는다는 사실을 알아차렸다. 당시 레안드라는 엄마가 다니던 직장의 지원으로 매주 한 번씩 상담 치료를 받으러 다녔다. 오후에는 치과에서 보조 일을 했고, 대안 학교 졸업을 앞두고 있었고, 토요일에는 사진 수업을 듣기 시작했다. 그 사건에 관하여 다시 이야기하게 된 것은 대화 중에 자연스럽게 그 주제가 나온 까닭이었다. 레안드라는 단호하게 말했다. 운이 없었어, 언니. 하지만 그 자식으로 사는 것보다 운이 없는 건 아니잖아, 페르난도로 사는 것 말이야, 상상해봐. 그거야말로 진짜로 좆같은 일이지. 동생이 그 남자애에 대해 이야기하는 방식, 그리고 무엇보다 그 사건을 입 밖으로 발화한다는 사실이 내 동생을 다시금 강해 보이게 했다. 분명, 그 사건을 원래 있던 자리에서 옮기고 있던 것이리라. 레안드라는 얼마 지나지 않아 체중도 건강하게 회복했다. 어느 날은 립스틱을 바르지도 않았는데 동생의 입술이 거의 빨갛다는 것이, 더위를 느끼거나 웃음을 터뜨릴 때 광대뼈가 도드라질 정도로 양 뺨이 붉어진다는 것이 눈에 띄었다. 그런가 하면 또 어느 날은 내 눈을 바라보며 시답잖은 이야기를 하던 동생이 머리를 틀어 올렸는데 이마께에 잔머리가 튀어나왔고, 그러는 중에 우유 한 팩을 통째로 마시기도 했다.

신문사에서 나는 나보다 한 살 어린 훌리안과 더 자주 시간을 보내기 시작했다. 그의 벌어진 앞니가 좋았고, 짧은 머리 한쪽에만 있는 드레드록 한 가닥이 무척 좋았다. 그는 가끔 배낭에 스케이트보드를 넣어 올 때도 있었고, 거의 늘 하얀 면 티셔츠 차림이었다. 하루는 목 주위에 작은 구멍이 난 티셔츠를 입고 왔는데, 그게 그렇게 섹시해 보였다. 몇 주가 지나고, 어쩌면 몇 달이 지났을 무렵, 훌리안이 어느 파티에 나를 초대했다. 파티에 가는 건 아빠를 떠나보낸 후 처음이었다.

훌리안은 치와와 출신이었다. 어머니는 훌리안이 다섯 살일 때 집을 떠났고, 아버지가 그를 키웠다. 훌리안의 아버지는 그곳 대학의 수학 교수로, 일을 그만두고 떠날 수 없어서 아들을 멕시코시티로 보낸 것이었다. 멕시코시티에는 대로변 쪽으로 커다란 창문이 난 작은 아파트에 사는 삼촌 부부가 있었고, 그들이 옥탑방을 내주었다.

집 안에 들어가기 전, 훌리안은 삼촌네 아파트에는 전구가 총 열다섯 개 있는데 자기 방에 세 개가 있다고 말해줬다. 욕실에 하나, 방 천장에 하나 그리고 작은 전기스탠드에 하나. 훌리안은 자기 집을 그렇게 묘사했다. 옥탑방에는 창문이 하나뿐이었는데, 거기에 그는 짙은 파랑의 네모진 커튼을 걸어두었고, 커튼에는 일식집 입구에서 종종 볼 수 있는, 붓으로 그린 하얀 원 두 개가 있었다. 훌리안은 그 커튼을 치와와의 어느 벼룩시장에서 샀다고 했다. 화장실에는 금색 손잡이가 달린 아주 얇은 나무문이 달려 있었는데, 그건 문이라기보다는 문이고 싶어 하는 판자에 가까웠다. 소리가 다 들렸기 때문이다. 처음에는 그게 너무도 부끄럽더니, 이내 그의 가족들과도 잘 지내게 되면서 편해졌다. 방에서는 꿉꿉한 냄새가 났다. 금속 싱크대 옆 나무 선반 위에는 2구짜리 레인지가 있었는데, 작은 파란색 도자기 그릇에 즉석 수프를 만들 물을 끓이는 데 사용했다. 훌리안네 숙모가 음식을 담은 용기를 건네줄 때도 있었다. 그러면 훌리안은 살사 베르데를 곁들인 치차론이나 피카디요, 또는 숙모의 주특기였던 삶은 달걀로 속을 채워 토마토소스에 버무린 미트볼이나 파스타를 넣은 수프 따위를 데워주곤 했고, 우리는 그걸로 저녁을 해결했다. 훌리안의 아버지는 당신이 가지지 못했던 기회를 훌리안에게 주기 위해, 아들이 원하는 공부와 원

180

하는 일을 할 수 있게 하기 위해 무리해서라도 홀리안의 삼촌에게 월세를 지불했다. 그리하여 홀리안은 아침에는 대학에서 예술 전공 수업을 들었고, 나머지 시간에는 그가 '신문사의 골방'이라고 부르던 곳에서 나처럼 일할 수 있었다.

처음 홀리안의 방에 갔을 때는 초봄이었다. 견딜 수 없이 더운 날이었다. 방에는 파란색 플라스틱 아이스박스가 있었는데, 그 안에는 이따금 포도 주스가 들어 있었다. 홀리안이 유일하게 좋아하는 주스였다. 그에게는 연인의 궁합에 관한 이론이 있었는데, 각자 가장 좋아하는 과일의 맛이 주스에 얼마나 잘 섞여 들어가는지에 따라 궁합을 알 수 있다는 것이었다. 그날 오후 우리는 옥상으로 올라가 그의 방 바로 맞은편에 있는 수조 옆에 앉아 맥주를 마셨다. 건물의 페인트칠은 세월과 함께 씻겨나갔고, 옥상을 칠했던 세 가지 색은 말라붙어 생긴 껍질 같은 것만 남아 있을 뿐이었는데, 그중 갈색이 가장 눈에 띄었다. 화장실에 들어갔을 때 나는 100와트짜리 오스람 전구를 알아챘다. 화장실에서 나와 왜 집을 전구의 개수로 묘사했냐고 묻자, 예전에 인구조사 때문에 전구의 개수를 세어야 했던 적이 있다고 대답했다. 홀리안은 가는 곳마다 전구 개수를 세었고, 거의 모든 곳의 전구 개수를 알았다. 가령 편집국에 전구가 몇 개인지를 알았다. 내가 가본 집 중 제일 변태 같았던 집이 있는데, 거기에는 무슨 염병할 전구가 100개는 넘게 있더라니까, 훌리안이 말했다. 도대체 그 많은 염병할 전구들을 어디에 쓰려는 거냐고. 집에 돌아온 후 나는 우리 집의 전구 개수를 세어보았다. 대부분은 에너지 절약형 주백색 LED 전구로—엄마는 주광색을 극도로 싫어하는데, 꼭 수술실 조명 같은 데다 얼굴의 못생긴 점을 부각한다고 했다—, 아빠가 절약을 위해 바꿔둔 것이었다. 그 외에는 차고 안, 아빠가 자동차를 분해하고 조립하는 곳 옆에 레안드라가 만든 암실의 빨간 조명이 있었다. 내가 바꾼 전구라곤 냉장고 안의 작은 전구와, 레안드라가 잠들어도 깨우지 않고 계속해서 책을 읽으려고 달았던 침대 옆 독서등의 전구뿐이었다.

훌리안이 살던 옥탑방은 건물 끝에 있어서 붐비는 대로와 자동차들 사이의 하카란다 나무 한 그루가 내려다보였지만, 그럼에도 고립된 기분을 느끼게 했다. 자동차 소리보다 비행기 소리가 더 들리는 곳이었다. 처음 그의 방에 가보았던 날, 그는 열두 살 생일 선물로 아버지에게 받은 기타를 보여주었다. 기타 뒤에는 스티커가 몇 개 붙어 있었고 누군가 매직으로 그린 무정부주의의 상징이 있었다. 그에게는 문신이 하나 있었는데, 아버지가 아름답다고 한 수학 공식을 새긴 것이었다. 그는 연필로 그린 그림도 몇 개 보여주었다. 걱정 마, 모델이 되어달라고 부탁하진 않을 테니까. 그냥 네가 보기에 그림이 괜찮아 보이는지만 말해줘. 내가 사랑에 빠져버린 특유의 북부 억양으로 훌리안이 말했다. 바닥에는 싱글 매트리스 하나와 검은색 이불이 깔려 있었고, 훌리안 어머니의 젊었을 적 여권 사진 한 장과 아버지의 어릴 적 사진 한 장이 있었다. 나는 그의 부모님에 관해 물어봤다. 어머니는 피에드라스네그라스로 떠났고, 그곳에서 다른 가정을 꾸렸다고 했다. 어머니의 새 남편은 과거가 현재에 끼어드는 것을 질색했던 터라 훌리안과 아버지는 어머니와 거의 소식을 주고받지 않고 지냈다. 훌리안에게는 스페인어를 잘 구사하지 못하는 남동생이 있었는데, 몇 번 보았을 뿐―카페에서 한 번 보고 쇼핑몰에서 한 번 봤는데, 씨발 어이가 없더라, 훌리안이 말했다―이었다. 훌리안은 아버지의 손에서 자랐다.

레안드라는 사진 수업에서 괜찮은 친구를 사귀었고, 함께 사진을 찍으러 다니곤 했다. 그들은 필름도 함께 사러 다녔고, 둘 다 디지털 사진이라면 치를 떨었다. 수업을 진행하는 선생님은 긴 깃털 모양의 귀걸이를 한쪽 귀에만 달고 가슴이 깊이 파인 민소매 티셔츠를 입고 다니는 여자였다. 가슴도 컸고 허리에 찬 벨트의 버클도 컸다. 투명한 아크릴 속에 전갈이 들어 있는 버클이었는데, 누군가 그에 관해 이야기를 꺼내거나 물어보기라도 하면 그녀는 열정적으로 자신의 별자리에 대한 이야기를 펼쳤다. 자기는 상승궁도 전갈자리며, 전갈이 자기의 수호 동물이자 영혼을 대변하는 동물이라는 식이었다. 그렇게 그 벨트 버클은 별자리와 운세에 관한 대화를 여는 버튼이기도 했다. 그녀를 만났을 때 나는 훌리안이 게자리라는 것을 알게 되었고, 그녀의 말에 따르면 우리는 완벽하게 어울리는 연인이라고 했다. 그녀는 우이촐족이 엮어 만든 스트랩에 놋쇠로 만든 작은 가톨릭 장신구와 함께 거대한 렌즈를 끼운 캐논 필름 카메라를 걸고 다녔고, 그 카메라는 내 동생에게 꿈의 카메라였다. 그녀는 짧게 자른 머리를 반으로 가르마를 타고 다녔다. 레안드라가 한 말에 따르면, 선생님이 하루는 수업 중에 자기는 목욕할 때 비누를 쓰지 않고 머리를 감을 때는 스페인 정복 이전 아메리카에서부터 전해 내려오는 섬유를 사용한다고 했다고 한다. 예전부터 직접 향수를 만들어 쓰던 내 동생은 선생님을 자기 롤 모델로 삼았다. 레안드라는 선생님이 가장 아끼는 제자가 되었고, 재능이 무척 많고 똑똑하다는 소리를 들었다. 몇 번의 퇴학―한 번은 행실 불량, 한 번은 천장 선풍기에 젖은 외투를 던져 지붕에 구멍을 낸 사건, 마지막으로는 친구 콰우테모크의 편을 들기 위해 학교 쓰레기장에 불을 지른 사건으로 인한 퇴학―을 거듭한 레안드라의 인생에서 처음으로 그 애의 긍정적인 면을 보고 이야기해준 선생님이었다. 사진 선생님은 레안드라가 훌륭한 학생이라고 했다. 훌륭하다, 이 단어는 훌리안과 내가 78년도식 밸리언트를 몰고 처음으로 레안드라를 데리러 갔을 때 만난 그녀가 레안드라의 사진을 두고 쓴 단어이기도 했다. 엄마는 너무 기뻐서 수업이 끝난 후 레안드라에게 저녁을 사주겠다고 했다. 레안드라를 데리러 간다는 핑계로 선생님을 만나려는 심산이었다.

어느 날 레안드라는 디자이너가 되기보다도 갤러리에 자기 사진을 전시하고 싶다고 했다. 언젠가 아빠는 스스로 선택할 수 있었더라면 사진가가 되었으리라고 나에게 말한 적이 있다. 하지만 할아버지는 지독히 보수적이었던 데다 지배하려 드는 사람이었다. 아빠는 공학을, 삼촌은 회계를 공부했다. 삼촌의 딸들, 그러니까 내 사촌들은 그런 분위기 아래서 자랐고, 법과 관련된 전공을 공부했다. 한편 나는 아빠가 우리에게 원하는 건 무엇이든 할 수 있다고 몇 번이나 분명하게 말했던 기억이 난다.

아빠는 차고에 내가 드럼을 설치할 수 있게 도와주었고, 레안드라 또한 그곳이 자기 암실을 꾸릴 곳이란 걸 알았다. 우리 집에서 차고란, 일은 물론 해야 하지만, 그래도 언제나 하고 싶은 일을 하는 공간은 있어야 한다는 것을 아빠가 우리에게 몸소 보여주는 공간이었다. 언젠가 내가 아빠에게 글을 쓰고 싶다고 털어놓았던 곳도 차고였다. 레안드라는 아빠가 이웃들과 엄마 직장 동료들의 믹서, 토스터, 오븐 따위를 분해하고 조립하던 곳에서 사진을 현상하는 법을 배웠다. 우리 셋에게 그 차고는 자유의 공간이었다.

랄로에게 마음을 다치고 얼마 지나지 않아, 열한 살 무렵 레안드라는 다른 남자애들과 데이트를 시작했다. 열세 살에는 파티에서 어느 여자애와 입을 맞추었다. 그런 방면에서 동생은 언제나 나보다 빨랐다. 열네 살에는 또 다른 여자애와 엮였고, 열다섯 살에는 어느 남자애와 잤고, 다음에는 다른 남자애와 그다음에는 또 다른 남자애와 잤다. 그리고 그다음에는 어느 여자애와 자는 식이었다. 페르난도 그 개자식과의 불미스러운 사건 이후 레안드라는 사진에 몰두했는데, 나는 그 애가 친구들과 놀러 다니는 것 외에 무언가에 그토록 몰두하는 것을 본 적이 없었다. 방화 사건 이후 레안드라는 엄청나게 인기가 많아졌고, 그 후에 들어간 대안 학교에서는 친구들과 잘 지냈으며, 일하던 치과에서도 예쁨받았고 농담도 잘했다. 레안드라는 각기 다른 그룹의 친구들과 모두 잘 지냈는데, 어느 상황에 놓여도 불편해하지 않았고 누구와도 이야기를 나눌 수 있는 아이였다. 레안드라는 도시의 구석구석을 쏘다녔다. 하루는 멀리까지 그 애를 데리러 가야 했는데, 78년도식 밸리언트에 따라붙은 조건 중 하나가 동생과 함께 써야 한다는 것이었고, 동생은 운전을 할 줄 알기는커녕 관심도 없었던 까닭이다. 레안드라는 사진 수업에서 만난 친구와 점점 가까워져갔다.

레안드라는 열여덟 살이 될 때까지 치과 보조로 2년을 일했다. 치과 원장과는 무척 사이가 좋았고, 이제 고등학교 과정을 마칠 무렵이었으며, 실패자처럼 보였던 아이가 지금은 사진 수업에서 모두에게 사랑받는 아이였다. 열여덟 살의 나이에 레안드라는 벌써 세 명의 심리 상담가를 만났다. 첫 번째 상담은 아홉 살 때였다.

한편, 엄마는 이모와 더 많은 시간을 보냈다. 가끔은 숙모, 그러니까 삼촌의 아내를 만나기도 하면서 밖에서 사람들을 만나는 생활을 조금씩 되찾았다. 밖으로 나가기란 지독히도 어려운 일이었지만 엄마는 외출을 습관으로 만들어 지켰는데, 아빠가 있었을 때의 오랜 습관 중에 바꾸지 않은 것들도 있었다. 엄마는 여전히 침대 오른쪽에서 잠을 청했고, 부엌 식탁에서도 늘 앉던 의자에 앉으면서 아빠 자리는 항상 비워두는 식이었다. 하루는 엄마가 아빠와 연애하던 시절 아빠에게 받은 부적을 가방에 여전히 넣어 다니는 걸 보기도 했다. 당시 엄마는 여러 명의 다른 학생들과 한집에 살았는데, 그중 우리 삼촌, 그러니까 아빠의 남동생이 있었고, 삼촌이 바로 그 둘을 소개시켜준 사람이었다. 그 집 거실에서 아빠가 빨간색 펠트 가방에 작은 황철석 조각을 넣어 엄마에게 주었고, 그것은 아빠가 대학교 행정학과 입학시험을 앞둔 엄마에게 준 행운의 부적이었다. 아빠는 엄마가 어려운 수학 문제 푸는 것을 도와줬고, 엄마는 아빠를 웃게 했고, 둘은 대화를 많이 했다고 했다. 나는 엄마와 아빠의 관계가 늘 그래왔다고 생각한다.

레안드라의 사진 선생님 하신타는 자기가 큐레이팅을 맡은 전시장의 그룹 전시에 학생들의 사진 몇 점을 출품

할 수 있겠다고 생각했다. 출품 가능성만으로도 영광스러운 일이라고 생각했던 내 동생은 전시회에 꼭 참가할 작정이었다. 레안드라에게 모든 수업은 수면제나 마찬가지였는데, 그러다 사진을 만난 것이다. 당시를 떠올리면, 취해서 집에 돌아와보니 레안드라가 대충 높이 틀어 올린 머리를 하고 손에는 플라스틱 집게 몇 개를 든 채 똑같은 사진의 다양한 버전을 보고 있던 광경이 기억난다. 내가 자러 들어가기 전에 보여주려던 것이었다. 하지만 나는 암실의 빨간 조명에 그만 속이 뒤집혀버렸고, 예전과는 반대로 레안드라가 나를 침대까지 데려다주고 옷을 갈아입혀주었다.

내 동생은 열세 살 때 좋아하던 이웃 남자애와 잤다. 방화 사건 이후 외출 금지가 이어지던 나날이었고, 부모님이 직장에 있던 어느 오후에 벌어진 일이었다. 사건은 짧게 보고되었다. 엄마 아빠가 집에 없었고, 내가 걔네 집에 갔고, 축구를 하고 돌아온 걔가 샤워를 하러 들어가길래 나도 샤워실로 따라 들어갔고, 그렇게 젖은 채로 침대로 직행한 거지. 테포스틀란에서 랄로가 다른 여자애와 알몸으로 수영했다는 이야기가 어찌나 큰 인상을 남겼는지, 남자친구가 생기자마자 레안드라가 첫 번째로 한 일이 그것이었다. 레안드라가 처음으로 사귄 여자 친구에 대한 보고도 비슷했다. 같이 영화를 보고 있었는데 옆모습이 너무 예뻐 보이는 거야, 그래서 걔 얼굴을 붙잡고 키스했어. 그게 다른 걸로 이어졌고, 그게 또 다른 걸로 이어진 거지. 이런 일에 있어 레안드라는 언제나 개방적이었고 자연스러웠다. 한편, 나는 정반대였다. 내가 남자를 좋아한다는 건 알았지만, 남자에게든 여자에게든 다가가는 법을 몰랐다. 내가 처음으로 용기를 내서 다가간 사람이 훌리안이었다. 수줍어하며, 겁내며 그에게 어설프게 다가갔지만, 그와 함께 있으면 즐거웠다. 그의 곁에서 나는 안전하다고 느꼈다. 지금 생각해보면 내가 운이 좋았던 것 같다. 그와의 관계는 내가 격랑의 시절을 지나도록 도와줬다. 그와 함께라면 훨씬 나았다. 열아홉 살, 대학교 2학년 때 나는 처음으로 사랑에 빠졌고, 처음으로 남자와 잤다.

우리가 처음으로 키스했을 때, 내 얼굴을 어루만지던 훌리안의 손은 떨렸고 내 입술은 긴장감에 바싹바싹 타들어갔다. 우리는 훌리안의 방 안에 있었고 두 번째 데이트였다. 시간이 좀 지나고, 어쩌면 몇 주가 지난 후에, 우리 사이에 흐르던 긴장이 팽팽해졌을 때 사무실에서 나가기 전 훌리안은 내 자리에 공책을 찢은 종이 한 장을 남겼는데, 거기에는 아주 작은 글씨로 그날 밤을 함께 보내자고 쓰여 있었다. 나는 화장실에 다녀오면서 훌리안에게 좋다는 신호를 보냈고, 그렇게 우리는 처음으로 함께 밤을 보냈다. 우리는 새벽 4시 30분에 알람을 맞추었고, 그가 낮고 부드러운 목소리로 나를 깨웠다. 나는 동트기 직전에 집에 도착했다. 엄마와 레안드라는 자고 있었고, 나도 두어 시간은 더 잘 수 있었다. 그와 두 번째로 잤을 때는 재 밌었다. 건전지로 작동하는 라디오를 들었던 기억이 난 다. 연애 상담 프로그램이었는데, 우리는 바닥에 놓인 그 의 매트리스 위에서 발가벗은 채로 숨이 넘어가도록 웃으 며 뒹굴었다.

세 번째로 잤을 때는 임신을 했다. 엄밀히 따져보면 그 럴 수가 없었는데, 어쨌든 그랬다. 나는 예전에도 생리가 늦어진 적이 있었다. 편집국 일이 너무 많았고, 대학 수업 도 들어야 했고, 그래서 또 그런 것이려니 생각했다. 고 등학교 시험 기간에는 석 달이 늦어졌고, 아빠가 돌아가 신 후에는 두 달이, 스트레스를 받는 때면 1주에서 2주 정 도 늦어지기도 했다. 하지만 이번에는 생리가 2주 늦어지 는 동시에 몸이 이상했다. 그래도 절대 임신일 리는 없다 고 확신했다. 우리는 장난을 치고 있었고, 콘돔 없이 삽입 하긴 했지만 아주 잠깐이었다. 그 후 바로 콘돔을 꼈고, 주기상 임신은 거의 불가능한 때였다. 불가능, 나는 그렇 게 생각했다. 실제로, 생리가 늦어지던 그 2주 동안 임신 일 거라는 생각은 머릿속에 스치지도 않았다. 평소보다 더 많이 잤는데도 피곤하게 맞이했던 어느 아침까지는. 대학 시절 내가 제일 좋아하는 아침 메뉴였던 초콜릿 도넛과 아메리카노를 샀을 때 내 머릿속 빨간 버튼에 불이 들어 왔다. 커피와 도넛 냄새가 역하게 느껴졌던 것이다. 도무 지 먹을 수가 없어서 도넛은 친구에게 줬고 커피는 억지로 마셨다. 그날 아침 부엌에서 엄마를 만났을 때 엄마가 괜찮은지 물어봤었는데, 어쩌면 나조차 아직 몰랐던 무언가의 낌새를 느꼈던 건지도 모르겠다. 가방 안에 있던 립밤을 꺼냈는데, 평소에는 거의 느껴지지도 않던 딸기 향이 갑자기 강력한 냄새를 풍겼다. 마치 증폭된 것처럼. 나는 강의실에 들어갔고, 오후 내내 공복으로 보냈다. 강의실에서 나와 사무실로 가는 길, 배가 고파 죽을 것 같아서 산본스 백화점에 들렀다. 4인 식탁에 혼자 앉아 닭고기 수프를 들이마셨더니 욕지기도 사라졌다. 종일 의심하던 것이 확실해지는 순간이었다. 그날 내내 나는 무언가 이상하다고 느끼면서도 온 힘을 다해 부정하고 있었다. 약국에서 임신 테스트기를 하나 샀고, 화장실에 들어갔다. 두 줄이었다. 나는 백화점을 정처 없이 돌아다녔다. 특별히 눈여겨보는 것도 없었다. 진열된 케이크와 잡지 표지 따위를 보았고, 표지 사진 속에서 불편한 포즈를 취한 채 미소 짓고 있는 사람들은 모두 행복해 보였다. 잡지 표지 안에서 행복해 보이기 말고는 인생에 다른 문제가 아무것도 없는 것처럼. 백화점에서 일하는 사람들 또한 전날과 비슷하게 이어지는 일상 속에서 평온해 보였다. 누군가는 휴대폰을 보고 있었고, 누군가는 선반에 기대어 팔짱을 낀 채 열쇠고리를 만지작거리고 있었다. 어느 젊은 여자는 케이크를 계산하고 있었다. 나는 아무것도 보지 않으면서 그 모든 것을 보았다. 몇 분이 며칠처럼 느리게 흘렀다. 내 상황을 두고 모든 가능성을 생각했고, 가능성들이 쌓이다가 내 위로 무너져 내렸다. 홀리안에게 전화로 이야기하지는 않기로 결심했다. 두 줄이 나온 임신 테스트기를 가방에 넣고 차로 갔다. 어떻게 말하지? 신문사로 운전해 가는 길에 스스로에게 묻고 또 물었다. 불행한 생각에 도달할 무렵 옆 차 안의 아이 한 명이 보였고, 만일 아이를 낳기로 한다면 어떨지 궁금해졌다. 우리 아빠를 닮았을까, 아마 영영 만나보지 못할 홀리안의 어머니를 닮았을까. 나는 서로 분간이 되지 않는 검은 케이블 더미 같은 질문들에 말려들었고, 엉킨 것을 푸는 일은 점점 더 어려워졌다. 날이 더웠고, 창문을 아무리 열어도 공기가 충분히 들어오지 않았고, 무슨 자세를 취해도 편하지 않았으며, 그 어떤 생각도 나를 안정시키지 못했다. 신문사 근처에 주차하기 전, 레안드라에게 전화가 걸려왔다. 사진 선생님이 레안드라의 사진 세 점을 전시회에 출품할 작품으로 골랐다는 메일을 받았다는 소식이었다. 동생은 내게 사진 설명을 시작했고, 나는 그게 무슨 사진인지는 알았지만 동생의 말에 집중할 수가 없었다. 제목 붙이는 걸 도와달라는 말이 들렸고 자기가 생각한 제목을 몇 개 말해주었지만, 동생의 말은 마치 가사에 집중할 수 없는 배경음악처럼 들려왔다. 내 동생이 행복해한 건 분명했다. 레안드라가 그렇게 말하는 걸 들어본 지 무척 오래되었던 터였다. 동생을 생각하니 평안해지는 동시에, 천둥과 번개와 소용돌이가 이는 것이 느껴졌다.

13

내가 동생 프란시스카를 치유하자 소문이 퍼지더군요. 바람이 소문을 증폭한 거지요. 어느 밤 누군가 찾아왔고, 다른 밤 더 많은 이들이 찾아왔고, 그렇게 사람들이 가족의 병을 고치기 위해 나를 찾아오기 시작했습니다. 아직 이국의 사람들은 찾아오기 전이었고, 내가 프란시스카를 치유하자 소문이 다른 마을로 퍼져서, 펠리시아나, 당신을 만나러 왔습니다라며 도시에서부터 나를 보러 온 사람들도 있었습니다. 내 이름은 커져갔어요, 바람이 그리 원했던 까닭입니다. 팔로마가 집에 찾아와 말했습니다. 펠리시아나, 자기, 단단히 준비해야 할 거야, 이건 시작일 뿐이니까. 그 칙칙한 얼굴은 이제 치울 때가 됐어. 자기는 형형색색으로 빛나는 사람이야. 팔로마는 환자들의 가족들을 대하는 것을 도와주었어요. 누구에게나 친절했기에

마녀들

외지 사람들 모두 단박에 그녀를 좋아하게 되었지요.

그 무렵, 우리 어머니는 돌아가신 후였습니다. 어머니가 돌아가시기 며칠 전 나는 땅에 죽어 있는 새 한 마리를 봤습니다. 우리 어머니는 그렇게 가신 겁니다, 새가 나는 것처럼 가볍게. 주무시다가 돌아가신 바람에 나는 아무것도 할 수 없었어요. 내 동생 프란시스카가 밭일과 부엌일을 맡았고 아니세타는 천연 밀랍 초를 만들었는데, 인기가 굉장했지요. 아침마다 시장으로, 식료품점으로 밀랍 초를 배달했어요. 식료품점 주인은 동전 몇 닢을 받고 아니세타가 초와 다른 물건들을 팔 수 있도록 작은 공간을 내주었습니다. 그렇게 아니세타는 우리 가족의 수확물도 가져가 팔기 시작했을 뿐만 아니라, 아폴로니아가 뽑은 비단까지 나무와 유리로 만든 상자에 담아 가게에 진열했습니다. 아폴로니아는 비단을 뽑았고, 누에를 키웠고, 밭을 가꾸었습니다. 아파리시오도 이제 수확을 거들었습니다. 더 이상 그 애를 밭 옆 구덩이에 넣어두진 않았지만, 언제 다시 던져 넣어야 할지 몰라 구덩이는 덮지 않았지요. 하지만 녀석은 하룻밤 새에 쓸모 있는 사람이 되어 있었어요. 구덩이 안에서 더는 울지 않기에 꺼내주고 보니 녀석의 얼굴이 어찌나 진지하던지, 우리 아버지 펠리스베르토를 떠올리게 하더군요. 아침마다 달콤한 커피마저도 진지한 얼굴로 마시던 우리 아버지는 진중한 사람이었습니다. 내 아들 아파리시오도 마찬가지로 언제나 진중했지요, 다른 아이들이 웃을 때 웃는 법이 없었어요. 그래서 하루는 팔로마가 말하길, 펠리시아나, 네 아들 녀석은 아기에서 신사가 되어버렸구나. 자, 이 집안의 사내 녀석에게 주려고 예쁜 부츠를 가져왔어. 모자와 소[牛] 가져오는 걸 잊어버렸다고 신사 양반께서 노하지 않으셨으면 좋겠네.

우리는 동전을 한데 모았고, 내 동생 프란시스카가 만든 닉스타말*, 강낭콩, 차요테, 칠리, 커피, 아톨레를 다 같이 먹고 마셨습니다. 의식을 위해 나를 보러 오는 사람들도 점점 많아지면서 집에 돈이 들어왔지요. 팔로마는 내가 의식을 준비하는 것을 도와주었고, 아폴로니아가 아침마다 반짝이는 모습으로 일터에 나갈 수 있게 화장하는 법을 가르쳐주었어요. 아파리시오에게는 누나들을 다정히 대하는 법을 가르쳤습니다. 아들 녀석은 성미가 고약했는데, 그건 술 취한 니카노르에게서 보이던 면모였습니다. 그런데 아파리시오는 아직 술을 마실 나이도 되지 않은 아이 시절부터 이미 술 취한 니카노르의 고약한 성미와 우리 아버지의 진중한 얼굴을 갖고 있던 겁니다. 팔로마가 내게 말했지요. 펠리시아나, 자기, 부츠를 신긴다고 어엿한 사내가 되는 건 아니야, 저 녀석의 나쁜 성격은 니카노르 탓이지, 그이가 나쁜 종자였던 탓이야. 하지만 나

---

* 토르티야, 타말 등을 만들기 위해 알칼리성 용액에 끓이고 담가두었다가 씻어낸 옥수수.

는 니카노르는 나쁜 종자가 아니었다고, 전쟁과 술이 그를 그렇게 만든 거라고 말했어요. 그러자 팔로마는 말했지요. 펠리시아나, 아이를 데려오렴. 시장이든 마을이든 녀석을 데리고 다니면서 사람들을 대하는 법을 가르쳐야겠어. 그 구덩이 때문에 잘못 자란 거야, 아이들은 거리에서 배우는 법이지. 적어도 구덩이 안에 거울은 넣지 않았으니 다행이야, 자기, 만일 그랬더라면 아파리시오는 손을 쓸 수조차 없는 성격이 되었을 거야. 아직은 희망이 있으니 아이를 데려와. 내가 녀석을 데리고 다니며 구덩이에서 꺼내줄 테니.

죽음이 두 번째로 팔로마를 불렀던 건 팔로마가 아파리시오를 데리고 다니던 무렵에 만난 남자를 사랑하게 되었을 때였지요. 남자는 사랑이라곤 모르는 사람이었어요. 어머니가 맞아 돌아가신 까닭에 남자에게든 여자에게든 사랑을 받아본 적이 없었지요. 그를 만났을 때 팔로마는 아파리시오와 함께 있었어요. 그는 팔로마에게 말을 걸 구실로 아이의 부츠에 대해 물어보았고, 팔로마는 그것이 밤을 함께 보내자는 신호라는 것을 알아차렸지요. 팔로마는 그날 밤 그를 만나기로 했습니다. 하지만 그는 이 세상에 발을 디딘 순간부터 사랑이라곤 모르는 사람, 남자든 여자든 사람을 대할 줄 모르는 사람이었고, 그 남자만큼이나 매정했던 그날 밤, 팔로마는 다쳤습니다. 죽음이 두 번째로 그녀 안에 알을 낳은 겁니다. 그날 밤 죽음이 팔로마의 귀에 노래를 흥얼거린 거예요. 나는 압니다, 팔로마의 얼굴에 침을 뱉고, 코스메 할아버지의 말처럼 깃털을 떨어뜨리며 걷는 것 같다고 맞아서 생긴 눈썹의 상처, 다 아문 그 상처를 다시 터뜨린 것이 그 남자라는 것을요. 그 매정한 남자는 상처가 다시 벌어지도록 팔로마의 얼굴을 때린 겁니다.

사람들은 말합니다. 그림자를 만나는 사람은 그가 빛을 몰고 다니기 때문이라고요. 팔로마의 경우가 그러했습니다. 그녀는 매정한 남자에게 맞아 입술이 보랏빛으로 부르텄고, 매정한 남자에게 맞은 입술이 여전히 보랏빛이던 무렵, 팔로마는 호세 과달루페를 만났습니다. 팔로마와 함께 살던 남자이자, 팔로마가 칼에 등을 찔려 죽었을 때 점점 커져가던 피 웅덩이 위에 엎어진 그녀를 발견한 남자 말입니다. 매정함이라는 거울이 펼쳐지듯 이미 벌어졌던 눈썹의 상처가 다시 벌어지도록 맞았던 그때 팔로마는 그녀의 사랑을 만난 거예요. 팔로마가 과달루페를 만난 건 내가 이미 나를 찾아오는 아픈 사람들을 치유하고 있던 무렵, 내 이름이 다른 마을로 퍼지고 또 그 마을에서 다른 마을로 소문이 퍼지다가 다른 도시에까지 도달할 무렵이었습니다. 바로 이런 이유로 바람에는 증폭하는 성질이 있다고 한 겁니다. 우리는 농작물을 휩쓸어 가는 바람을 두려워하고 농작물을 짓밟는 우박을 동반한 비를 몰고 오는 바람을 두려워합니다만, 폭풍을 무서워하지 말라고 말하고 싶군요. 바람에는 증폭하는 성질이 있으니, 폭풍이 우박을 몰고 오면 우박이 떨어지는 소리를 들어야 합니다. 가장 혹독한 폭풍과 함께 칼처럼 떨어져 내리며 농작물을 베어버리는 우박이 내릴 때면 얼어붙은 칼과 폭풍의 소리를 들어야 합니다. 바람에 증폭하는 성질이 있다는 것은 누구나 아는 사실이니, 우르릉대는 하늘의 소리를 들어야 합니다. 그러니 조에 양도 믿기를 바랍니다, 이또한 삶의 일부이니까요. 바람에는 증폭하는 성질이 있으니까, 바람은 행운도 증폭하는 겁니다.

하루는 타슨 씨가 나를 찾아 여기 산펠리페까지 왔습니다. 영화에서 나를 보고 나를 둘러싼 소문을 듣고는 내이름을 물어물어 여기까지 도착한 거지요. 그 미국인 은행가의 방문으로 나를 찾는 사람들이 생겨났고 내 명성도 높아졌습니다. 팔로마는 내 명성이 높아질 거란 걸 알고 있었지요, 사람들이 나를 찾아오리란 것도요. 팔로마가 말했지요. 펠리시아나, 자기, 자기는 지금 유명해졌는데 유명한 사람처럼 즐기지도 않아, 어쩜. 이렇게 하자, 내가 유명한 사람처럼 술과 사랑을 마음껏 즐길 수 있게 자기가 아주 유명해져줘야겠어. 그래서 다른 이들이 잠든밤들에 팔로마와 나는 화주를 마시고 담배를 피우면서 웃음꽃을 피우기도 했습니다.

외눈박이 타데오가 등장한 건 나를 찾아오는 사람들의소리와 돈이 떨어지는 소리를 그가 들었을 때였습니다.

나는 사람들에게 미래를 보지 않는다고 말했습니다. 나는 매일 낮과 밤으로 기도하며 신께 모든 걸 맡기고, 내가 하는 일에는 증오도, 분노도, 거짓도 없지요. 나는 미래를 보지 않습니다. 나는 언어를 통해 현재를 봅니다. 나는 점쟁이가 아니에요. 타데오는 바로 이렇게 사람들을 속였지요, 외눈을 통해 미래를 예견할 수 있다면서요. 그는 외눈을 이용하며 자기가 외눈으로 미래를 본다고 말했고 사람들은 그 말을 믿었습니다. 하지만 나는 그런 일은 하지 않습니다. 미래를 봐달라고 오는 사람들에게 나는, 내가 하는 일이란 깨끗한 물처럼 씻어내는 일이라고, 몸의 병을 씻어내고, 흐르면서 돌멩이를 매끈하게 만드는 깨끗한 물처럼 영혼 깊은 곳을 씻어내고, 꽉 찬 내장과 더러운 몸을 물이 씻어내듯 몸의 병을 씻어내고, 빛이 존재한다고 해도 어둠이 따르기 마련이기에, 그림자처럼 드리우는 고통을 씻어냅니다. 나는 마술사가 아닙니다. 언어에는 치유의 힘이 있지만 미래를 불안해하는 사람 또한 있게 마련이고, 그들을 위해 예언이 있는 것이지요. 그런가 하면 병은 오직 의학으로만, 하얀 가운을 입은 사람들의 손으로 실험실에서 만들어지는 물약과 알약으로만 치유할 수 있다고 믿는 사람들이 있지요. 현명한 의사들이 처방하는 것이 바로 그런 약입니다. 하지만 병에는 다양한 형태가 있고, 모든 병이 실험실에서 만들어지는 약으로 치유될 수 있는 건 아닙니다. 세상에는 약보다 병이 많지요. 만일 몸과 영혼의 모든 병이 약으로 치유될 수 있었더라면, 상상해보세요, 이 세상은 새것처럼 건강하지 않겠습니까? 모든 아침이 지구상의 첫 번째 아침이자 신이 만든 첫 번째 아침이기라도 한 것처럼 말입니다.

외눈박이 타데오는 벼랑과 안개 저편, 산펠리페의 반대쪽 끝에 살며 보이지 않는 눈 때문에 좀처럼 자기가 사는 오두막 밖으로 나가질 않습니다. 들리는 말에 의하면 누군가 술병으로 그의 얼굴을 내리쳤고 병이 눈을 짓뭉갠 까닭에 한쪽 눈을 잃게 된 거라고들 합니다. 나는 그가 소년일 적부터 그를 알았고, 소년일 적 그는 두 눈으로 나를 보았더랬지요. 얼굴에 눈 대신 검은 조롱박잔을 붙이고 다니기 전, 우리가 산후안데로스라고스에서 산펠리페로 떠나왔을 때 타데오는 두 눈으로 보았고 꿈에 이런저런 것들이 보인다고 했습니다. 모름지기 모든 마을에는 마을의 주술사가 있는 법이고 외눈박이 타데오는 어릴 적부터 마을의 주술사가 되고 싶어 했지요. 모든 마을에는 마을의 주술사가 있고, 심지어는 외지인들이 가져오는 그 기계들 안에도 주술사가 있지요. 외눈박이 타데오는 사람들에게 선포했습니다. 이렇게 말했지요. 나는 미래를 말합니다. 펠리시아나는 여러분에게 버섯과 약초를 줄 테고, 여러분은 그녀가 준 버섯과 약초를 먹고 토하게 될 겁니다. 하지만 나는 여러분을 아프게 하는 것을 먹이지 않고도 여러분의 미래를 읽을 수 있어요. 그러고는 그는 옥수수 낱알 일곱 개를 던지고 카드를 던지면서 옥수수 낱알과 카드에 깃든 힘, 일곱 개의 힘이 자신을 통하여 말씀하시는 것이라고 했지요. 아픈 사람이 찾아오면 식용유와 약초를 섞어서 마시게 했습니다. 팔로마는 말했습니다. 펠리시아나, 타데오는 정말 거대하고 뚱뚱하지, 얘, 옥수수 낱알을 주워 모으라고 신께서 그를 커다란 마라카*처럼 거대하고 뚱뚱하게 만드신 거야, 그 뚱뚱한 인간은 없는 눈처럼 속도 텅 비었으니까.

외눈박이 타데오는 카드와 옥수수 낱알이 자기에게 미래를 말해준다고 사람들이 믿게 했습니다. 하루는 팔로마가 말했어요. 펠리시아나, 지금 무슨 일이 일어나는지 믿지 못할 거야, 글쎄 마라카 그 인간이 여기저기 돌아다니면서 자기가 외눈으로 미래를 봤다고 말하고 다니는 거아니겠니, 우박을 동반한 폭풍우가 불어닥쳐서 농사를 망칠 거라는 거야, 그러고는 밖에 나가 옥수수 낱알을 하늘로 던지면서 우박이 다른 곳에 떨어지게 해달라고 하늘에 대고 소리쳤고, 다른 곳에 내려달라고 천둥에 대고 소리쳤어. 마라카 그 나쁜 종자는 하늘에 대고 소리치는 자기 모습을 보고 사람들이 겁을 먹도록 온 힘을 다해 소리를 질러댄 거야. 사람들은 우박이 내리지 않은 게 외눈박

---

* 야자과의 식물. 열매 속을 파낸 다음 씨를 넣고 손잡이를 달아 악기 '마라카스'를 만든다.

이 타데오가 온 힘을 다해 소리친 덕분이라고들 말했어요. 외눈박이 타데오는 이제 죽고 없습니다, 화주가 그를 삼켜버렸지요. 내 어깨를 총으로 쏜 자가 바로 그자입니다. 아주 오래전 이야기예요, 타슨 씨 덕분에 사람들이 온통 나를 찾아오기 시작했을 때 외눈박이 타데오는 그 꼴을 차마 볼 수 없었고, 돈을 보고 질투심에 불타올랐습니다. 그는 말수가 적었어요, 그래요, 외눈박이 타데오는 말이 별로 없었어요. 그는 이보다 잇몸이 더 컸고, 그의 입에서 나오는 말은 그의 머리보다 작았지요. 나를 찾아오던 것처럼 그를 찾아가기 시작한 사람들도 있었습니다. 그가 자기 입으로 말하길 외눈으로 미래를 볼 수 있다니까, 게다가 말수가 적은 까닭에 현자처럼 보였던 겁니다. 그가 미래를 말해줄 때 그 미래란 자기 앞에 있는 사람을 위한 맞춤형 미래였지요. 미래를 이야기할 때 쓰인다면 언어 역시 판초처럼 누구에게나 맞아떨어질 수 있어요, 그렇게 그는 외눈을 이용한 겁니다. 좋아하는 소년 역시 자기를 좋아하는지 궁금해하는 소녀들에게 이렇게 말하는 식이었지요. 저기 소년이 오네요, 카드가 소년을 데리고 오는군요. 결혼한 여자들에게는 그들의 남편이 부정을 저지르고 있다면서, 정화 의식이랍시고 모든 여자에게 똑같은 약초를 썼지요. 몇몇 여자들에게는 선을 넘기도 했습니다. 그 정화 의식이란 걸 치르면서 여자들을 움켜쥐기도 했어요, 여자들의 몸 위로 양초와 계란을 휘두르면서 주물럭댄 겁니다. 그런가 하면 어느 여자들에게는 남편이 그들에게 충실하다면서 옥수수 낟알을 던지고는 말했지요, 보십시오, 부군이 당신에게 충실하다고 옥수수가 말해주는군요. 그런 여자들은 건드리지 않았습니다. 팔로마는 그를 비웃었어요. 그를 마라카라고 불렀지요. 비록 밤샘 파티와 남자들과 보내는 밤, 과달루페와의 삶을 위해 치유자의 길은 그만두었지만 그래도 그녀에게는 치유자의 피가 흘렀고, 외눈박이 타데오가 사람들을 이용하는 것은 팔로마를 무척 화나게 했습니다.

한번은 팔로마가 아폴로니아를 심하게 꾸짖은 적이 있어요. 아폴로니아가 외눈박이 타데오를 보러 갔던 탓이었지요. 집집마다 다니며 비단을 팔던 아폴로니아는 어느 청년에게 마음이 끌렸는데, 청년은 마음을 받아주지 않았어요. 그래서 아폴로니아는 외눈박이 타데오를 만나러 갔고, 그는 옥수수 낟알 일곱 개를 던지고 카드를 던진 다음 약초와 식용유를 섞은 걸 마시게 하고는 아폴로니아가 경비로 쓰고 남겨놓았던 돈을 몽땅 가져갔습니다. 외눈박이 타데오는 돈뿐만 아니라 화주 한 병을 요구했고, 그래서 아폴로니아는 식료품점에 있던 아니세타에게서 술까지 사 간 겁니다. 아폴로니아가 술을 가져다주자 그는 그 애에게 마음이 없는 그 청년이 지참금을 가지고 집으로 찾아와 청혼할 거라고, 청년이 찾아오게 하려면 약초와 식용유를 마셔서 길을 터주어야 한다고, 둘은 금방 자식 두

명을 낳을 거라고, 세 명까지도 보인다고 말했습니다. 아폴로니아는 기쁜 마음으로 떠났지요, 청년이 자기 마음을 받아줄 테니까요, 자기에게 청혼할 테니까요, 지참금을 가지고 올 테고 자식을 세 명까지도 낳을 테니까요. 아폴로니아는 아이들에게 붙여줄 이름을 생각하면서 누에에게 뽕잎을 먹였고, 그러는 바람에 누에들은 배가 터질 뻔했지요. 아폴로니아는 세상을 떠난 우리 가족들의 이름 중 마음에 드는 이름을 떠올렸고 자기에게 비단을 산 사람들의 이름을 떠올렸어요. 그러면 자기에게 마음이 없던 청년과 아이를 낳았을 때 자기가 좋아하는 이름들을 그에게 말해줄 수 있을 테니까요. 하지만 얼마 지나지 않아 청년의 아이를 임신한 여자가 식료품점을 찾았고, 아니세타는 아폴로니아에게 그 청년한테는 임신한 아내가 있다고 말했습니다. 아폴로니아는 산산이 부서져버렸어요. 그러니까 왜 그 외눈박이 타데오를 보러 간 거냐, 도대체 뭣하러 그자를 보러 간 거야, 딸아, 모두가 불이라고 말하는데 너는 기어이 가서 그걸 움켜쥐는구나, 불인 걸 알면서도 가서 손으로 만지고야 마는구나. 아니요, 나는 딸에게 이런 말은 하지 못했습니다, 할 수가 없었어요. 다만 함께 밭에 가자고 했습니다. 다가올 비에 관해, 더운 날씨에 관해, 자연의 순환에 관해 이야기해주었지요. 순환이 망가지면 계절이 변하니까요. 시간은 선으로 흐르지 않고, 시간은 원을 그리며 흐르기 때문이지요. 내가 말하고자 한 바를 내 딸이 이해했는지는 모르겠지만, 우리가 살면서 배우는 것들은 누가 가르칠 수 있는 게 아니니 나는 자연에 관해 이야기했을 뿐입니다. 우리를 괴롭게 하는 아픔에 대한 답은 자연에 있기 때문이지요. 인간에게 주어진 자연과 인간의 본질을 이해하기 위해서는 그저 시간이 그리는 순환의 원을 바라보면 되는 겁니다.

그래서 말하건대, 나는 미래를 보지 않습니다. 한 사람의 죽음을 막을 수도 없어요. 죽음이 이미 알을 낳았고 그것이 신의 뜻이라면, 찾아오는 사람에게 나는 해줄 수 있는 것이 아무것도 없습니다. 하지만 아파서 찾아오는 사람의 병이 치유될 수 있는 병이라면 나는 그를 치유해줄 수 있습니다. 그건 제 길에서 넘어진 사람을 일으키는 일이니까요. 사람들은 앞으로 나아가려면 도움이 필요합니다. 우리가 넘어졌을 때 일으켜주는 것, 그것이 바로 언어가 하는 일이지요. 현명한 의사들은 여러분을 부위로 봅니다, 귀, 발, 손, 관절. 현명한 의사들은 인간의 몸을 구성하는 부위만을 볼 뿐입니다. 그것이 그들이 공부한 것이기 때문이지요. 하지만 아픈 사람의 병을 이해하려면 그 사람의 모든 것을 보아야 합니다. 모든 것이 연결되어 있기 때문이지요. 그것이 바로 언어가 하는 일입니다. 팔로마가 내게 과달루페를 데려왔을 때 나는 언어가 영혼 깊숙이 묻혀 있는 병을 치유할 수 있다는 사실을 깨달았지요. 여기 산펠리페에서 무셰들의 삶은 고됩니다. 연인을 가질 수 없고 결혼은 말할 것도 없지요, 그건 여기 산펠리페에서는 있을 수 없는 일입니다. 무셰들은 가족을 돌보기 위해 태어나는 존재들이니까요. 하지만 팔로마의 어머니는 돌아가셨고, 아버지 또한 돌아가셨습니다. 아버지는 어머니가 임신 중일 때 돌아가신 까닭에 팔로마는 아버지를 만난 적이 없어요. 그러니 팔로마가 무셰가 되었을 때 그녀에게는 돌보아야 할 가족이 없었지요. 그녀에게 가족은 우리였습니다. 무셰들을 경멸하는 사람들도 있지만, 마을 사람 대부분은 그녀들을 존중하고 그녀들에게서 다정함을 얻어 갑니다. 하지만 사람들은 그녀들에게 장미를 주기 전에 가시부터 휘두릅니다. 장미를 주기나 할지는 또 모를 일이고요. 팔로마는 모두를 알았고 모두가 그녀를 사랑했습니다. 팔로마에게는 과달루페가 있었고 돌볼 가족이 없었으므로 그녀는 그와 함께 살 수 있었어요. 팔로마에게는 함께 놀러 다닐 친구들도 있었지요. 그런데 팔로마와 함께 살기로 하자마자 과달루페는 몸져눕고 말았습니다.

　팔로마와 그녀의 두 친구가 기절한 과달루페를 업고 왔습니다. 과달루페가 쓰러지면서 머리를 세게 박았고 경기를 일으켰다고, 그를 업고 오는 길에 떨어뜨리는 바람에 또 한 번 부딪혔다고 했습니다. 상태가 심각하다는 걸 금세 알 수 있었어요. 하지만 그의 병은 몸의 병이 아니라 영혼 깊숙이 묻혀 있는 병이었지요. 어릴 적에 수모와 학대를 당했던 탓에 생긴 병이 팔로마와 함께 살기로 했을 때 발현된 겁니다. 과달루페는 자신을 학대하던 아버지를 마음 깊숙한 곳에 묻었습니다. 나는 그 남자를 마을에서 본 적이 있습니다. 과달루페에게 못되게 굴었지요. 아들에게 창피를 주고 비웃던 사람입니다. 과달루페는 그를 영혼 깊은 곳에 묻었고, 그가 과달루페의 영혼을 곪게 하고 있던 겁니다. 하지만 그걸 내가 팔로마에게 말할 수는 없었어요. 피를 나눈 가족이라 할지라도 내가 보는 것을 말할 수는 없습니다. 그건 신에게 속한 것이기 때문이에요. 영혼 깊숙이 묻힌 병을 팔로마에게 말해야 하는 것은 과달루페였습니다. 그것이 언어가 하는 일이니까요, 어둠 속에서 빛을 밝히는 일이요. 빛을 밝힘으로써 인간을 부위로 보는 것이 아니라 총체로 보게 되는 겁니다. 몸은 하나이기 때문이에요.

아픈 사람은 내게 어디가 아픈지 말할 필요가 없습니다. 내가 볼 수 있으니까요. 의학의 현자들이 환자들에게 물어보는 것과 마찬가지로 환자들이 나에게 길라잡이가 되어 줄 수는 있겠지만, 무엇이 문제인지는 말할 필요가 없습니다. 언어로 알 수 있으니까요. 이름만 말해주면 그들의 내면으로 들어갈 수 있습니다. 하지만 말을 하지 않는 사람들에게는 통하지 않아요. 왜냐하면 내게 주어진 힘이 언어이기 때문이에요. 언젠가 목소리가 나오지 않는 남자가 나를 찾아온 일이 있습니다. 말을 못하는 사람이었지요. 한

번은 목소리를 잃은 젊은 여자가 찾아오기도 했어요. 둘 다 각기 다른 고통으로 심각한 상태였지만 내가 도울 수 없었기에 다른 치유자를 찾아 다른 마을로 가야 했지요. 또 한번은 침묵의 병을 앓고 있는 소녀를 내게 데려온 적이 있습니다. 말은 할 줄 알았지만 말하고 싶지 않아 했고, 소녀의 입을 열겠다고 사람들이 소리를 지르며 때릴 때면 오줌을 지리곤 했지요. 내가 소녀에게 이름을 물었을 때 소녀가 나를 바라보았고, 나는 소녀가 어느 몹쓸 인간에게 학대당했다는 사실을 느낄 수 있었지만 그 작자의 얼굴은 보지 못했어요. 소녀의 내면으로 들어갈 수가 없었고, 말을 하지 않으니 내가 도울 수가 없었던 겁니다. 그래서 나는 소녀에게 축복을 해주고는 의사에게 데려가라고 소녀의 어머니에게 말했지요. 딸은 아파서 오줌을 지리는 것이 아니라, 수치로 인한 침묵의 병을 앓고 있는 거라고. 죄책감이, 두려움이 딸로 하여금 오줌을 지리게 하는 거라고 말했습니다. 내 동생 프란시스카에게도 그런 일이 있었지요. 하지만 소녀의 어머니에게 다른 말은 더 할 수 없었습니다. 그저 딸이 오줌을 지리는 건 침묵의 병 탓이 아닌 다른 이유 탓이니 훌륭한 의사를 찾아가라고 했지요.

우리가 하는 일을 이해하지 못하기 때문에 우리를 두려워하는 사람들도 있습니다. 나는 마녀도 점쟁이도 아니고 다른 치유자들과 같은 치유자도 아닙니다. 신께서는 아시지요. 약초와 버섯이 내게 골똘히 들여다볼 수 있는 강력한 힘을 줍니다, 들여다보기는 우리 인간이 이 지구상에서 지닌 가장 위대한 힘이니까요. 들여다보는 행위를 통해 우리는 치유될 수 있고 문제와 갈등을 바로잡을 수 있습니다. 나는 약초와 아이 버섯으로 아픈 사람의 내면을 들여다볼 수 있지요. 몸의 병이나 영혼 깊숙이 묻혀 있는 고통의 근원을 볼 수 있는 겁니다. 현명한 의사들은 하지 못하는 일이지요. 사람들이 우리를 두려워하는 건 우리가 어떻게 그런 일을 하는지 이해하지 못하기 때문이에요. 하지만 들여다보는 힘은 우리 선조 때부터 내려오는 힘이자, 지구만큼이나 오래된 힘입니다.

내 동생 프란시스카를 위해 의식을 집전하고 난 후, 나는 앞으로 누구든지, 어떤 병이든지, 고통이 얼마나 짙게 드리워 있든지 치유할 수 있으리란 걸 알았습니다. 하지만 영혼 깊숙이 묻힌 고통 또한 치유할 수 있으리란 건 과달루페를 치유하고 나서야 알게 되었습니다. 팔로마가 과달루페를 내게 데려왔을 때 그녀가 알려준 것이지요. 그래서 내가 조에 양 또한 언어를 지니고 있다고 한 겁니다. 언어를 통하여 다른 사람들의 눈을 뜨이게 하는 사람들은, 직접 의식을 집전하지 않는다고 하더라도 내면에 언어를 지니고 있는 겁니다.

사람들은 내게 말하지요. 펠리시아나, 당신은 당신이 치유하는 사람들과 같은 언어로 말하지 않는데 도대체 어떻게 언어의 샤먼이라는 겁니까. 그러면 나는 그들에게 말합니다. 나는 사람들이 말하는 그런 언어의 샤먼이 아닙니다, 그건 기계를 쓰면 될 일이지요. 나는 나의 언어로 당신의 언어를 봅니다. 그건 다른 일이지요. 내가 지금 쓸 줄 아는 단어들 중 대다수는 치유자의 길을 걷기 시작하기 전에는 모르던 것들입니다. 언어가 하는 일이 그런 겁니다. 우리가 알지 못하는 단어를 입 밖으로 내는 순간 그 의미를 알게 되곤 하지요. 신이 곧 언어인 까닭입니다. 단어를 말함으로써 우리는 세상을 창조합니다. 이 세상이 창조되었듯 또 다른 세상을 창조하는 거지요, 하지만 그건 우리가 창조하는 세상인 겁니다.

병은 사람을 가리지 않습니다. 직업도 신분도 가리지 않지요. 갓 태어난 아기와 노인이 같은 고통에 시달릴 수 있고, 돈 많은 소년과 가난한 소녀도, 몹쓸 인간과 고결한 인간도, 불운한 소녀와 행운을 거머쥔 소녀도 마찬가지입니다. 우리 선조들이 살았던 시대부터 그래왔지만, 의학의 발전은 아직 지혜가 가닿는 곳 구석구석까지는 가닿지 못하고 있습니다. 그것이 바로 현자와 과학자의 차이입니다. 현자는 들여다보는 행위를 통하여 모든 것을 볼 수 있지만, 과학자는 그가 아는 만큼만 볼 뿐이지요. 언어는 자연입니다. 언어는 약초 안에 깃들어 있고, 우리로 하여금 들여다볼 수 있게 해주는 아이 버섯들에 깃들어 있지요. 신의 손으로 만들어진 약초와 아이 버섯들이 하는 일이 가닿지 못하는 구석은 없고, 그렇기 때문에 어떤 의사들은 고치지 못하는 병을 내 손으로는 치유할 수 있는 겁니다. 아이 버섯들이 내게 보여주는 것은 점쟁이들이 말하는 미래나 후회하는 사람들이 사는 과거가 아닙니다. 버섯이 나로 하여금 보게 하는 건 가없이 광활한 미지의 현재입니다. 우리 모두가 지녔지만 끝내 전부 알지는 못하는 우리의 몸만큼이나 현재는 광활합니다. 그것이 바로 팔로마가 경련을 일으키며 아파하는 연인 과달루페를 데려왔던 날, 치유 의식을 집전하며 내가 본 것입니다.

과달루페가 의자에서 떨어져 기절했던 그때, 과달루페와 팔로마 그리고 팔로마의 두 친구는 풀케와 화주를 마시던 중이었습니다. 이렇게 높은 곳에서 고꾸라진 겁니다. 팔로마와 두 친구는 과달루페가 온종일 아무것도 먹지 않은 탓에 기절한 거라고 생각했어요. 팔로마는 과달루페가 아침으로 소금 친 토르티야 한 장조차 입에 대지 않았다고, 설탕을 넣지 않은 커피 한 잔을 마신 게 다라고 했지요. 그들은 과달루페가 깨어나도록 물을 뿌렸고, 몸에 알코올을 문질렀습니다. 소문을 듣고 다른 친구 두 명이 도착했고, 모두 힘을 합쳐 과달루페를 밖으로 끌어내 찬 공기를 마시게 했지만, 그래도 그는 깨어나지 못했어요. 팔로마의 친구 한 명이 다른 친구를 불렀고 그 친구가 과달루페에게 검은 시럽을 먹였는데, 그게 경련을 일으킨 겁니다. 팔로마와 두 친구는 겁에 질린 채 나를 찾아왔어요. 팔로마는 달처럼 새하얗게 질린 모습이었고, 시선은 저 멀리 가 있었지요. 그녀는 온몸이 땀에 젖은 채 벌벌 떨며 무슨 일이 일어났는지 내게 말해주고는 의식 준비를 도와주었습니다. 팔로마와 친구들은 과달루페가 아픈 건 알았지만, 이유는 몰랐습니다. 팔로마가 말했지요, 펠리시아나, 자기, 과달루페는 황소처럼 강한 남자야, 그이를 도와줘, 그이가 없으면 내 심장도 멎어버릴 거야, 내가 너희 할머니를 치유했던 것처럼 그이를 치유해줘, 심장이 멎을 것만 같아, 네 할아버지가 내 아버지를 치유했던 것처럼 그이를 치유해줘, 네가 프란시스카를 치유했던 것처럼 그이를 치유해줘, 이제 오직 너만이 할 수 있는 일이니까, 언어와 책이 네 것이니까. 그들이 나간 후, 나는 과달루페를 잘 보기 위해 그의 위로 초를 기울였습니다. 타오르는 촛불이 말해주는 바로는 과달루페가 아픈 건 맞지만, 그에게는 떨어지면서 부딪혀 생긴 상처 하나 없었고, 금방 일어난 일의 흔적이라곤 단 하나도 없더군요. 그때 과달루페가 다시 경기를 일으켰고, 그 순간 촛불이 내게 그를 치유하는 길을 일러주었습니다.

그에게 손을 대자 경련이 멈추었고, 그에게 이름을 물어본 후 그의 내면으로 들어갈 수 있었습니다. 주황색 튜닉을 입은 어린 과달루페가 걷고 있었어요. 한밤중에 타오르는 불처럼 환한 주황색은 거리를 지나는 마을 사람들의 시선을 사로잡았지요. 어린 과달루페는 심각한 얼굴로 걷고 있었어요, 마치 무거운 과거에 짓눌린 어른처럼. 그렇게 어린 과달루페는 길 건너편에서 무명천으로 만든 옷을 걸친 채 걷던 아버지의 뒤를 쫓고 있었지요. 아버지는 한밤중에 타오르는 불처럼 환한 주황색 튜닉을 입은 아들을 보고 조롱했습니다. 너는 꼭 성당에 틀어박히는 늙은 여자들처럼 옷을 입는구나, 개는커녕 풍뎅이조차도 가까이 가지 않을 노처녀처럼 말이지, 그런 말을 하는 순간 누군가 아버지에게 총을 쏘았고, 아버지는 쓰러지고 말았습니다. 한밤중에 타오르는 불처럼 환한 주황색 튜닉을 입은 어린 과달루페는 아버지의 옷을 적시기 시작한 피를 보고는 아버지를 도우러 달려갔습니다. 그때 같은 총이 한밤중에 타오르는 불처럼 환한 주황색 옷을 입은 아이를 쏘았지만 맞은 건 아이가 아니라 이미 총상을 입은 아버지였고, 총상은 더 깊어졌지요. 그렇게 나는 상처 입은 건 아이의 몸이 아니라 영혼이었다는 것을 이해할 수 있었습니다. 아이의 영혼에 상처를 낸 것은 다름 아닌 아이의 아버지였다는 사실도요. 아버지의 총상은 심각해 보이더군요, 그 총알을 자신이 맞지 않았다는 사실에 죄책감을 느낀 아이는 기절하고 말았습니다. 일종의 상쇄 작용이었던 셈이지요. 과달루페는 팔로마를 만나기 전에도 여러 번 아팠던 적이 있는데, 그 역시 일종의 상쇄 작용이었습니다. 나는 그의 고통의 순간들을 아주 빠르게 들여다보았습니다. 그런데 다른 순간들과 마찬가지로, 그 순간 역시 한밤중에 타오르는 불처럼 환한 주황색 옷을 입은 아이는 제 아버지와 동등해지기 위해 죽음을 찾고 있던 겁니다. 아이는 아버지를 사랑했습니다. 아버지의 숨이 끊어지기 전에 나는 둘에게 다가갔습니다. 아이에게 아버지는 어차피 죽었을 거라고, 네 잘못이 아니라고, 총알이 한 발 더 날아왔더라도 아버지를 맞혔을 거라고 말해주었습니다. 나는 아이가 아버지와의 문제를 정리하고 그럼으로써 영혼 깊숙이 자리한 병을 치유할 수 있도록 책을 펴고 노래를 시작했습니다. 주황색 옷을 입은 아이는 아버지와 대화를 나눌 수 있게 되었고, 해가 떴을 때 나는 팔로마에게 갔습니다. 그녀는 한숨도 못 잔 불안한 얼굴에 화장은 다 번져 있었고, 함께 왔던 다른 무셰 친구 두 명은 이미 가고 난 후였습니다. 나는 팔로마에게 일곱 번의 낮과 일곱 번의 밤이 지나면 과달루페는 좋아질 거라고, 그리고 마흔 번의 낮과 마흔 번의 밤이 지나고 나면 행복해질 거라고 말해주었어요. 초승달이 뜰 때쯤 되자 과달루페가 약간의 돈과 아침거리를 들고 나를 찾아왔습니다.

아니요, 나는 내가 하는 일로 돈을 받지 않습니다. 나 같은 사람은 자기가 하는 일에 대가를 요구하지 않아요. 정치인들이나 거짓말쟁이들이 돈을 요구하지요, 코스메 할아버지는 게으름뱅이들은 일도 하지 않는 주제에 돈은 두 배로 요구한다고 하곤 했습니다. 앎에는 가격을 매길 수가 없습니다, 무언가를 아는 것은 보는 것과 같은 일인데, 본 것을 다른 사람에게 말한다고 돈을 받지는 않지요.

게다가 그것이 신의 일이라면 더더욱 받아서는 안 됩니다. 그래도 사람들은 내게 돈을 가져오는 터라 감사한 마음으로 전 세계 곳곳의 동전들을 받습니다만, 나는 내가 하는 일에 가격을 매기지 않아요. 내 아들 아파리시오가 우리 아버지처럼 진중한 얼굴로 즐겨 마시던 달콤한 커피 한 잔이면 감사하지요. 과달루페가 회복하고 난 후에 아침거리를 들고 나를 찾아왔을 때 함께 달콤한 커피 한 잔을 마셨던 것처럼요. 물론 동전을 가져오는 사람들에게도 감사한 마음입니다. 집에는 언제나 먹일 식구가 많았으니까요.

과달루페가 좋아지고 몇 달이 지났을 무렵, 팔로마가 나를 찾아왔습니다. 펠리시아나, 자기, 이거 받아, 과달루페가 네게 주는 거야. 그이는 건강해, 네 덕분에 새로 태어난 것 같다지 뭐야, 그이가 네게 주겠다고 직접 언덕에서 꺾어서 만든 꽃다발이야. 조에 양은 과달루페가 내게 무슨 꽃을 보내줬을지 짐작이 가시나요? 주황색 꽃다발이었습니다, 한밤중에 타오르는 불처럼 환한 주황색 꽃이었지요. 내가 본 어린 과달루페가 입었던 튜닉처럼요. 그 날 해가 뜨고 난 후 과달루페와 이야기를 나눴는데, 그는 의식도, 그가 입었던 옷도 기억하지 못했고, 시장에서 그가 얼마나 심각한 얼굴로 걷고 있었는지나 아버지의 조롱에 관해서는 말을 꺼내지 않았습니다. 종종 내가 보는 것과 아픈 사람이 보는 것이 다를 때도 있지요, 언어는 그렇게 작용합니다. 내가 조에 양에게 '나무'라고 말하면 나는 어느 한 나무를 보지만 조에 양은 다른 나무를 보겠지요, 하지만 천지 만물은 우리가 두 눈으로 보는 것보다 훨씬 더 연결되어 있고, 그것이 바로 현재가 보여주는 것이자 내가 보는 것입니다. 조에 양이 보는 나무와 내가 보는 나무가 다를지라도 영혼의 깊은 바닷속에서 그 둘은 연결되어 있고, 그것이 바로 언어인 겁니다. 나는 과달루페에게 그가 입었던 튜닉이 무슨 색이었는지 말한 적 없고, 그가 아침거리를 들고 찾아왔을 때 그의 영혼의 깊은 바닷속에서 내가 본 것을 말하지 않았지요. 행복해진 과달루페가 내게 감사하는 마음을 전하려고 직접 꺾어 만든 꽃다발을 팔로마가 전해주었을 때 나는 그것이 책의 어느 페이지에서 온 것인지 알았습니다. 그 꽃다발은 마치 과달루페가 자기 영혼의 깊은 바닷속에서부터 보낸 것 같았지요, 어린 과달루페가 아버지와의 전쟁에 꽃을 들고 가는 것 같았습니다. 사람들은 각자의 전쟁을 치렀던 전장에 꽃을 가져가니까요, 사람들이 더 보도록 팔로마가 눈썹 위 흉터를 돋보이게 화장하면서 하던 말과 마찬가지로요. 팔로마가 전해준 꽃다발을 보니 과달루페의 영혼이 건강해졌다는 사실이 보여 기쁘더군요, 어른 과달루페는 어린 과달루페에게도 꽃다발을 가져다준 겁니다. 아버지의 계속되는 조롱에 시달리던 그 한밤중에 타오르는 불처럼 환한 주황색 튜닉은 이제 주황색 꽃으로 변한 겁니다.

14

나는 이 도시에서 임신중절이 불법이던 시절 임신중절 수술을 받았다. 처음에는 약 복용을 시도해봤지만 효과가 없었다. 동생에게도 엄마에게도 말하지 않았지만 엄마가 무언가 의심했다는 건 알았다. 우리는 소나로사 지구에 있는 한 건물을 찾았다. 우리가 찾아간 곳이 7층이고 전망이 끝내줬던 기억이 난다. 대학 친구가 추천해준 곳이었는데, 벨을 누르지 말고 그 층에 딱 하나뿐인 하얀 문을 두드리라고 했다. 한 여자가 문을 열더니 낡은 잡지들과 음량을 최대로 키운 텔레비전이 있는 대기실로 안내해줬다. 여자가 내게 동의서 한 장을 주었는데, 훌리안의 인적 사항은 아무것도 채워 넣을 필요가 없었다. 설명할 수 없는 충동이 나로 하여금 동의서에 내 동생의 인적 사항을 기재하게 했고, 훌리안이 나를 레안드라라고 부르도록 종이를 그에게 보여주었다. 그는 고개를 끄덕였고, 건물 밖으로 나가 건너편 세븐일레븐으로 향했다. 동의서에는 여태 몇 명과 성관계를 가졌는지, 종교는 무엇인지, 복용 중인 약이 있는지, 있다면 얼마나 자주 복용하는지 따위의 질문이 있었고, 마지막 문단에는 수술이 잘못되었을 시 내게 일어날 수 있는 일들에 관해 자세하게 적혀 있었는데 사망 가능성도 있었고, 동의서에 서명을 함으로써 의사에게나 병원에나 책임을 묻지 않겠다고 동의하도록 되어 있었다. 편의점에 다녀온 훌리안의 손에는 콜라 두 캔이 들려 있었다. 마취를 할 예정이라 나는 콜라를 마시지 않았다. 전화로 예약을 잡았을 때 몇 가지 주의 사항을 들었는데, 그중 하나가 음료를 마시면 안 된다는 것이었다.

우리 병원은 어떻게 알고 오셨나요, 내게서 동의서를 받아 간 여자가 물었다. 여자는 브리지를 넣은 짧은 머리에 화려한 손톱을 하고 있었다. 아직 네일 아트 유행이 번지기 전이었다. 친구 소개로요. 좋아요, 여자가 새된 목소리로 말했다. 여기, 가운을 입고 오시면 의사 선생님이 봐주실 거예요. 화장실로 향하는 길에는 문 닫힌 방들이 늘어서 있었고, 그중 한 방은 문이 반쯤 열려 있었는데, 열린 틈으로 간이침대에 잠든 여자가 보였다. 방 저쪽 끝에는 열린 문 하나와 금속 수술대 하나, 수술실 조명과 블라인드가 쳐진 작은 직사각형 창문이 하나 있었다. 아파트 바닥은 쪽모이 세공 마루였고, 벽과 천장은 치장 벽토로 마감되어 있었다. 천장에는 에너지 절약형 전구 주위로 붙박이 세간이 떨어져 나간 자리에 하얀 원 자국이 있었고, 벽에는 이전에 걸려 있던 그림이나 사진의 흔적이 남아 있었다. 그처럼 유령 같은 기하학적 구조는 그곳이 빌린 아파트라는 것, 아마도 예전에는 한 가족이 살던 집이었으리란 것의 증거였다. 화장실에서 돌아오는 길에 여자의 손톱에 손으로 그려 넣은 샤넬 로고가 보였다. 손톱마다 그려진 로고의 모양새는 완전히 똑같지는 않았지만, 로고 하나하나마다 두 개의 C가 등을 맞댄 부분에 반짝이는 큐빅이 붙어 있었다. 훌리안이 배낭에서 돈을 꺼냈고, 우리가 작은 단위의 지폐로 긁어모은 그 돈을 여자가 두 번 셌다. 무엇보다 내 기억에 남아 있는 건, 한낮의 볕이 들어오는데도 책상 위에 켜둔 작은 스탠드 아래 반짝이던 여자의 손톱이다.

전화로 이야기를 나누었던 의사가 처방전 뒤에 비뚤배뚤한 원과 선을 그려가며 수술 과정을 설명해줬다. 나는 9주 차였고 그의 말에 따르면 간단한 흡인법으로 시술할 거라고 했다. 그곳에 있는 게 편하지는 않았지만, 그래도 운이 좋았다는 생각이 들었다. 의사가 내게 신뢰를 주었다. 처음으로 들었던 생각은 적어도 동의서에 적혀 있던 무시무시한 마지막 단락은 걱정하지 않아도 되겠다는 것이었다. 의사는 내게 무슨 공부를 하는지, 어디에서 일하는지 따위를 물었고, 수술 후에 있을 두 번의 외래 진료

때는 진료비가 들지 않을 거라고, 몸이 괜찮은 것 같으면 바로 학교와 직장에 복귀해도 좋다고 했다.

이어서 마취의가 들어왔다. 축 늘어진 속눈썹에 처진 눈썹, 화장기 없는 얼굴에 짧은 머리, 수녀 같은 분위기와 강한 로션 냄새를 풍기는 여자였다. 그것이 그날 내가 기억하는 유일한 냄새로, 길에서 똑같은 로션 냄새를 맡기라도 하면 매번 그날의 기억이 떠오르곤 한다. 여자는 역설적이게도 나를 '어머니'라고 부르면서 100에서 1까지 거꾸로 숫자를 세어보라고 했고, 숫자를 서너 개 정도 말했을 뿐인데 깊은 잠에 빠져들었다. 정신이 들자 손톱에 샤넬 로고를 박은 여자가 이제 끝났다고, 조금 쉬다가 집에 가면 된다고 했다. 홀리안이 어디에 있는지 묻자 그가 대기실에서 한 발짝도 움직이지 않았으며 곧 퇴원할 수 있을 거라는 대답을 들었다. 나는 깜빡 잠이 들었다가 발작 같은 극심한 복통에 깼고, 진통제의 막이 점점 투명하게 걷히는 것 같아 몸을 일으켰다. 문까지 가자마자 홀리안이 달려왔고, 대기실로 나가기 직전에 손톱에 샤넬 로고를 박은 여자가 말했다. 분명 아플 거예요, 아마 오늘 지나고 사나흘은 더 아프겠죠. 그렇지만 자기, 건물을 나갈 때는 허리를 곧게 펴고 나가주셔야 해요. 특히 엘리베이터에서는 배를 부여잡아서도, 몸을 수그려서도 안 돼요. 부탁이에요, 이웃들 눈이 있잖아요.

병원까지 우리는 지하철을 타고 갔지만, 홀리안의 방으

로 돌아갈 때는 택시를 탔다. 옥탑방까지는 계단이 너무도 많았다. 병원에서 나올 때보다 통증은 더 심해졌다. 나는 훌리안의 침대에 누웠고 오후 1시 30분에 잠이 들었다. 우리는 바닥에 놓인 매트리스 위에서 함께 잠들었고 눈을 떴을 때는 이미 한밤중이었는데 오후 내내 비가 내린 모양이었다. 나는 그 일이 훌리안에게도 영향을 끼칠 거란 생각은 하지 못했었는데, 당구를 보면 가끔은 예상치 못하게 한 공이 다른 공을 치기도 하는 것처럼 그에게도 무슨 영향을 끼쳤는지, 훌리안은 초에 불을 붙여 예전에 집 아래 구멍가게에서 사 마셨던 포도주의 빈 병에 넣었다. 그러고는 내 눈을 피하면서 책임질 준비가 되어 있지 않아 미안하다고 사과했다. 그의 사과는 당황스러웠는데, 나는 애초에 책임을 요구한 적도 없었던 까닭이다. 그는 피에드라스네그라스에 사는 어머니의 전화를 기다리던, 그러나 전화는 결국 걸려 오지 않았던 어느 주말의 이야기를 들려주었다. 훌리안의 어머니는 그를 아버지의 손에 맡겼고, 우리 둘이 방금 겪은 일이 그로 하여금 죄책감을 느끼게 한 모양이었다. 마치 저 자신이 어릴 적 그에게 상처를 주었던 어머니가 되기라도 한 듯. 나는 내 결정에 슬픔이나 죄책감은 느끼지 않았다. 그저 몸이 지독하게 아팠다. 나중에 돌아보니 처음 몇 시간이 최악이었다. 수술 전에 마시지 못했던 코카콜라가 훌리안에게 있었고, 그게 내가 그날 낮과 밤을 통틀어 유일하게 삼킨 것이었다. 나는 다시 잠에 빠져들었고 이튿날 레안드라의 전화가 올 때까지 뻗어 있었다.

나는 차를 집에 두고 나온 터였다. 동생은 내가 친구네 집에 있는 줄 알고 차를 자기가 써도 되겠냐고, 물론 운전은 다른 사람이 할 거라고, 또 나중에 집에서 저녁을 먹을 거냐고 물었다. 훌리안은 도서관에 가고 없었고, 동생과 통화 중에 훌리안이 남긴 곧 돌아오겠다는 쪽지를 읽었다. 토요일이었고, 출근하지 않아도 되는 날이라 원한다면 온종일 침대에 있을 수도 있었다. 목소리를 들으면서도 동생의 말에는 집중할 수가 없었고, 간밤의 꿈이 떠올랐다. 나는 낯선 집 안에 있었는데, 지극히 평범해 보이는 집을 나서는 순간 벽을 통해 내부가 보인다는 사실을 깨달았다. 나는 다시 안으로 들어갔다. 누구인지도 모를 남의 집이었지만 어째서인지 나는 그곳에 혼자 있었다. 벽이 투명해지기 시작하는 게 보였고 천장은 유리였다. 나는 아무도 나를 보지 않을 거라고, 주변에 아무도 없다고 생각했는데 갑자기 모르는 십대 청소년 세 명이 지나가다가 안을 들여다보았다. 그들이 나를 가리켰고, 한 명이 나를 보며 비웃었다. 정원에는 스프링클러가 있었는데 그걸 보고 있으면 마음이 편해졌다. 어디선가 개 한 마리가 나타나더니 스프링클러 주위에서 놀기 시작했다. 그때 나는 투명한 집 안에서와는 달리 지독하게 혼자가 아니라는 사실을 깨달았고, 함께 있기에 개가 좋은 상대라고 느껴졌다가, 이내 최고의 상대라고 느껴졌다. 나는 투명한 집으로 돌아가지 않았고 개는 정처 없이 걷는 나를 따라나섰다. 레안드라가 전시회에 누가 올 건지 이야기하는 동안―모르긴 몰라도 예술가 몇 명, 갤러리 운영자들과 하신타가 아는 기자들, 내 동생의 친구의 친구들이 오는 듯했다―그 이야기를 듣고 있자니 마치 그 전화가 내 꿈과 현실 사이의 관계를 명백히 보여주기라도 하듯, 케이블을 연결하니 다른 광경이 펼쳐지기라도 한 듯, 돌연 병원에서 내가 서류에 동생의 이름을 적은 것이 내 속을 시끄럽게 하던 상황에서 숨으려는 반사적인 반응이었다는 사실을 깨달았다. 간밤의 꿈속 집에서 내가 불편했던 건 벽이 투명해서였고, 동생의 목소리가 배경음악처럼 깔리는 걸 듣고 있자니 그 조악한 거짓 속에 사는 것보다 차라리 밖으로 나가는 편이 낫겠다는 생각이 들었다. 숨을 곳이 없었다. 이런 일을 겪은 후에는 더더욱 숨을 곳이 없는 법이었다. 게다가 나는 숨고 싶지도 않았고, 레안드라의 말을 귀담아듣고 있지는 않았지만 동생의 목소리를 듣고 있다는 사실이 중요했다. 나는 왜 동생 이름 뒤로 숨었던 걸까? 왜 나는 아무 말도 하지 않은 걸까? 내 결정이 부끄러워서 그랬나? 내가 왜 스스로를 설명해야 하지? 나는 자다 깨다 하며 배가 고파서 깰 때까지 다시 잠드는 회복의 하루를 보내고 그날 밤 집으로 돌아갔다. 월요일에는 다시 학교에 갔고, 수업이 끝나고 신문사로 가는 길에 유기

마녀들

견 보호소 두 군데에 전화를 걸었다. 며칠 후, 집에 가는 길에 나는 한 살 정도 되었을 강아지 한 마리와 함께였다. 유도된 출혈 이후로 늦어졌던 생리가 이내 제 주기를 되찾았다. 레안드라가 강아지를 만났을 때 엄마는 아직 직장에서 돌아오기 전이었다. 동생에게 보호소에서 만난 다른 개들에 대해 자세하게 이야기하면서 마음에 들었던 다른 개의 생김새를 묘사하는 동안, 레안드라는 방금 걸레질을 마쳐 미끄러운 부엌 바닥에서 휘청거리던 내 강아지를 보고 룸바라고 부르기 시작했다. 그날로부터 며칠 후, 나는 동생에게 임신중절수술을 받았다고 이야기했다. 언니, 나한테 말했어야지, 그럼 같이 갔을 거 아니야. 동생이 말했다.

여러 해가 지난 지금까지도 나는 한 번도 후회한 적 없다. 후회는커녕, 나는 또 같은 결정을 내릴 것이다. 훌리안의 죄책감은 금방 사라졌다. 우리가 대화를 나누지 않은 지는 꽤 오래됐다. 연락이 끊긴 이유라면 그가 아버지와 함께 살기 위해 치와와로 떠난 것도 한몫했고, 또 한편으로는 그저 운명이 그렇게 흘러간 것이기도 했다. 그런데 내 서른세 번째 생일이 막 지났을 무렵, 신문사에서 누군가 근처 식당에 음식을 주문했고, 열네 살 혹은 열다섯 살 정도 되어 보이는 소년이 베이지색 멜라민 그릇과 컵, 노란 푸딩이 담긴 쟁반을 들고 나타나 우리에게 나눠 주었다. 소년이 움직이는 모습은 어딘지 훌리안을 떠올리게 했고, 내가 만약 열아홉에 아들을 낳았더라면 저 소년 또래일 거라고, 저 배달부 소년처럼 움직였을 거란 생각을 한 건 그때가 유일했다. 소년이 움직이는 모습을 지켜볼수록 낳은 적 없는 훌리안과의 아들이 꼭 저런 모습이었으리라는 확신이 들었다.

나는 언제나 임신을 하려면 그저 부주의하면 되는 거라고, 그렇게 석 달 정도 지나면 손에 두 줄이 그어진 임신 테스트기가 들려 있으리라고 생각했지만 펠릭스를 임신했을 때는 상황이 달랐다. 두 번 다시 같은 일을 겪지 않으려고 얼마나 오랜 시간을 조심하며 살았는지, 임신하기까지 몇 년이 걸리리라곤 상상도 못 했던 것이다. 이런 이야기를 엄마와도 몇 번 한 적이 있었는데, 그럴 때마다 엄마는 똑같은 문장으로 대화를 끝내곤 했다. "조에, 꽃을 잡아당길 수는 있지만 그렇다고 꽃이 더 빨리 자라는 건 아니란다." 엄마에게는 대화를 끝내고 싶을 때 셔터를 내리고 자물쇠를 잠그는 것처럼 쓰는 특유의 문장이 대여섯 개 있는데, 아빠와 레안드라와 나는 그걸 너무도 잘 알았다. 마누엘과 내가 피임을 하지 않던 몇 해 동안 나는 내가 임신을 하게 될지 아닐지 몰랐고, 엄마에게 말할 때마다 그 대화는 꽃 어쩌고 하던 엄마의 문장으로 끝이 났다. 몇 번은 엄마에게 엄마의 선견지명을 발휘해서 내가 임신을 하게 될지 아닐지 말 좀 해달라고 부탁한 적도 있다. 특히 임신 가능성 자체에 의문을 품기 시작했을 때, 의학

마녀들

적 해답을 찾기보다는 전부 잘될 거라는 엄마의 말을 듣고 싶었는데, 엄마는 눈을 감고 접신을 해볼 테니 기다려보라고 하고는, 그 빌어먹을 꽃 어쩌고 하는 말을 되풀이하는 것이었다. 내 얼굴을 보고 엄마는 웃음을 터뜨리며 늘 하던 말을 내뱉었다. "삶이 언제나 소비의 법칙대로 굴러가는 게 아니라는 걸 너도 이제 배울 때가 됐다, 조에. 게다가 신탁이라는 건 존재하지 않아. 일어날 일은 일어나야 할 때에 일어날 거다."

그런가 하면 언젠가 엄마를 만나러 집에 갔을 때 문을 열어주면서 어머, 어머, 우리 딸, 임신했구나, 수월하게 지나갈 거란다, 하고 말했던 것도 엄마였다. 아직 임신을 확인하기에는 너무 이른 시기였고, 특별히 몸이 이상하다거나 다르게 느껴지지도 않던 때였다. 그달에는 마누엘이나 나나 직장에서 너무 바빴던 터라 임신 가능성도 거의 없었는데, 몇 주 후 나는 엄마에게 전화를 걸어 테스트기에 분홍색 두 줄이 떴다는 사실을 알렸고, 엄마는 차분하게 답했다. "안다, 조에, 건강하고 예쁜 사내아이구나. 첫 손주라니, 네 아버지가 하늘에서 정말 기뻐할 거야." 임신은 마누엘과 나에게 무척이나 기쁜 소식이었다. 그날 밤 마누엘이 인터넷에서 유아차를 찾아보던 것이, 그 모습이 얼마나 다정하게 느껴졌는지 기억나는 한편, 내 아들 펠릭스가 아들이리란 사실을 엄마가 어떻게 그렇게 확신할 수 있었는지, 그게 예견이었는지, 직감이었는지, 대관절 무엇이었는지는 전혀 모르겠다.

　당시 사진을 배우던 레안드라는 어느 여자애와 사귀기 시작했다. 아나는 레안드라가 일하던 치과의 원장 동생이었다. 치과에서 오가며 몇 번 만났던 둘은 어느 파티에서 우연히 마주쳤고, 그때부터 만나는 사이가 된 것이었다. 아나는 수의사였고 우리보다 몇 살 위였다. 학사 과정을 마치기 위해 경마장에서 말을 돌보는 실습을 하는 중이었다. 검은 머리는 거의 늘 하나로 묶었고, 파랗게 염색한 앞머리는 옆으로 넘기고 다녔다. 뿔테 안경 너머로 누군가와 눈을 마주칠 때면 안경이 흘러내리지 않더라도 안경을 콧등 위로 올리는 버릇이 있었는데, 마치 노출되었다고 느끼는 듯했다. 굵은 팔뚝에는 두드러기가 올라와 있었고, 동그랗고 커다란 예방접종 흉터가 남아 있었다. 아나는 쉽게 얼굴이 빨개졌고 낮은 목소리로 천천히 말했다. 레안드라의 목소리도 낮은 편이었고, 특히 그 시절에는 더 낮았는데, 아나만큼은 아니었다. 동생의 목소리는 존재감이 뚜렷했다. 그 애의 웃음에는 전염성이 있었고, 어느 곳에서든 공간을 채웠다. 레안드라는 열일곱 살 무렵에는 발가벗고 욕실과 방을 오갔는데, 자기 몸에 편안함을 느낀다는 것이 그 애의 웃음에서 느껴졌다. 학교에 불을 질렀던 시절, 열세 살의 동생은 제법 대담한 발언을 하곤 했지만 목소리는 더 작았다. 시간이 흐르며 자신감이 생긴 것인데, 마치 어릴 적에는 글씨를 작게 쓰던 사

마녀들

람이 나중에는 글씨가 공책 칸에 들어맞든 아니든 그다지 개의치 않고 둥글고 크게 쓰는 것과도 같았다. 한편, 나는 언니로서 동생에게 도움이 필요해 보일 때면 도와주려던 것이 기억난다. 하루는 아빠가 차를 고치면서 레안드라에게 부품 몇 개를 가져다 달라고 부탁한 적이 있는데, 혼자서는 가져오지 못할 것 같았다. 그때 아빠가 자동차 밑에서 두더지처럼 튀어나오더니 큰딸, 도와주지 말거라, 레아는 뭐든지 혼자 할 수 있단다라고 말했다. 아빠의 그런 말이 레안드라에게 단단한 기반이 되었으리라. 어쩌면 그애의 자신감을 더 키워준 걸지도 모른다. 열일곱이 됐을 무렵, 레안드라는 이제 열세 살 때처럼 관심을 끌 필요성을 느끼지 않게 되었던 것 같다. 스스로 안정감을 느끼는 듯 보였다.

동생의 여자 친구는 정반대였다. 겉으로 드러나는 자기 존재에 부끄러움을 느끼는 것처럼 보였는데, 마치 연필로 종이 위를 스치며 쓴 글씨처럼 알아듣기 어려운 느리고 낮은 목소리와 특유의 조용함으로 스스로의 존재를 지우려 애쓰는 듯했다. 어느 토요일, 레안드라가 전화를 걸어와 아나가 팔에 문신을 하나 새겼다고, 자기도 곧 할 거라고 말했다. 그날 오후 홀리안과 나는 그 둘과 영화관에 갔다. 예방접종으로 생긴 둥근 흉터 아래 새긴 아나의 문신은 플라스틱 랩과 거즈로 덮여 있었던 까닭에 보지는 못했다. 둘은 가야 할 파티가 있었고 우리도 다른 파티에 가야 했지만, 흩어지기 전에 함께 저녁을 먹으러 갔다. 함께 저녁을 먹으면서 나는 내 동생과 아나의 관계를 더 가까이서 관찰할 수 있었다. 레안드라는 미래에 관해서라면 거의 아무것도 확신하지 못했는데, 내 동생의 그런 점이 자기 자신 말고는 거의 모든 것에 확신이 있는 아나에게 매력으로 작용한다는 것이 분명해 보였다. 동생이 아무렇지 않게 성적인 발언을 했고, 아나는 동생에게 화를 냈다. 레안드라가 아나에게 입을 맞추자 옆 테이블에서 아이에게 수프를 먹이던 어느 아주머니가 보란 듯이 눈살을 찌푸렸고, 그걸 보고 레안드라는 화장실 가는 길에 저 아줌마한테 키스해버려서 충격을 가시게 해드려야겠다고 말했다. 나는 화장실 가는 동생의 뒤를 따랐다. 그 무렵 동생은 손을 씻은 다음 손가락으로 머리를 빗으면서 물기를 말리는 버릇이 있었는데, 그러면서 언니, 일석이조야, 한번에 머리도 빗고 손도 말리는 거지라며 말하곤 했고, 화장실을 나설 때면 동생의 긴 앞머리는 옆으로 넘겨져 있었다. 동생은 가르마를 옆으로 바꾸면서 아나를 어떻게 생각하냐고 물었다. 아나와 나는 딱히 대화를 주고받진 않았지만, 그 애가 마음에 들었다. 나는 동생에게 행복하냐고 물었고, 동생은 바지 주머니에서 립스틱을 꺼내 바르면서 말했다. 손가락질하는 저 아줌마는 엿이나 먹으라지, 남 재단하기 좋아하는 인간들은 다 엿이나 먹어야 돼. 여자 친구한테 키스하는 게 얼마나 좋은지 저 인간들은

마녀들

모르지, 자기들 마음에 안 드는 걸 보면 꼭 면상을 저 따위로 찌푸려야 성이 차나 봐. 아나 문신 어때? 레안드라가 휴대폰에 있는 그림을 보여주며 물었다. 인터넷에서 찾은 만화 그림으로, 작은 강아지 얼굴이었다. 단순한 선 서너 개로 내가 그려주고 싶었는데, 지금 결과물도 마음에 들어, 동생이 말했다. 얼마 지나지 않아 동생은 첫 문신을 새겼다. 아빠와의 약속은 지킨 것이다.

　레안드라는 팔 어느 쪽에 첫 번째 문신을 새길 건지 손가락으로 가리켜 보였고, 우리 테이블로 돌아가는 길을 앞장서며 말했다. 언니도 하나 해야 돼, 후회할 만큼 끔찍한 문신으로 나중에 시체 안치소에서 튀면 좋잖아. 개같이 망해서 통닭구이처럼 보이는 빌어먹을 벅스 버니 문신이라든가. 그러면 적어도 똑같은 문신은 어디에도 없을 테니까. 안치소는 마침내 우리 모두가 동등해지는 곳이잖아, 거기서 누군가 문신을 보고 자기 친구에게 이것 좀 봐, 죽인다, 이 사람은 팔에 빌어먹을 통닭구이 문신을 했네라고 말하고 친구는 아, 통닭 좋지, 아보카도 토스트에 올려 먹으면 죽이잖아라고 말하는 거야. 그러고는 둘이서 통닭구이 이야기를 하는 거지, 언니의 개같이 망한 벅스 버니 문신 때문에 말이야. 문신은 망했어도 언니는 안치소에서 튀게 될 거고, 다른 사람들을 잠시 즐겁게 해주는 거지. 멋지지 않아?

　레안드라는 그룹 전시회에 아나를 데려갔다. 전시회에

함께 참여한 사진가 한 명이 레안드라와 시시덕거렸다. 나중에 알고 보니 남자는 서른한 살이었는데, 당시 우리에게는 노인네처럼 느껴졌다. 갓 성인이 된 레안드라에게 추파를 던지다니, 훌리안과 나는 그 남자의 연애 사업 상태를 두고 다양한 가능성을 추측했다. 그 짧은 순간은 아나가 길길이 날뛰기에 충분했다. 아나와 레안드라는 구석에서 다투었고, 아나가 어쩔 줄 모르며 안경을 치켜올리는 동안 동생이 미소를 지으며 아빠에게 물려받은 곱슬머리를 한쪽으로 쓸어 넘기던 게 기억난다. 내가 있던 곳에서 보기에는 레안드라는 아나가 연출하는 질투 드라마에 휘말릴 생각이 전혀 없어 보였고, 전시회 이외의 것에는 무엇에도 관심이 없어 보였다. 그곳에서 레안드라는 행복했고, 그 누구일지라도 제 파티를 망치게 두지 않을 작정이었다. 아나는 얼굴이 시뻘게지도록 씩씩거리며 화장실로 갔고 그 이후 전시회장에서 자취를 감췄다. 그 전시회는 내 동생 커리어의 첫걸음으로, 동생에게 무척 중요한 날이었다. 어쩌면 우리 모두 청소년기에 그런 순간이 있었을지도 모른다. 미래에서의 부름, 앞날로의 초대, 우리의 길을 결정짓는 어른의 한마디 같은.

그날 밤 레안드라의 사진 한 점을 잡지에 싣고 싶다며 다가온 남자가 있었고, 영국 억양이 강하게 섞인 스페인어를 유창하게 구사하며 레안드라의 작품에 관해 이야기를 나누던 키 작은 금발 여자도 있었다. 아나는 질투와 함께 사라진 존재가 되었다. 동생이 노래하는 듯한 목소리로 이야기하는 키 작은 금발 여자와의 대화를 즐기는 듯 보였기에 나는 자리를 떴고 엄마와 훌리안에게 갔다. 둘은 각자 포도주 잔을 하나씩 들고 정처 없이 맴돌고 있었다. 몇 해가 지난 후, 그날 전시회에서 동생과 이야기를 나누었던 여자가 동생을 수소문했고, 동생의 초기작을 구매했다. 여자는 라틴아메리카 여성 예술가들의 작품을 모으는 수집가로, 그녀의 컬렉션은 전 세계 곳곳의 박물관에 흩어져 있었는데, 그런 사람이 내 동생의 초기작을 구매한 것이었다. 하신타는 내 동생이 그 여자와 이야기를 나누었다는 사실에 무척 감격했다. 하신타는 둘의 대화가 끝나고 나서야 키 작은 금발 여자가 런던의 빅토리아 앨버트 박물관 근처에 소유한 거대한 저택에서 전설적인 저녁 파티를 여는 바로 그 수집가라고, 내로라하는 예술가들과 갤러리 주인들이 그녀를 사랑하고 그녀의 환심을 사려고 애쓴다고 알려주었다.

그녀의 어마어마한 파티에 몰래 들어간 사람을 알았던 하신타는 그녀가 보유한 라틴아메리카 여성 예술가 작품 컬렉션이 굉장하다는 사실을 들어서 알고 있었다. 그런가 하면 그녀는 라틴아메리카 문학의 초판본 컬렉션도 보유하고 있었는데, 그녀의 딸이 작가가 되고 싶어 한 까닭이었다. 수집가는 부에노스아이레스 여행 중에 딸을 낳았고, 딸의 국적은 영국이었지만 스페인어를 완벽하게 구사한다는 사실까지 하신타는 알았다. 몇몇은 사람들에게 들은 내용이었고 몇몇은 슈퍼마켓 계산 줄에서 들춰보던 잡지에서 읽은 내용이었는데, 그녀가 멕시코에 있는지 몰랐음에도 각종 유명 인사들과 찍힌 수집가의 사진들을 여태 봐왔던 터라 그날 밤 그녀를 알아볼 수 있었던 것이다.

레안드라가 우리에게 왔을 때, 엄마는 네 친구 아나는 어디에 있냐고 물었다. 그 전까지 아나를 언급할 때면 이름으로만 부르던 레안드라가 답했다. 엄마, 걔 내 친구가 아니라 여자 친구예요, 아무것도 아닌 일로 질투하더니 지금은 가고 없지만요. 우리 넷은 시내에 있는 작은 카페로 향했고 저녁으로 진한 코코아차에 추로스를 찍어 먹었다. 엄마는 예전부터 근처에 갈 일이 있을 때면 우리를 그 작은 카페에 데려가는 걸 좋아했다. 엄마의 아버지가 어린 엄마와 엄마의 형제자매를 데리고 가던 곳이었다.

테이블에서 레안드라는 아나가 왜 그렇게 질투를 한 건지 영문을 모르겠다고, 모든 걸 그렇게 심각하게 받아들이지 않을 수는 없는 거냐고 말했다. 그러더니 훌리안을 보면서 말을 이었다. 오빠는 걔가 어떤지 상상도 못 할걸요, 그냥 안으로 꼭꼭 숨어버려요. 뭐 당연히 모든 걸 망치는 건 늘 내 쪽이고 걔는 잘못하는 법이 없는 성인군자이긴 하지만요. 동생은 아나의 문자메시지에 답장하지 않았다. 훌리안과 엄마가 대화를 나누는 동안 레안드라와 나는 그날 밤 레안드라와 시시덕거렸던 사진가의 사생활이 어떨지 추측했다. 그러던 중 레안드라의 휴대폰이 울렸고, 레안드라가 보더니 말했다. 무슨 번호로 전화하는 건진 몰라도 분명 아나일 거야, 바로 돌아올게. 몇 분 동안 나가 있던 레안드라가 돌아오더니 작은 소리로 말했다. 그 아저씨야, 하신타에게 내 번호를 물어봤대. 전화로 남자는 레안드라에게 왜 인사도 없이 갔냐고, 언제 한번 만나는 게 어떻겠냐고 물어봤다고 했다. 그날 밤 내 동생은 행복했고, 그런 그 애의 기분은 마치 주위의 모든 쇠붙이를 끌어당기는 자석과도 같았다.

15

내가 환영을 본 건 어릴 적부터입니다. 내 환영은 꼭 영화처럼 펼쳐지지요. 여기 산펠리페에는 극장이 없지만 도시에서 몇 번 가본 적이 있어요. 처음 갔을 때는 영국인 몇 명과 함께였는데, 내가 나온 영화를 보여주려 도시의 극장에 나를 데리고 갔던 겁니다. 영국인들은 여기 우리 마을에 와서 함께 밭을 걸으며 시간을 보냈고, 함께 담배를 피웠고, 내 동생 프란시스카가 만드는 음식을 함께 먹었고, 내게 이런저런 질문을 했지요. 지금 조에 양이 그 기계를 써서 나한테 묻는 것처럼요. 그들은 커다란 장비를 가져와 나를 촬영했습니다. 통역사들도 데려왔지요. 밭에서 일하는 아폴로니아와 아파리시오도 촬영했고, 아니세타와 프란시스카는 촬영을 거부했습니다. 영국인들은 팔로마에게도 질문을 던졌고, 팔로마는 대답했지요.

통역사가 말을 끝맺으면 팔로마는 카메라에 더 담기려고 저 혼자서 질문을 더 주고받았고요. 그들은 내가 아픈 소년에게 약초로 의식을 집전하는 모습도 촬영했고, 나를 따라 언덕에 약초를 캐러 가기도 했지요. 현명한 의사들이 고치지 못하는 고통에 시달리는 소년을 위한 약주를 만들기 위해서였습니다. 영국인들은 내가 그 소년을 어떻게 치유하는지 보고 싶어 했어요. 나는 그들 모두에게 담배와 우리 아버지가 좋아하던 달콤한 커피를 대접했고, 아폴로니아가 음식을 대접했지요. 영국 신사들이 아폴로니아를 보고 아름답다고 했다고 통역사가 전해주더군요. 아니세타는 생쥐처럼 가게에 숨어버렸어요, 집에 온갖 기계와 사람이 가득했던 까닭이지요. 내 동생 프란시스카는 아파리시오와 함께 밭에서 수확 중이었고, 팔로마는 통역하는 소년을 웃게 만들고 있었어요. 영국인들이 데려온 그 삐삐 마른 청년은 살짝 이는 바람에도 비닐봉지 날아가듯 날아갈 것처럼 보였습니다. 바람이 불면 날아갈 것 같던 그 청년은 팔로마 때문에 웃느라 정신을 못 차렸고, 얼굴이 쉽게 빨개졌는데, 팔로마가 밤일 이야기를 꺼내자 통역사 청년의 얼굴은 홍당무가 되고 말았지요. 한번은 영국인들이 그 커다란 기계 장비를 준비하고 있을 때 팔로마가 청년에게 말한 적이 있어요. 자기, 나는 예의 바르게 행동하려고 섹스를 한 적이 있어, 내가 워낙 예의가 바르니까, 한번은 집에서 남자를 내쫓지 못하겠는 거야, 그래서 그이에게 말했지, 원한다면 머물러도 좋아요, 자기. 그리고 당연히, 예의를 차려야 하니까 내 온기를 나누어 주게 된 거지. 때때로 과달루페는 산에 가야 했는데, 그럴 때면 집을 팔로마에게 맡겼습니다. 그는 다른 무셰들과 밤을 보내지 않았어요, 그럴 필요를 느끼지 못했던 거지요. 어떤 사람은 그럴 필요를 느끼고 어떤 사람은 느끼지 못하는 겁니다. 많은 사람들을 보아와서 알아요. 과달루페는 다른 사람들과 밤을 보낼 필요를 못 느꼈을 뿐더러 밤일이란 그에게 중요한 문제가 아니었습니다. 팔로마는 다른 남자들과 보내는 밤에 대해서 그에게 이야기하지 않았고, 그렇게 행복하게 지냈지요. 팔로마는 과달루페와 한집에 사는 것도 좋아했고 다른 남자들과 만나는 것도 좋아했으니까요. 팔로마는 통역사 청년에게 재빨리 밤일 이야기를 들려주었고 청년은 그녀가 무셰라는 걸 알아봤어요, 바로 알아볼 수 있었지요. 팔로마는 청년을 닭장 안에 가두고 모이를 뿌리고 있었던 겁니다. 그가 하나라도 쪼아 먹나 보면서요. 하지만 청년은 그저 얼굴만 빨개질 뿐이었지요.

아폴로니아는 스페인어를 약간 말할 줄 알게 되었고, 팔로마도 통역사와 스페인어로 대화했습니다. 그렇게 그들은 영화를 찍겠다고 영국인들을 데리고 마을에 온 남자와 대화한 겁니다. 아니세타도 스페인어를 익혔지만 아무 말도 하지 않았고, 아파리시오는 오로지 나쁜 말만 내

뱉었고 아무도 그의 말을 알아듣지 못했어요. 통역사 청년은 영국의 한 대학에서 언어를 전공하는 학생이었는데, 이곳의 언어를 아주 잘 구사하더군요. 조에 양도 알다시피 절벽 너머에서는 다른 말을 쓰고, 강 너머에서는 또다른 말을 쓰지요. 산 너머에서는 또 다른 말을 쓰겠고요. 그래서 통역사 청년이 여기서는 쓰지 않는 단어를 말하기도 했지만, 나는 보통 사람들이 데리고 오는 통역사들의 말을 알아듣습니다. 게다가 이 청년은 대학에서 마사텍어와 사포텍어, 믹세어로 된 시를 영어로 번역하고 있더군요. 가시처럼 빼빼 마른 청년은 말할 때 얼굴이 빨개졌고, 마을에서 산 샌들에 하얀 양말을 신고 있었지요. 나는 청년에게 말했습니다. 샌들에 왜 양말을 신지요, 타코를 먹을 때도 포크와 나이프를 쓰나요? 하지만 이튿날, 키가 너무 커서 고개를 숙이고 우리 집으로 들어오는 청년의 손에는 나를 주겠다고 마을에서 산 무언가가 들려 있었습니다. 그래서 나는 청년의 양말에 대해 더 이상 왈가왈부하지 않기로 했지요. 통역사 청년의 의도는 선한 것이었으니까요. 청년은 우리의 물건을 사용할 줄은 몰랐지만, 이곳 출신인 것처럼 우리의 언어를 말할 줄은 알았습니다. 그렇게 금발의 길쭉한 모습으로 이 산에서 태어난 것만 같았지요, 외지 사람 중 그 청년만큼 우리 언어를 잘 구사하는 사람은 없었습니다.

영화에는 팔로마도 출연했고, 그녀 덕분에 무셰들이 극

장을 가득 채워줬지요. 우리가 도시로 영화를 보러 갔을 때, 그녀들이 특유의 활기로 열렬히 환호해주었습니다. 극장에 가는 길에 팔로마가 어찌나 차려입었는지, 또 내 딸 아폴로니아를 어찌나 꾸며주었는지 상상도 못 할 겁니다. 통역사 청년은 나와 함께 갔고, 우리 옆에 앉아서 영화가 시작하기 전 사람들의 말이며 영화가 끝난 후 이어진 질문들과 영국인 감독의 답변을 전부 통역해주었습니다.

영화는 밭에서 담배를 피우는 내 모습으로 시작하는데, 내 모습을 극장 스크린으로 보자니 기분이 무척 묘하더군요. 어떻게 설명하면 좋을까요. 팔로마가 우리 집에 거울들을 설치하고는 말했지요, 펠리시아나, 자기네 딸들이 얼마나 아름다운데, 프란시스카와 자기도 얼마나 아름다운데 그렇게 소 방귀 같은 몰골로 밖에 나가면 못써. 어쩜, 자기들이 얼마나 빛나는지도 모르고 말이야. 나는 팔로마가 집에 설치한 거울들이 아름답다고 생각했습니다. 거울에 비치는 내 모습을 볼 수 있기 때문은 아니에요, 내 모습을 보는 것에는 관심 없어요, 다만 거울에 모든 것이 비치는 게 아름다워 보였던 겁니다. 마치 거울을 신께서 빚으신 것만 같았지요. 돌을 만들고 흐르는 강을 만드신 것처럼, 우리를 비추는 거울 또한 신의 작품처럼 보였습니다. 스스로의 모습을 거울 속에서 보는 것과 영화 속에서 보는 것은 아주 다릅니다만, 의식에 임할 때 우리는 거울처럼 가까이서 비춰집니다. 꿈속에서 우리는 움직이는 우리 모습을 보고 우리가 하는 일을 보지요. 꿈속에서 스스로의 모습을 보는 기분은 이상합니다. 가까이 다가가도 손에 쥘 수가 없으니까요. 꿈속에서 본 것은 아무것도 가져올 수 없습니다. 꿈은 상(像)이기 때문입니다. 영화 속에서는 한 장면 뒤에 다른 장면이 이어지고 또 다른 장면이 이어지고 또 다른 장면이 이어지지요. 그리고 꿈에서와 마찬가지로 아무것도 손에 쥘 수 없습니다. 하지만 영화에서 우리가 보는 모든 장면은 화면 속에서 일어난 일이고, 우리는 우리가 보는 모든 장면을 경험하게 되는 겁니다. 내가 보는 환영 또한 그러합니다. 꿈은 새처럼 가볍고 빠르게 잊힙니다, 꿈은 날아가기 때문이지요. 하지만 우리는 영화에서 본 장면은 쉽게 잊지 못합니다. 우리가 경험한 것이기 때문이지요, 환영 역시 그러합니다. 우리는 경험한 환영으로부터 아무것도 가져올 수는 없지만, 환영이 전해주는 메시지는 받아 올 수 있습니다. 우리가 이 삶에서 아무것도 가져가지 못하는 것과 똑같아요. 이 땅 위의 만물은 우리의 것이 아니고 신께서 우리에게 빌려주신 거니까요. 우리가 가진 모든 것에는 신의 이름이 새겨져 있고, 이 세상을 떠날 때는 그 모든 걸 뒤로하는 겁니다. 모든 건 빌린 것이니까요, 그리고 만일 무언가 가져가는 게 있다면 그건 신의 메시지일 겁니다. 그 메시지는 의식을 통하여 볼 수 있지요.

팔로마는 행복했어요. 팔로마가 말했습니다. 펠리시아

나, 자기, 나 꼭 잘나가는 영화배우 같지, 영화에서 나는 내게 흐르는 치유자의 피를 물려준 우리 아버지 이야기를 하잖아, 그런데 내 피에 흐르는, 이 세상을 달콤하게 만드는 설탕은 내 사탕수수에서 내가 직접 기른 거거든, 자기, 저이들이 나를 주인공으로 하는 연속극을 만들어줘야 할 텐데 말이야, 아니세타가 가게에서 다른 여자애랑 보는 텔레비전 연속극 같은 거 말이야, 무도회에서 내 모습을 저 영국인들이 봐야 하는데, 자기, 저 영국인들을 무도회에 초대해야겠어, 내가 춤추는 걸 보여줘야지, 나는 젖은 장작도 타오르게 하거든. 아니세타는 내 동생 프란시스카와 마찬가지로 영화에 대해서는 일언반구도 없었고, 아파리시오는 자기 목소리가 영화에서처럼 여자애 같지 않다고 투덜거렸지만, 그 말을 내뱉는 목소리도 변하는 중이어서 또 심통이 났지요. 나는 아이들이 도대체 어떻게 죽은 가족들을 그렇게 닮는지 모르겠습니다. 아파리시오가 목소리 때문에 심통이 난 것처럼, 니카노르 역시 전쟁에서 돌아왔을 때 꼭 저렇게 심통이 나 있었거든요. 팔로마가 내게 말했습니다. 펠리시아나, 그 영화가 자기를 유명하게 해준 거야, 그래서 전 세계 각지에서 저렇게 잘생긴 남자들이 오게 된 거고. 자기를 만나러 온 남자들이 얼마나 잘생겼는지 몰라, 사진기를 하나 사다가 저이들 사진을 찍어서 시장에 내다 팔아야겠어, 내 빨간 입술로 키스 자국도 남겨서 팔면 더 비싸게 팔릴 거야, 자기.

많은 사람들이 나를 만나러 왔습니다. 다른 언어를 말하는 그 사람들은 머나먼 땅에서부터 물어물어 나를 찾아온 겁니다. 전 세계에서 사람들이 왔지요, 영국과 미국의 대학교 사람들이 나를 찾아왔고, 일본에서도 버섯에 대해 가르쳐달라며 나를 찾아왔습니다. 그들이 일본에서부터 데려온 통역사는 몸집이 나만 했는데, 머리카락이 꼭 구름 한 점 없는 밤하늘처럼 반짝이는 여자였습니다. 그녀가 내게 물었지요. 펠리시아나, 버섯을 어떻게 돌보아야 일본의 우리 실험실로 가져갈 수 있을까요, 진지하게 말하는 그녀는 내 아들 아파리시오가 밭 옆 구덩이에 들어가 있었을 때처럼 심각한 얼굴이었습니다. 버섯을 연구하러 온 남자들은 일본어로 통역사에게 무어라 말을 전했습니다. 그들은 일본으로 돌아가 대학교 실험실에서 버섯을 키울 수 있는 법을 배우고 싶어 했지요. 나는 구름 한 점 없는 밤하늘처럼 반짝이는 머리카락을 지닌 통역사에게 말했습니다. 오히려 정반대입니다. 버섯이 여러분을 돌보아줄 겁니다. 일본으로 가져가세요, 나 대신 버섯이 여러분을 돌보아줄 테니까요. 그러자 일본인들은 웃었습니다. 통역사가 그들에게 말을 전했고, 그들은 웃었어요. 내 말을 알아듣지 못한 겁니다. 하지만 내 몸집만 한 통역사는 진지했고 웃지 않았지요. 그녀는 마치 미사를 드리듯 내 말을 전부 전했습니다.

　　그런가 하면 유럽으로 나를 초빙하고 싶어 하는 사람

들도 찾아왔습니다. 그들은 말했지요. 펠리시아나, 대학교에서 강연을 해주세요, 사람들이 당신을 만나고 싶어 합니다. 팔로마가 내게 말했어요. 펠리시아나, 자기, 우리저 금발 백인들과 함께 가자, 과달루페한테는 우리가 타라우마라산에 아픈 노인들을 치유하러 가야 한다고 말할게, 하지만 그 대신 우리는 저 금발 백인들과 거닐면서 여기저기서 사진도 찍는 거야, 자기, 우리가 얼마나 예쁜지세상에 알리는 거야. 내게는 서류가 없었고 팔로마도 마찬가지였지만, 나를 찾아온 사람들이 나와 팔로마를 위해서류를 준비해주겠다고 했습니다. 나는 그들 모두의 말을경청했어요, 그들은 내가 유럽의 대학교들을 다니며 사람들에게 강연을 해줬으면 했지요. 그들의 의도가 선했기 때문에 나는 경청했습니다. 그들에게도 감사하고 신께도 감사한 마음이었지요. 하지만 나는 이곳에서 한 발짝도 나간 적이 없습니다. 이곳이 내 집이고 이것이 내가 하는 일이지, 강의실에서 사람들에게 이야기하는 것은 내일이 아닙니다. 나는 대학에서 사람들에게 강연하지 않습니다, 타지로 여행 같은 건 떠나지 않아요. 내가 하는 여행을 떠나기 위해서는 이 집을 나설 필요가 없습니다. 내가 하는 여행이란 언어로 떠나는 여행이니까요. 팔로마는 전 세계를 여행하고 싶어 했습니다, 그들이 가는 곳이어디든 가고 싶어 했어요. 그녀는 프랑스에서 온 사람들에게 과달루페와 자기를 데려가달라고 했고, 프랑스인들은 과달루페가 누구냐고 물었지요. 팔로마는 내 남편이라고, 그렇지만 자기는 혼자서도 갈 수 있다고 답했고요. 하지만 프랑스인들은 팔로마를 데려가고 싶어 하지 않았습니다. 팔로마의 칭찬이며 그녀가 그들에게 선사한 웃음도 소용없었지요. 내가 그들에게 말했습니다. 팔로마를 데려가세요, 내 피에 흐르는 건 그녀의 피에도 흐릅니다. 그녀 또한 내 할아버지와 내 증조할아버지에게서 나와 같은 능력을 물려받았고, 내가 아는 모든 것은 그녀에게 배운 겁니다. 책이 네 것이라고 내게 말해준 사람이 바로 팔로마입니다. 팔로마가 프랑스인들을 바라보았고, 나는 말을 이어갔습니다. 팔로마야말로 유럽의 강의실에서 사람들에게 가르칠 수 있는 게 많은 사람입니다. 우리 가족은 물론, 이곳 마을 사람들은 모두 팔로마에게 배웁니다. 하지만 프랑스인들은 그녀를 데려가고 싶어 하지 않았어요. 팔로마는 도와줘서 고맙다는 의미로 내 뺨에 입을 맞추었습니다.

그래요, 아르헨티나의 그 음악가 청년들도 왔습니다. 팔로마가 말하길 무척 유명한 음악가들이라더군요. 왜 그리 유명한 건지는 팔로마도 몰랐지만, 마을의 누군가가 그렇게 말해주었고 소문이 퍼졌기에 알았던 겁니다. 아르헨티나의 음악가 청년들이 올 거라는 소식을 듣자 도시 사람들까지도 우리 마을로 왔으니까요. 그 세 청년은 아가씨들에게 휘파람을 불었고, 수많은 젊은이들이 그들의 노래를 부르며 졸졸 따라다녔습니다. 아폴로니아는 그들의 음악을 몰랐지만, 그중 노래하는 청년이 인사를 건네자 긴장하더군요. 그들의 눈을 똑바로 보지 못했어요. 그들의 기운은 거대했습니다. 무거운 건 아니었지만, 강직함이 느껴졌지요. 사람들이 자기가 하는 일에 대해 말해주지 않더라도 나는 그런 힘을 볼 수가 있습니다. 아무 말이 없어도 기운이 드러나는 사람들이 있어요. 우리는 모두 태어날 때부터 고유의 기운을 지니고, 그저 바라만 보아도 그 기운이 보이는 사람들이 있지요. 내가 그들에게 집전한 두 번의 의식에서 본 바로는, 그들은 평범한 청년들이었지만 기운이 거대했습니다. 노래하는 청년의 기운이 가장 거대했고요. 사람들의 기운에서 내가 보는 건 창조의 기운입니다. 남들의 칭송을 받는 업적도, 박수갈채도 아니에요. 내가 보는 건 창조의 기운이고, 그것이 바로 내가 말하는 거대한 기운이라는 겁니다. 예술가들이 나를 찾아올 때면 나는 그런 기운을 빠르게 감지할 수 있지요. 한번은 도시에서 나를 만나러 온 시인에게서 그런 기운을 본 적이 있습니다. 위대한 기운을 풍기던 그 금발 백인 시인에게 내가 말했습니다. 당신 안에는 창조의 기운이 깃들어 있다고요. 창조의 기운을 지니고 태어나는 사람은 옷을 어떻게 입든 상관이 없습니다. 현명한 의사가 하얀 가운을 입는지의 여부는 중요하지 않아요, 치유의 기운을 지녔는지가 중요하지요. 중요한 건 그의 행동과 그가 세상에 내놓은 것들입니다. 그것들이 그를 강하게 하니까요. 사람들은 그의 강함이 어디에 기인하는지 알아봅니다. 세 명의 아르헨티나 음악가 청년들에게는 그런 기운이 있었고, 사이좋게 지내며 서로를 이해하는 게 느껴졌습니다. 청년들은 우리 집에서 그들이 아는 멕시코 노래 몇 곡을 연주했고, 팔로마도 함께 노래했습니다. 조에 양이 말하는 그 사진은 청년들이 데려온 다른 청년이 찍어준 사진이에요. 그 청년에게는 치유 의식을 집전하지 않았지만, 어쨌든 그 청년은 무척 친절했습니다. 우리에게 사진을 보내줬고, 팔로마는 그 사진을 거울 가까이에, 다른 유명 인사들과 찍은 사진들 옆에 붙여두었지요. 나는 그 아르헨티나 음악가 청년들과 함께 사진을 찍고 싶지 않았지만, 팔로마는 사진 속에 등장합니다. 나는 청년들에게 버섯으로 두 번의 의식을 집전했고, 청년들은 나중에 의식에서 영감을 받아 만든 노래 몇 곡이 담긴 음반을 보내주었습니다. 그중 한 곡은 내게 헌정하는 곡이라더군요. 그들 중 한 청년은 어머니를 여읜 지 얼마 되지 않았는데, 그의 첫 기타는 어머니에게 선물 받은 것이었어요. 의식을 집전하며 나는 어머니가 욕실에서 그에게 기타 치는 법을 가르치는 모습을 보았습니다. 산 중턱의 안개처럼 하얗고 차가운 욕실에서 어머니가 청년에게 말했어요, 음악은 욕실에서 더 잘 들린단다. 이 말을 청년에게 전해주자 청년이 손으로 얼굴을 감싸더군요. 이곳에는 그 음악을 들을 방법이 없군요. 조에 양이 말하는 음반은 저기 있습니다, 아르헨티나에서 청년들이 보내준 음반이요. 사람들이 내게 보내주는 물건들을 빠짐없이 보관하는 프란시스카가 잘 보관해두었지요. 음악, 종이, 신문 그리고 책도 몇 권 있어요. 읽을 수는 없지만 나는 책들을 소중히 여깁니다. 인간을 구성하는 형식이 다 똑같듯 책을 구성하는 형식도 다 똑같으니까요. 그리고 내가 책들을 소중히 여기는 또 다른 이유는 모든 책이 책과 같기 때문이고, 모든 책이 언어에서 태어나기 때문입니다.

맞습니다, 어린이 만화영화를 그리는 양반도 왔었지요. 그래요, 그는 자기 그림을 보여주었고, 나중에는 아이들을 위한 물건과 기타를 가져왔습니다. 책 의식을 치르고 미국으로 돌아간 후에는 다른 물건들을 보내왔고요. 나와 마찬가지로 그 양반도 할아버지 손에서 자랐더군요. 내게는 아버지가 있었지만 나를 키운 건 우리 코스메 할아버지였습니다. 아버지는 폐렴으로 돌아가셨고, 나는 할아버지를 아버지처럼 사랑했습니다. 물론 나는 매일 의식을 집전할 때마다 우리 아버지 펠리스베르토의 이름을 드높입니다. 선조의 이름을 높이는 일은 내가 땅에 단단히 발을 딛게 해주기 때문이지요. 어린이 만화영화를 그리는 사람, 나처럼 할아버지 손에 자란 그 양반에게 의식을 행하면서 나는 어린 그가 살던 집을 보았습니다. 창문이 많은 하얀 집은 반짝이는 초록빛 녹음에 둘러싸여 있었어요. 그곳에서 나는 그의 어머니가 집을 떠나는 장면을 보았습니다. 그녀는 집과 아이를 뒤로하고 떠났지요. 아이를 아이 할아버지에게 맡겼고, 할아버지가 아이를 키우게된 겁니다. 할아버지는 아이가 학교에 갈 수 있도록 동전을 쥐여주고 지붕과 음식을 마련해주었지요. 나는 아이가 장난감들과, 그리고 다른 물건들과 대화하는 걸 보았습니다. 그가 하는 일, 어린이 영화 창작은 거기서부터 시작된 겁니다. 그는 첫 작품으로 번 돈으로 할아버지에게 집을한 채 사드렸습니다. 이건 내가 본 것은 아니고, 그에게들은 것입니다. 하지만 나는 그가 어릴 적 살던 집을 보았고, 어린 그가 장난감에 대고 하던 말들을 전해주었어요. 의식을 치른 후 그가 만든 영화에는 어머니가 떠났을 당시의 어린 그가 장난감과 이야기하는 장면이 담겨 있었지요. 그는 내게 편지도 보냈습니다. 니카노르가 혁명군과함께 전쟁터에 있을 당시 그이가 보낸 편지들을 사람들이읽어주었던 것처럼, 그 편지들도 그렇게 사람들이 읽어주었습니다. 어린이 만화영화를 그리는 그 양반의 편지는항상 무척 다정했어요, 그는 언제나 감사하는 마음을 표현했지요. 의식 중에 본 장면으로 만든 영화의 제목은 기억나지 않지만 조에 양이 쓰는 그 기계로 바로 찾을 수있을 겁니다. 산책 중에 망자의 날과 관련된 구상이 떠올랐다고 하더군요. 꿈속에서 언제나 그의 뒤를 쫓던 것들, 악몽 속에서 언제나 그의 뒤를 쫓던 것들이 더는 그를 괴롭히지 않는다고 했습니다. 어머니가 떠난 순간을 목격했기에, 어머니가 왜 집을 떠나야 했는지 보았기에 이제 평안을 찾았다고 했지요. 그리고 어린 그가 장난감에 대고 했던 말들은 나를 찾아왔을 당시 자기 자신의 상태를 이해하게 도와줬다고 했습니다. 이것이 바로 언어가 하는 일이기 때문입니다. 언어는 만물에 질서를 부여합니다. 씨앗이 움틀 수 있도록 겨울 다음에 봄이 오는 것처럼, 언어는 비옥한 여름의 나날을 몰고 옵니다. 우리가 겪은 일들에 질서를 부여함으로써 우리로 하여금 현재를 분명하게 볼 수 있게 하는 것이지요. 어린이 만화영화를 그리는 양반은 아직도 내 손주들에게 작품을 보내줍니다. 그는 내 자식들과 손주들이 미국에서 그의 영화를 볼 수 있었으면 했지요. 그래서 미국 여행 경비를 부담하고 싶어 했으나 내 딸들은 가고 싶어 하지 않았고, 아파리시오는 여행 대신 돈을 요구했습니다. 나중에는 의식에 영감을 받아 만든 그의 영화를 내가 볼 수 있도록 누군가에게 부탁해 나를 도시의 극장으로 데려가게 했습니다. 나는 말을 알아들을 수 있는 내 딸 아니세타와 함께 갔고, 그 애가 영화의 일부를 설명해주었지요. 아파리시오는 내 손주를 데리고 갈 수 없었고, 팔로마는 자기가 어린이에 관해 유일하게 좋아하는 점이라면 그들이 다 큰 사내가 되었을 때뿐이라며 사양했습니다.

어린이 만화영화를 그리는 양반은 내 손주 아파리시오

가 영화를 보러 가지 못했다는 소식을 듣고는 영화를 볼 수 있는 기계를 미국에서부터 보내주었어요. 하지만 그 기계는 우리 집 전선이 감당할 수 있는 것보다 더 많은 전기를 잡아먹더군요. 무거운 짐을 짊어진 짐승처럼 전선을 타고 힘겹게 벼랑을 오르던 전기는 저가 짊어진 전류가 너무도 무거운 탓에 다리가 꺾이며 넘어지는 짐승처럼 자꾸 뒤로 밀려났고, 그 바람에 기계 하나를 연결했다가 우리는 며칠을 전기 없이 지내야 했습니다. 두 대 중 영화가 들어 있던 작은 기계에 전선을 연결한 것인데, 그 전선은 아주 작은 고통도 참지 못하는 늙은 짐승처럼 빗줄기도 견디지 못하는 전선이었던 겁니다. 그 전선은 약했어요, 집에서 가장 약한 것이 그 전선이었지요. 그래서 내 손주 아파리시오는 만화영화 그리는 양반이 의식에 영감을 받고 만든 영화를 보지 못했습니다. 아니세타와 함께 영화를 본 후 나는 그 양반에게 몇 마디 말로 메시지를 보냈고 그는 돈을 동봉한 편지를 보냈어요. 그건 내가 원한 게 아니었는데 말입니다. 나는 그저 내가 영화를 어떻게 봤는지 말해주고 싶었습니다.

작가도 한 명 온 적이 있습니다. 그녀는 나중에 영어로 쓰인 자기 책을 한 권 보냈지요. 예쁜 보라색 글씨가 쓰인 노란색 봉투에 담겨 있었습니다. 나를 보러 왔을 때 그녀는 언제나 보라색으로 글을 쓴다고 했어요. 사람이 태어나는 시각과 탄생을 목격한 별을 신봉하는 사람이었지요,

우리의 탄생을 목격한 별들이 우리의 미래를 환히 비춰준다고 하더군요, 나는 무슨 말을 해야 할지 몰랐습니다. 하지만 그녀는 별과 시각(時時)을 깊이 믿었고, 보라색이 그녀의 색깔이었어요. 그녀의 탄생을 목격한 별의 색깔이 보라색이었던 까닭이지요. 비슷한 이유로 옷은 빨간색으로 입는다고, 빨간색이 자신을 보호해주기 때문이라고, 보라색으로 글을 쓰는 것은 단어들이 자신의 탄생을 상징하는 색깔에서 태어나는 것 같기 때문이라고 하더군요. 그 책을 보면 표지에 담긴 색깔들이 아주 예뻐요. 빨간색과 보라색, 그녀의 색깔들이 담겨 있지요. 내가 그녀의 책을 예쁘다고 생각하는 것처럼 나의 선조들도 그 책을 마음에 들어 할 것 같군요. 비록 내 선조들이나 나나 영어는커녕 스페인어도 배우지 않았으니 읽지는 못하겠지만요. 우리가 다른 언어를 왜 배워야 합니까. 이곳에서는 아무도 공용어를 배우고 싶어 하지 않아요. 도시의 옷을 입고 싶어 하지도 않고요. 우리가 그들의 언어나 의복에 대하여 왈가왈부하지 않듯, 그들도 우리의 언어와 의복을 존중해주면 좋겠군요. 우리에게 조상이 있듯, 우리 고유의 언어와 의복이 있기 때문입니다. 책이 예뻤던 것처럼 작가가 보라색 버섯들을 그려 넣은 봉투도 예쁘더군요, 그래서 봉투도 책 사이에 끼워서 보관했습니다. 그녀는 버섯들이 서로서로 연결되어 있다는 사실을 감지한 것 같았고, 그 점이 마음에 들었습니다. 나 역시 그렇게 생각하기 때문이지요. 그래서 산으로 버섯을 찾으러 나갈 때면 쌍으로 짝을 지을 수 있는 겁니다. 그녀가 노란 봉투에 그린 그림이 바로 그런 장면이었어요. 나중에는 스페인어로 쓰인 책도 보내주었습니다만, 그 책 역시 나는 읽지 못했지요. 내 자식들 역시 스페인어를 조금 말할 줄은 알지만 읽지는 못합니다. 스페인어로 쓰인 책을 보면, 표지를 보면, 못났습니다, 이렇게 말할 수 있겠군요. 한 가족이 있다고 해봅시다. 한 젊은 여자가 여덟 명의 아이를 낳았는데 그중 한 명만 제 조부모와 증조부모의 아름다움을 물려받았다고요. 부자가 자신의 금을 자랑하듯, 선조들로부터 아름다움을 물려받은 아이는 외모를 과시하고 싶어 합니다. 마찬가지로 추함을 물려받은 아이도 있는 법이지요. 아무리 눈을 씻고 보아도 잘난 구석이 없는 겁니다. 선조들의 추한 구석만 쏙 빼닮은 아이인 것이지요. 작가가 내게 보내준 스페인어로 쓰인 책이 딱 그러했습니다. 그녀의 모어로 쓰인 책은 얼마나 예뻤는지요.

내 동생 프란시스카는 철판에 고추를 볶고 있었습니다. 집에는 콩, 아톨레, 호박, 타말 따위가 있었고 팔로마와 과달루페가 집에 와서 함께 점심을 먹었지요. 나는 팔로마에게 책을 보여주면서 그것이 참 못났다고 말했습니다. 그러자 팔로마가 말했지요. 펠리시아나, 이것 좀 봐, 단어들로 미어터질 것 같잖아, 자기, 사람들이 이 책 속 단어들처럼 집을 물건으로 가득 채우지는 않으니 다행이지 뭐야, 그랬더라면 사방에서 물건들이 창밖으로 떨어졌을 거야. 이런 책들은 냄비 받침으로나 써야 돼. 그러면 식탁이라도 지킬 수 있겠지. 팔로마는 책이 예쁜지 흉한지에는 관심이 없었습니다. 그녀의 관심을 끄는 건 오로지 아름다운 남자들뿐이었지만, 내 장단을 맞춰주려는 노력이었지요. 팔로마는 항상 내 편을 들어주었어요, 항상. 팔로마는 충직한 사람이었습니다. 장담컨대, 팔로마처럼 충직한 사람은 아무도 없어요. 작가에게는 아무 말도 하지 않았습니다, 그녀의 일은 책 안에 들어가는 내용이니까요. 소금에 절인 콩으로 타코를 만드는 것처럼 말이지요. 작가는 아름다운 사람이에요, 그녀도 창조의 기운을 지니고 있어요. 하루는 그녀가 아들을 데리고 온 적이 있어요. 근처 해변에 놀러 왔다가 내게 아들을 보여주려고 부러 들른 것이었지요. 남편과 아들을 데리고 온 그녀는 내게 제 아들이에요, 하고 아들을 소개했고, 나는 그들에게 달콤한 커피를 대접하고는 그녀의 남편과 함께 담배를 피웠습니다. 여기 우리 집에서요. 그들은 내게 약주를 만들어달라고 부탁했고, 내가 약초를 배합하여 주자 무척 고마워했습니다. 듣자 하니 아이가 해변에서 상한 생선을 먹고 배탈이 난 모양이더군요. 작가는 책 덕분에 여러 이국을 여행할 수 있게 되었다고 했습니다. 여기 우리 집에서 떠났던 여행 덕분이라고, 나와의 의식에서 비롯된 작품 덕분이라고 말했지요. 그녀는 아름다운 사람입니다. 그녀의 내면에서 나는 아름다움을 보았고, 그녀가 지닌 기운에서도 아름다움은 드러나지요.

내 동생 프란시스카는 모든 기사를 저기 저 바구니에 보관합니다. 신문, 사람들이 보내준 다른 언어들로 쓰인 책, 대학 논문 따위를 나는 보고, 만지고, 들춰봅니다. 색깔이 마음에 들어요, 그리고 나는 잡지보다는 책 냄새를 더 좋아합니다. 잡지에서는 돈 냄새가 나거든요. 담배를 피우면서 나는 조에 양이 말한 흑백사진 속 내 모습을 봅니다. 사진을 찍은 미국인 사진가는 나와 시간을 보내면서 내가 어떻게 자랐는지 물었지요. 담배를 피우는 내 모습을 찍을 때 그는 우리 아버지 펠리스베르토에 관해 물어보던 중이었습니다. 흑백사진 속에서 담뱃불은 하얀 점처럼 보여요, 그것이 나로 하여금 설탕을 떠올리게 합니다. 내가 즐겨 피우는 담배를 태우는 불이라기보다는 땅에 떨어지는 설탕처럼 보이더군요. 그런데 사람들이 말하길 별들은 불의 응축물인데, 멀리서 보면 밤하늘의 별도 땅에 흩뿌려진 설탕처럼 보이지요. 나는 미국인 사진가가 찍은 내 사진들 속에서 내가 피우는 담배 끝이 하얗게 반짝이는 걸 봅니다. 많은 사진들 속에서 나는 담배를 피우는 모습입니다. 내가 사진가들에게 그런 내 모습이 의식을 집전할 때의 모습보다 나를 더 잘 드러낸다고 말하기 때문이지요. 나는 사진가들에게 언어란 사진으로 담을 수 없는 것이라고 말합니다. 그들이 왜 내 사진을 찍고 싶어 하는지는 모르겠어요, 언어를 사진에 담을 수 있다면 얼마나 좋겠습니까. 의식은 언어로 만들어지는 것이니까요. 하지만 담배를 피우는 내 모습은 사진에 담을 수 있지요. 담배를 피우는 내 사진을 찍으면, 저 멀리 보이는 하얀 별들이 땅에 흩뿌려진 설탕처럼 사진에 담기듯 그 모습은 사진에 담길 수 있겠지요.

미국인 은행가가 아내와 함께 마을을 찾았다는 소식을 접한 외눈박이 타데오는 사람들을 이용해먹을 생각이었습니다. 무슨 일이 일어나고 있는지, 누가 오는지 따위의 그 모든 소식을 타데오가 어떻게 접했는지 모르겠어요. 당시에는 아직 아르헨티나의 음악가 청년들이며 다른 예술가들이 나를 찾아오기 전이었습니다. 미국인 은행가와 그의 현명한 의사 아내가 나를 방문한 이후에 나를 찾아왔던 사람들 중 누구도 아직 오기 전이었습니다. 내 영화를 찍은 영국인들 이후로 나를 찾아온 사람들은 전부 그 미국인 부부가 인도한 것이지요. 미국인 부부가 나를 만나러 왔다는 소식을 듣자마자 외눈박이 타데오는 동전이 짤랑이는 소리를 들은 겁니다. 타슨 부부의 재산에 대해 들은 즉시 타데오는 그들을 찾아 나섰습니다. 옥수수 낱알과 카드를 던져 외눈으로 미래를 봐주겠다며 그들을 자기 오두막으로 데려갈 심산이었지요.

미국인 은행가와 그의 아내는 그들의 고향인 뉴욕에서 내 영화를 보고 내게 관심을 가지게 되었고, 버섯과 약초와 언어로 행하는 내 치유의 길에 관심을 가지게 된 겁니다. 은행가는 예전부터 버섯에 관심이 있었습니다. 그의 아내가 미국에서 이름을 날리는 유능한 소아과 의사이며, 대체 의학으로 진료를 보고 다양한 버섯에 관한 연구도 진행했던 까닭이지요. 하지만 그녀는 멕시코의 버섯에 관해서는 몰랐습니다. 그래서 아이들이 다 자라서 대학에 진학한 후에는 버섯을 찾아 전 세계를 돌아다니기 시작한 거지요. 그들은 실험실에서 제조되는 약품이 아닌 대체 의학에 자금을 조달했고, 그렇게 버섯과 약초를 찾아 전 세계를 여행하고 있었던 겁니다. 그들은 페니실린 버섯을 비롯하여 전 세계의 여러 치유 버섯들을 연구했습니다. 버섯의 산지에 따라서 성분이 다르기 때문이지요. 영국인들이 나에 관한 영화를 찍으러 왔을 때 그들은 미국인 부부에게 영상을 보여주었고, 부부는 화면에 크게 비치는 내 모습을 보았지요. 내가 산에서 흙으로 덮인 커다란 버섯을 캐서 면 주머니에 넣는 모습을요. 촬영하는 사람들이 보았으므로 그 버섯들은 의식에 사용할 수 없었지만, 흙을 털고 주머니에 넣는 동안 내가 버섯을 의식에 어떻게 사용하는지 설명은 할 수 있었습니다. 나는 영국인들을 데리고 산후안데로스라고스와 산펠리페 사이의 언덕, 우리 아버지가 돌아가시기 전 함께 오르던 언덕으로 향했습니다. 그곳에서는 아이 버섯들이 자라고, 우기 때는 우후죽순으로 자라나서 버섯을 담을 주머니가 충분치 않을 정도지요. 은행가와 그의 아내는 극장의 큰 스크린에서 그 광경을 보고 까무러치도록 놀라 영화를 만든 영국인들을 수소문했고, 영국인 감독이 그들에게 말해준 겁니다. 말과 당나귀를 타고 한동안 매일같이 우리 집에 와야 했다고, 촬영 장비와 소품을 모두 챙겨 벼랑으로 가야 해서 마을 사람들을 고용해야 했다고, 내 삶의 전부를 영화에 담고 싶었다고 말이지요. 통역사 청년의 말을 듣고 나는 웃음을 터뜨렸습니다. 영화 상영이 끝나고 축하 파티가 열린 그날 밤 영국인 감독은 미국인 부부에게 나에 관한 이야기를 더 해주었고, 우리가 사는 여기 산펠리페까지 오는 방법을 가르쳐준 겁니다.

그렇게 나는 타슨 씨를 만나게 되었지요. 그가 산펠리페 땅을 밟자마자 사람들은 그를 타잔 씨라고 부르기 시작했어요. 말도 마세요, 타슨 부부가 가져온 동전들이 짤랑거리는 소리를 곧바로 알아챈 외눈박이 타데오는 타잔 씨가 어쩌고 타잔 씨가 저쩌고 하면서 여기저기 돌아다녔고, 나보다도 먼저 타슨 부부를 만나서는 그들에게 거짓말을 늘어놓았지요. 하지만 다행히도 마을의 누군가가 타슨 부부에게 외눈박이 타데오는 거짓말쟁이라고, 그에게 돈을 주면 안 된다고 하고 그들을 내게로 데려온 겁니다. 어쨌든 그들은 나를 만나고 싶어서 여기까지 온 것이었으니까요. 타슨 씨는 내게 자기 이름을 말한 순간부터 나를 존중과 감사의 태도로 대했습니다. 나는 타슨 씨와 어린이를 위한 대안 치료제를 연구하던 그의 소아과 의사 아내 둘 다에게 의식을 집전했습니다. 그저 바라만 보았는데도 부부가 발견해야 할 무언가가 있다는 것이 보였지요. 의식에서는 부부의 두 자녀가 나타났고, 타슨 부인은 자녀들 안에 깃든 자신의 모습을 전부 보았습니다. 물속에서 기름이 분리되는 것처럼 분명하게 그녀는 자기 자신에 대해 좋아하는 점과 싫어하는 점 전부를 자녀들 안에서 보았고, 타슨 씨는 자신의 어머니를 보았지요. 타슨 부부는 여러 번 나를 찾아왔어요. 그들은 메모를 하고 사진을 찍었으며 의식을 집전할 때 언어로 노래하는 내 모습을 촬영해도 되겠느냐고 물었고, 나는 그러라고 했습니다. 타슨 씨는 기계 한 대와 기계를 다룰 사람들을 데려왔습니다. 그들은 머무르고 있던 곳에서 이곳 산펠리페까지 오고 또 왔습니다. 그렇게 방문이 이어지던 어느 날 타슨 부인이 내게 말했지요. 펠리시아나, 저희가 집을 한 채 지어드릴게요. 그러고는 인부들을 보내 지금 이 집을 지어준 겁니다. 부인이 내게 그 말을 꺼냈을 때 나는 싫다고, 내게는 이미 집이 있다고 했어요, 거절하고 싶었지요, 그때껏 나는 타슨 부부뿐만 아니라 다른 사람들이 내게 준 모든 것을 겸손하게 받아들였지만요. 나를 찾아오는 사람들은 동전, 외국 돈, 화주, 담배, 우리 가족을 위한 음식과 내 세 자녀들을 위한 물건, 내 동생 프란시스카를 위한 물건, 팔로마와 과달루페를 위한 물건뿐만 아니라 영면에 드신 우리 어머니를 위한 물건까지 가져왔지요. 내가 치유자의 길을 가기 시작한 것이 모두에게 선한 일이었기 때문이겠지요. 사람들은 그렇게 내 의식에 보답합니다. 나를 찾아오는 모든 이가 선의로 보답하지요, 하지만 나는 내가 하는 일에 값을 매기지 않습니다. 내가 하는 일에는 값이란 게 없기 때문에 값을 매길 수 없는 겁니다. 그건 마치 걷기에 값을 매기는 것과 똑같은 일일 테지요, 그럴 수는 없는 일 아닙니까. 하지만 또한 내게는 가족이 있고 그들에게 안식처를 주어야 하니, 타슨 부부가 집을 지어준다고 했을 때 감사하는 마음으로 받았습니다. 타슨 부부가 집을 지을 자재와 인부들을 보내주었을 때 나는 그 집이 그들의 선물인 동시에 신의 선물이란 걸 알았지요. 그래서 나는 그들에게도 감사를 표하고 신께도 감사를 올렸습니다. 선물은 축복이니까요. 타슨 씨는 오히려 내게 감사하다고, 의식이 그들에게 준 것에 비하면 집은 아무것도 아니라면서 내게 말했습니다. 펠리시아나, 당신과 당신의 가족은 내 아내와 나에게 더 많은 걸 주었어요. 그러고는 턱수염과 콧수염이 난 통역사를 보내 집을 어떻게 지으면 좋을지 내 의견을 물어보았지요. 수염 난 통역사가 올 때마다 나는 그에게 담배와 우리 아버지가 즐겨 마시던 달콤한 커피를 대접했고요. 과달루페는 축하의 의미로 벽에다 던져 깨뜨릴 화주 한 병을 가져왔고, 팔로마는 함께 무도회에 다니는 친구들을 데려왔고, 아니세타는 가게 주인과 그녀의 가족들을 데려왔습니다. 내 동생 프란시스카가 만든 타말을 먹으러 온 사람들도 있었지요. 이곳으로 이사 오고부터 제법 행복한 나날이 이어졌습니다. 내 딸 아폴로니아는 어느 청년과 결혼하고 두 딸을 낳아 이 집에 살림을 차렸지요, 턱수염과 콧수염이 난 통역사의 도움으로 내가 원하는 대로 지어진 이 집에서는 우리 모두가 함께 지낼 수 있었습니다. 한번은 통역사의 허리 통증을 치유해준 적이 있어요. 그의 허리에 손을 얹고 기도해주었지요. 그는 현명한 의사들도 없애주지 못한 통증이라며 무척이나 고마워했고 존경을 표했습니다. 그와 함께 온 헬멧 쓴 남자들은 모퉁이가 있어야 할 곳에 모퉁이를 만들고 내가 원하는 곳에 창문을 달았습니다. 타슨 부부가 침대를 보냈는데, 그때까지 우리는 침대를 가져본 적이 없었어요. 부부는 엄청나게 많은 물건을 보냈어요, 어찌나 많은 물건을 보냈는지 우리가 쓸 줄 모르는 물건들도 있었고 쓰고 싶지 않은 물건들도 있었지요. 그 모든 건 타슨 부부가 감사의 마음으로 보낸 것이었고, 내 아들 아파리시오는 곧바로 그들이 보내는 물건을 밝히기 시작했지요. 아파리시오와 그 애의 아내 역시 물건을 쓸 줄 몰랐음에도 전부 저들 집에 가져다 두었습니다. 팔로마도 몇몇 물건을 가져다 마을 시장에 내다 팔았습니다. 팔로마와 과달루페는 물건을 가져다 팔아서 번 돈으로 밤을 위한 옷과 낮을 위한 옷과 추위를 위한 술을 샀지요.

아니요, 인부들에게 그건 안 된다고 말했습니다. 의식을 집전하는 오두막은 건드리면 안 된다고 했지요. 수염 난 통역사와 헬멧 쓴 남자들은 오두막의 흙바닥과 판자 지붕을 없애고 싶어 했지만, 오두막은 내가 치유 의식을 시작했을 때부터 지금까지 같은 모습입니다. 초기에 나를 찾아온 사람들을 치유했을 때처럼, 내 동생 프란시스카 안에 죽음이 알을 낳았을 때 동생을 치유했을 때처럼, 과달루페에게 의식을 집전하던 중 한밤중에 타오르는 불처럼 환한 주황색 옷을 입었다는 이유로 어린 그에게 창피를 주던 아버지가 그의 안에 묻혀 있는 것을 보았을 때처럼 오두막은 나의 모든 치유의 역사를, 언어가 치유한 모든 말들을 품고 있고, 그렇기에 이 오두막은 책과 닮았습니다. 내가 치유하기 위해 언어를 사용한 모든 시간이 담긴 오두막은 그 시간이 거하는 집입니다.

타슨 부부는 우리에게 미국 옷을 보내주었습니다. 나는 그들에게 말했지요, 나는 담배 피우는 걸 좋아하고, 우리 아버지가 마시던 것처럼 달콤한 커피를 마십니다. 그것이 내가 매일 아버지와 대화를 나누고 아버지에게 감사의 마음을 전하는 방식이지요. 나는 팔로마와 화주를 마시고, 그러고 나면 내 몸을 정결히 씻어냅니다. 나는 언제나 이래왔고, 내 옷도 내 샌들도 바꾸지 않을 겁니다. 내가 미국의 옷을 입을 일은 없을 거예요, 나는 물건에 경외심을 느끼지 않습니다. 많은 이들이 돈의 힘에 경외심을 느끼는 걸 봅니다만, 나는 그런 힘에 경외심을 느끼지 않아요. 나는 내가 하는 일이 좋고, 내게 필요한 것을 씁니다. 그리고 나는 이 삶을 살아가는 우리에게 신께서 빌려주신 것 외에는 아무것도 필요하지 않습니다. 물건에 경외심을 느끼는 사람들이 있습니다. 그들은 쌓여가는 물건들을 보고 감탄하지요, 가진 물건이 미어터질 만큼 쌓일수록 그들의 힘도 더 커진다고 믿는 겁니다. 이국에서 사람들이 보내주는 물건들은 내 딸들과 내 손주들이 나눠 가집니다. 나는 내 옷, 내 샌들, 내 담배, 내 달콤한 커피, 내 동생 프란시스카가 만들어주는 음식 외에는 아무것도 필요하지 않습니다. 아무것도. 신께서 내게 빌려주시는 것 외에 이 삶에서 내게 필요한 건 아무것도 없어요. 내게 물건을 가져다주고는 기쁘게 돌아가는 사람들을 자주 봅니다. 내게 준 물건들과 그들이 겪은 경험을 맞바꾸었다고 생각하는 거지요, 그래서 사람들은 내게 돈을 주고는 기쁜 마음으로 떠나는 겁니다. 마치 대학에서 언어를 연구하는 사람들이 왔던 때와 같아요, 그들은 이제 언어를 전부 다 터득했다는 생각에 기쁘게 떠났습니다. 하지만 언어는 매일 새로워집니다. 언어는 고정될 수 없어요. 마치 바람에 흔들리는 구름과도 같고, 바람은 증폭하는 까닭이지요. 나는 그들에게 내가 언어로 의식을 집전하기는 하지만 언어는 현재이고 밤처럼 광활하기 때문에, 현재처럼 광활하기 때문에 그다음에 무엇이 올지는 결코 알 수 없다고 말했습니다. 바람이 증폭하는 언어가 강력한 이유는 바로 언어가 고정될 수 없는 것이기 때문이라고요. 하늘에 떠 있는 구름이 고정될 수 없듯 단어들은 형태를 바꾼다고요. 그러자 학자들은 나를 촬영하고 내 말을 메모하고 통역사들의 입을 빌려 내게 무슨 말인가를 했지만, 통역사들조차 그들의 말을 이해하지 못하더군요. 한편 그 모든 물건들과 돈이 쏟아져 들어오던 중, 타슨 부부가 내게 집을 지어줄 거라는 소식을 들은 외눈박이 타데오가 어느 날 나를 찾아왔고, 내게 총을 쏘았습니다. 그때가 처음으로 내게서 언어가 빠져나간 날이었습니다. 언어는 여태 나를 두 번 떠났습니다. 그때가 처음이었지요. 외눈박이 타데오가 내게 총을 쐈다고 팔로마가 내게 말해주었을 때, 내가 하얀 조명으로 가득한 새하얀 방에서 눈을 떴을 때, 내게서 언어가 다 빠져나가고 없었습니다.

16

아나의 질투가 폭발해 터져버린 밤, 레안드라는 아나의 집에서 잤다. 이튿날 아침, 전시회장에서 만난 남자가 레안드라에게 문자메시지를 보냈고 레안드라가 씻는 동안 아나가 메시지를 읽었다. 아나는 또 한 편의 드라마를 연출했다. 남자의 이름은 호세였지만 내 동생과 아나는 그를 그 남자라고 불렀다. 내 동생은 메시지에 답장하지 않았는데, 그것이 그로 하여금 동생에게 더 집착하게 만드는 모양이었다. 그는 어떻게든 연락할 구실을 만들었고, 여러 번의 메시지를 보낸 후에야 어느 금요일 밤 암실에서 사진을 현상하던 동생이 답장을 보냈다. 그날 밤 호세와 내 동생은 맥주를 마시러 나갔다. 혹시라도 아나가 집으로 전화를 걸면 자고 있다고 말해달라는 부탁을 남기고.

그 무렵 아나는 자기 어머니 집에 레안드라를 데려갔

고, 다음번에 갈 때는 훌리안과 나도 점심 식사에 초대했다. 아나의 어머니는 혼자 살았다. 붉은 벽돌로 지어지고 나무 창틀과 나무 계단이 있는 작은 집은 근방에 있는 집들, 아마도 스무 채 정도 되는 집들과 똑같이 생긴 집이었고, 묘지와 협곡 근처에 있었다. 그 집은 시내와도 멀고 우리 집과도 멀어서, 차가 막히지 않았는데도 꼬박 한 시간 반이 걸렸다. 협곡 끝에 있는 강에서 고인 물 냄새가 올라왔고, 집에서는 곰팡이 냄새와 욕실의 둥근 창문 너머로 보이는 유칼립투스 냄새가 났다. 아나의 어머니는 다정한 사람으로 보였는데 딸의 아버지에 대한 경멸적이고도 불필요한 험담은 어쩌다 나온 것인지 나로서는 영문을 알 수 없었다. 식사를 마치고도 이어진 긴 대화 끝에 우리는 영화를 보러 아나와 함께 위층으로 올라갔고, 투박한 나무 액자에 끼워진 사진 몇 장을 보았다. 사진들 속에는 각각 다른 시절의 아나와 어머니뿐이었다. 집으로 돌아오는 길에 동생이 말하길 아나의 어머니는 가족 모두와 싸웠다고, 우리 아빠가 삼촌과 멀어진 것과 대충 비슷하다고, 다만 아나의 어머니는 가족들과 싸운 후 다시는 말을 섞은 적이 없고 게다가 전남편과는 툭하면 싸우는 관계라고 했다. 그날 밤 잠옷으로 갈아입으면서 동생은 내게 아나 모녀의 관계를 보며 파악한 점을 자세하게 이야기해주었다. 외동딸에 대한 어머니의 소유욕이 남다르다고 했고 그와 관련된 일화 몇 가지를 들려주었지만, 바로 그날 아침 호세를 다시 만났다는 이야기는 언급도 하지 않았다.

어느 날 나는 동생이 여전히 호세와 연락을 이어가고 있다는 사실을 알게 되었다. 동생은 욕실 문을 닫고 전화 통화 중이었는데, 그 애로서는 좀처럼 하지 않는 행동이었다. 내가 생각하기로 레안드라가 호세를 만난 것은 한편으로는 아나와 다투던 중 아나가 한 도발 때문에, 그러니까 질투로 타오르던 아나의 망상을 현실로 옮긴 것이었을 테고, 다른 한편으로는 동생이 인정하고 싶은 것보다 호세에게 조금 더 끌렸기 때문이었으리라.

엄마는 퇴근하면 이모와 자주 시간을 보냈고 이모네 집도 자주 찾았다. 퇴근하고 돌아온 집에 우리가 없을 때면 룸바를 산책시키곤 했다. 엄마는 언제나 우리를 자유롭게 풀어주었다. 우리가 어디에 있는지만 알고 있으면 되었다. 아마 아빠도 엄마와 비슷하게 우리를 풀어두었으리라고 생각한다. 조금 더 엄한 편인 아빠는 가족과도 함께 시간을 보내야 한다고 했겠지만. 아빠는 엄마보다 우리에게 요구하는 게 많았던 까닭에 아빠를 따라 홈디포에 가느라 레안드라와 내가 금요일 계획을 바꿔야 하는 일이 빈번했다. 어쩌면 엄마는 당신이 너무 엄하게 자라서 사춘기를 지나는 우리에게 자유를 주었던 게 아닐까 생각한다. 엄마는 직장에서 행사가 있을 때면 우리에게 같이 가자고 부탁하기보다는 차라리 이모를 초대하곤 했다. 레안드라는 아나네 집에서 더 시간을 보냈고, 훌리안과 나는 우리 집에서 더 시간을 보냈다.

아나는 대학 친구 두 명과 함께 살았다. 학교 중앙 도서관 건물을 둘러싼 기둥에 전화번호를 써서 붙여두었던 전단지 덕분에 알게 된 친구들이었다. 둘 중 하나는 스물아홉 살로 나머지보다 나이가 많았고 미학과 박사과정을 밟는 중이었다. 그 친구가 가장 큰 방을 썼는데, 발코니가 딸려 있고 고무나무가 보이는 방으로, 다른 두 명보다 월세를 더 냈다. 아나와 같은 아파트에 사는 또 다른 친구 시모나는 스물다섯 살이었고, 밝은 주황색으로 염색한 머리에 아랫입술과 코에는 피어싱을 했으며, 몸은 문신으로 덮여 있었고 다른 사람에게 문신을 새겨주기도 했다. 아나의 앞머리를 탈색하고 파란색으로 염색해준 것도 그 친구였는데, 대학 건축학과 사무실에서 일하면서 버는 돈보다 자투리 시간에 타투이스트로 버는 돈이 더 많았다. 그들보다 몇 살 어렸던 레안드라와 훌리안과 나는 그런 아파트에 사는 그들을 부러워했다. 하루는 시모나가 훌리안에게 전화를 걸어 신문사 일이 끝나면 나와 함께 자기네 집에 들러서 맥주나 한잔하지 않겠냐고 했다. 잔뜩 흥분한 아나가 내 동생과 끝냈다고 울면서 들어왔을 때 시모나는 마리화나를 한 대 만 참이었고, 아나는 거실에 우리가 있는지 알아채지도 못했다.

지원할 수 있는 나이가 되자마자 레안드라는 훌리안이

다니던 예술 학교의 입학시험을 치렀고, 젊은 예술가들을 위한 장학금 프로그램까지 신청했다. 그리고 아빠와의 약속대로 열여덟 살까지 기다렸다가 첫 문신을 새겼다. 아나와 헤어진 건 질투를 더는 견딜 수 없어서였지 호세를 만나기 위해서는 아니었다. 종종 만나고 문자메시지를 주고받긴 했지만 둘 사이에는 아무 일도 없었다. 윤리적인 이유가 동생을 막은 건 아니었고, 그저 아무 일도 일어나지 않았을 뿐이었다. 대학에 입학하기 전 동생은 지원했던 장학금 프로그램에 선정됐고, 프로그램은 제법 큰 금액을 지원해줬을 뿐만 아니라 한 해 동안 세 번의 주말에 걸쳐 같은 전공 학생들끼리 작은 그룹으로 나뉘어 각자의 프로젝트의 진행 과정을 토론할 수 있는 자리를 마련해주었다. 학생들이 모인 첫 주말 밤, 레안드라는 어느 호텔 방에서 내게 문자메시지를 보냈다.

　—내가 학교에 불 질렀던 걸 누가 내 룸메이트한테 얘기해서 걔가 이제 나를 무서워해

　—거짓말이라고 해, 학교가 아니라 젊은 예술가들이 묵던 호텔을 태웠다고.

　—그나저나 언니 여기 끝내줘 오는 길에 이름순으로 버스에 앉았거든 근데 내 옆에 시 쓰는 여자애가 앉았는데 나랑 너무 잘 통해서 하루 종일 둘이서 작품 얘기를 했어 좀 이따 그림 그리는 애들 방에서 파티가 있어서 이제 씻어야 돼 씻고 내 시인 친구랑 맥주나 사러 가야겠어

─아까 말을 못 했는데, 오후에 아나가 훌리안을 찾아
왔어, 커피나 한잔하고 싶다더라.

─쯧 언니 내가 말 안 했지 걔가 엄마 직장까지 찾아
갔잖아

장학금 프로그램이 진행되는 동안 레안드라는 사라질
위기에 처한 직업을 주제로 사진 연작을 작업했다. 전공
수업에서도 같은 주제를 심화했고, 나중에는 그 프로젝트
로 학사 학위를 따냈다. 다른 예술과 학생들과의 첫 만남
자리에 레안드라는 노동자들의 인물 사진 몇 점을 레퍼런
스 삼아 가져갔지만 사실 그 애의 작업은 그들의 노동 현
장, 기구들, 도구들, 책상들과 그들의 노동의 산물에 집중
되어 있었다. 그래도 어쨌든 레안드라는 종이꽃을 만드
는 여자와 활판인쇄기로 명함을 만드는 남자와 1950년대
부터 여행사를 운영해온 노부인의 사진을 가져갔다. 그날
나는 늦게까지 책을 읽고 있었는데, 새벽에 레안드라에게
서 또 문자메시지가 왔다.

─언니 자???

─무슨 일이야?

─호세 어떻게 생각해???

─그 남자?

─응

─나야 모르지, 한 번밖에 안 봤잖아.

─호세 소개시켜줄게에에

레안드라는 사람이 가득한 방 사진 몇 장을 보냈다. 춤을 추는 사람들, 담배를 피우는 사람들의 사진과 경보음이 울리지 않도록 화재경보기에 수영모를 씌워둔 사진이었다. 호텔 방에서 그렇게 파티가 벌어지는 와중에 호세를 언급한 것, 그를 그 남자라고 부르지 않은 것이 수상쩍었다. 호세는 서른한 살이었고, 오래 사귄 연인과 2년간의 결혼 생활을 끝낸 지 얼마 안 된 상태였다. 그 무렵 내 동생은 치과 일을 그만두었고, 사진 수업은 계속 나갔으며, 곧 대학 입학을 위해 사진 수업도 그만둘 예정이었다. 호세는 집요했다. 둘은 전화 통화를 했고 문자메시지를 주고받았다. 방의 불을 끈 후에 휴대폰 화면 불빛에 비친 레안드라의 얼굴을 본 적도 여러 번이었다.

"너, 완전히 푹 빠졌어."

"아냐, 재밌는 사람이야, 그냥 친구."

"무슨 얘기를 그렇게 하는데?"

"회사에서 회의가 있었는데 고객들이 좋은 음식을 가져왔대. 이베리코 하몬이랑 프랑스 치즈 같은 그런 거. 그런데 호세네 개가 튀어 오르더니 글쎄 씹지도 않고 하몬 한 접시를 다 먹어치웠대."

"근데?"

"그러고는 15분 후에 개가 하몬을 그대로 다 토해버렸대, 소파에는 도토리 냄새가 다 배고. 아, 몰라, 언니, 잘생겼잖아, 그 사람."

레안드라가 젊은 예술가 모임에 참석하러 떠나기 며칠 전, 나는 아나에게서 한 번 봤으면 좋겠다는 이메일을 받았다. 나는 알겠다고 했고, 동생에게는 말하지 않았다. 아나가 하는 말은 들어줬지만 내 쪽에서는 아무 말도 하지 않았고, 아나가 호세에 관해 물어봤을 때도 마찬가지였다. 그러는 동안 호세와 레안드라 사이에는 불꽃이 튀고 있었다. 어느 일요일, 아나가 집을 찾아왔는데 레안드라는 밖에 나가고 없었고 전화도 받지 않았다. 아나는 동생과 이야기하고 싶다고 고집을 부렸다. 엄마는 냉장고에 있던 국수와 소시지를 내주며 아나가 편하게 있도록 해주었다. 아나는 슬퍼 보였고 우리가 딱히 위안이 되지는 않는 듯 보였다. 위안은커녕, 우리의 존재가 이제 아나와 레안드라가 함께가 아니라는 사실을 더 부각하는 듯했다. 엄마와 나는 아나가 집에 다녀갔다는 사실을 레안드라에게 말하지 않기로 약속했지만, 전혀 놀랍지 않게도 엄마는 입단속을 하지 못하고야 말았다.

젊은 예술가 모임이 있던 주말이 지나고 얼마 후부터 호세와 레안드라는 사귀기 시작했다. 하루는 레안드라가 집에 가는 길에 자기를 데리러 와달라고 부탁한 적이 있는데, 거기가 어디인지는 말하지 않았다. 나중에 가서 인터폰을 누르니 호세가 받았고, 그는 올라와서 맥주나 마시고 가라며 문을 열어주었다. 호세는 작은 아파트에 월세로 살고 있었다. 책을 꽂아둔 선반이 몇 개 있었고 바닥에도 얼마간 책이 쌓여 있었다. 부엌 조명을 제외하고 집 안의 모든 조명은 은은한 간접조명이었다. 절연테이프로 붙인 색색의 전선에 매달린 부엌 조명은 홀리안과 전구에 관한 그의 이론을 떠올리게 했다.

이후로도 나는 동생을 데리러 가느라 몇 번 더 그 집을 방문했다. 가구는 많이 없었지만 정글에서 자랄 법한 커다란 식물이 많았고, 은은한 천장 조명 하나와 털이 꿀색인 큰 개 한 마리가 있었는데, 우리 룸바에 비하면 아주 얌전한 개처럼 보였다. 엄마는 룸바를 이제 '스테이플러'라고 불렀다. 집 안을 돌아다니면서 가구에 내놓은 송곳니 자국 때문에 그런 별명이 붙은 것이었다. 호세는 영화제작사에서 일했고 예술가가 되고 싶어 했다. 그 집에 처음 방문했을 때부터 나는 레안드라가 스스로 인정하는 것보다 훨씬 더 그에게 단단히 빠져 있다는 점을 알아차렸다. 성적인 끌림이 엄청나 보였는데, 둘이 주고받는 몸짓에서 그게 드러났다. 하지만 그 집을 나와 차에 오르자, 레안드라가 도대체 무슨 마음인지 명확히 알 수가 없어졌다.

"그 오랜 시간을 함께했는데 딱 두 가지 체위로만 떡을 쳤다는 게 말이 돼?"

"그걸 너한테 말하디?"

"아니, 당연히 아니지, 근데 그런 건 말하지 않아도 보이잖아."

"뭐, 텔레비전으로 럭비 보는 걸 좋아하는 사람도 있는 법이니까."

"호세랑 있을 때면 뭔가 싸한 게 있어, 무슨 말인지 알아? 아나랑 있을 때는 그렇게 느낀 적이 없는데."

"아나가 그립니?"

"아니, 뭔 소리야, 언니, 호세 진짜 장난 아니야."

얼마 지나지 않아 레안드라는 아나와 다시 만나기 시작했다. 호세와 함께 간 파티에서 술에 취해 아나에게 문자 메시지를 보냈고, 이튿날 아침 답장을 받았다. 둘은 아나의 방에 틀어박혀서 주말 내내 긴 대화를 나누었고, 아나는 내 동생을 용서해주었고 레안드라는 헌신짝 버리듯 호세를 떠났다.

재결합 이후 레안드라와 아나는 다섯 해 정도를 함께했다. 아나는 대학 동기들과 함께 위치 좋은 곳에 동물병원을 개업하고 집에서 더 많은 시간을 보냈고, 내 동생의 몸에는 점점 새로운 문신이 늘어났다. 그중 하나는 박사과정을 밟던 친구와 함께 쓰던 아파트에서 이사 나가기 전에 시모나가 해준 것이었다. 아나의 몸에는 새로운 상처가 늘어났다. 일하면서 동물을 다루다 생긴 것이었다. 룸바도 그 동물병원에서 더 오랜 시간을 보내기 시작했다. 입구 맞은편에는 타탄 커버를 씌운 푹신한 개 침대가 있었다. 아나는 어느 대로변에서 개 한 마리를 구조한 적이 있었는데, 개가 자동차를 피하다가 치이는 바람에 크게 찢어진 상처를 꿰매주어야 했고, 레안드라는 그날부터 그 개를 '엘 차포'라고 부르기 시작했다. 룸바와 엘 차포는 동물병원에서 같이 놀며 사이좋게 지냈다. 우리 엄마는 아나와 훌리안을 똑같이 사랑했고 가족 행사에 둘을 포함했다. 엄마에게는 엄마의 모임이나 이모와의 만남 등 엄마의 삶이 있었지만 우리와 같이 집에서 저녁을 먹거나 무언가를 하는 것을 좋아했다. 나는 치와와의 훌리안네 집에서 크리스마스를 한 번 보냈고, 훌리안은 우리 가족과 두 번 보냈다. 한 번은 이모네 집에서, 한 번은 삼촌네 집에서였다. 삼촌네 집에서 우리는 사촌들의 애인들을 만났고 그중 한 명은 최근에 공증인과 약혼을 한 상태였는데, 숙모는 사돈 될 사람들이 둘 다 성공한 공증인이라는 말을 몇 번이고 강조했다. 그 크리스마스가 바로 레안드라의 초대로 아나 모녀가 처음으로 우리 가족 모임에 참석한 때였다. 우리 엄마는 아나의 어머니와 잘 지냈지만 삼촌과 숙모는 처음에는 어색하게 거리를 두었고, 사촌은 자기 약혼자에게 우리 가족과 아나 모녀 사이의 관계를 마치 변명하듯 구태여 말을 덧붙여가며 설명했다. 레안드라는 재치 있는 입담을 뽐내면서 공증인의 마음을 사로잡았다.

훌리안이 치와와로 이사하면서 우리는 헤어졌다. 내가 학위를 마치기 직전이자 독립한 지 얼마 안 되었을 때였다. 훌리안과 끝내고 얼마 지나지 않았을 무렵, 아마 서너 달쯤 되었을 때 어느 파티에서 잔뜩 취한 나는 그날 밤 알게 된 남자와 키스했고, 그에게 내 번호를 주었는지, 주고 싶기나 했는지 기억은 나지 않았지만 어쨌든 이튿날 그가 내게 문자메시지를 보냈고, 그 주부터 로헬리오와 나는 만나기 시작했다. 그가 의뭉스러운 문제아라는 건 시작부터 분명했다. 그는 거짓말을 하고 친구들과 놀러 나갔고 가끔은 분명 그가 한 말이었음에도 내가 지어낸 거라고 나 스스로 믿게 하기도 했지만, 문제적인 그의 행동과 내가 빠져 있던 구덩이에도 불구하고 우리는 영화를 보고 늦게까지 이야기를 나누고 저녁에 놀러 나가는 등 함께 시간을 즐기며 제법 괜찮은 주말을 보내기도 했다. 지금 되돌아보면 그 짧은 관계와 그 시절은 내게 필요했던 구덩이였다고, 로헬리오와는 전혀 상관없이 뒤늦게 나를 덮쳤던 애도의 시기였다는 생각이 든다. 사실 최근에야, 펠리시아나와 의식을 치른 후에야 잃어버린 퍼즐 조각을 볼 수 있게 되었다. 우리 가족 안에서 문제아 역할은 언제나 레안드라의 몫이었다. 아빠는 레안드라가 학교에서 퇴학당할 때마다 괴로워했고, 엄마는 그 애가 무례한 행동을 하거나 권위에 대들며 문제를 일으킬 때마다 힘들어했다. 엄마 마음 깊숙한 곳에는 레안드라가 어떤 사람인지 신뢰하는 구석이 있었지만, 아빠는 레안드라의 능력에는 의심의 여지가 없었음에도 행실 때문에 세상에서 자기 자리를 찾지 못할까 봐 진심으로 걱정했다. 내 동생은 폭탄이었고, 한 집안을 날리는 데에는 폭탄 하나면 족하다. 어쩌면

마녀들

그래서 나의 폭발은 내 안에서 뒤늦게야 일어난 건지도 모르겠다.

마지막 학교에서 퇴학당하기 전, 레안드라에게는 만회의 기회가 있는 것처럼 보였다. 교장이 엄마 아빠와 면담했고, 학교에 불을 지른 이력이 있긴 하지만 어느 교사가 레안드라의 행동에 관하여 심리검사를 받게 하는 조건으로 학교에 남을 수 있게 하면 어떻겠느냐고 제안했다고 했다. 레안드라는 심리검사와 상담 치료를 받았다. 검사 결과는 레안드라가 평균을 훌쩍 뛰어넘는 지능의 소유자라는 것을 보여줬고, 그건 우리에게 그다지 놀라운 일은 아니었지만 그래프로 확인하는 것은 엄청났다. 레안드라는 자기보다 열 살은 더 위인 성인의 지능을 가졌지만 감정 반응은 어린아이 수준이었다. 심리검사 결과, 구체적으로 보자면 향후 레안드라가 다시 불을 지르거나 무언가를 파괴하리라고 볼 이유는 없었고 누구에게 위협이 되리라고 볼 이유도 없다는 결론이 나왔는데, 그건 우리도 이미 알고 있던 바였다. 그 검사 결과가 레안드라를 학교로 돌려보내주는 허가증이 되었지만, 결국에는 행실 불량으로 퇴학을 당하고야 만 것이다. 아빠는 대안 학교에서라도 제발 빌어먹을 고등학교는 마쳐달라고 레안드라에게 빌면서 눈을 계속 깜빡였는데, 그건 속절없이 흐르려는 눈물을 억누르는 아빠의 방식이었다. 레안드라는 아빠의 말을 들었다.

레안드라의 작품이 전 세계로 뻗어나가는 걸 볼 때면 아빠가 그리워진다. 서른둘의 나이에 그토록 엄청난 성취를 이룬 레안드라의 모습을 보고 아빠보다 더 행복해할 사람은 없을 거다. 그것도 아빠가 하고 싶어 하던 일로 이룬 성취니까. 어쩌면 아빠는 그 성공을 자기 자신이 아닌 작은 딸 레아에게서 보는 것을 더 기뻐했을 터였다. 아나와의 관계도 처음에는 받아들이기 힘들어했을 테지만 결국에는 지지해주었으리라고 생각한다. 레안드라의 현재 여자 친구 타니아는 아빠와 잘 지냈을 것이다. 하지만 그 방화 사건이 레안드라에게는 아직도 훈장이라는 것에는, 첫영성체 초를 켜라고 선물받은 지포 라이터로 불을 지른 그 사건이 레안드라가 자랑스럽게 걸고 다니는 몇 안 되는 훈장이라는 사실에는 아빠가 얼마나 동의할지 모르겠다.

17

눈을 떠보니 새하얀 병실 안이더군요, 의사가 나를 치료한 건 그때가 처음이었습니다. 외눈박이 타데오가 쏜 총알을 의사가 빼주었지요. 그보다 더 전에 내 딸 아폴로니아는 타데오에게 항의하러 갔었습니다, 딸이 좋아하던 그 남자가 임신한 아내와 함께 가게에 나타났다고요. 그 태생부터 글러먹은 작자는 평소처럼 취해서는 무슨 짓인가를 하려고 했고, 내 딸은 발길질 한 번으로 그를 바닥에 나동그라지게 만들었습니다. 그 사건이 도화선이 되었어요. 내 아들 아파리시오는 원한을 품는 사람이기 때문입니다. 아들의 마음속에서 원한은 급격하게 자라났고, 그 애는 자기도 타데오를 걷어차겠다고 타데오의 집을 찾아갔습니다. 하지만 아폴로니아의 발길질과는 달랐지요, 아들 녀석은 내 어깨에 입힌 총상과 아폴로니아에게 내뱉은 거짓말의 대가라며 타데오의 얼굴을 걷어찼습니다. 세월이 아무리 흐른다고 한들 아파리시오는 좀처럼 잊는 법이 없습니다. 녀석의 마음속에서 원한은 비가 온 후의 덤불처럼 자라나지요. 그 애의 발길질에는 원한과 더불어, 타슨 부부가 우리에게 집을 지어주고 있다는 소식을 듣고 외눈박이 타데오가 찾아와 내 어깨를 쏜 이후로 계속 담아왔던 분노도 섞여 있었습니다. 하지만 아파리시오는 그를 죽일 생각은 없었습니다. 얼마나 술에 떡이 되었던지 제 몸 하나 가누지 못하는 지경이었으니까요. 나는 아들에게 말했습니다. 아파리시오, 죽음은 네게 달려 있는 것이 아니다. 죽음은 신께 달려 있는 것이니, 네가 원한을 잊지 않듯 이 사실 또한 잊어서는 안 된다.

사람들은 나를 마을 병원으로 데려갔고, 병실에서 눈을 뜨니 팔로마가 보였습니다. 의사가 내게 말하더군요. 펠리시아나, 나는 살바도르라고 합니다. 통역사의 도움을 받아 이야기를 나눠보지요. 나는 그의 처신에 감탄했습니다. 그가 내게 이름을 말해주었을 때 내가 그에게서 본 모든 것에 감탄했어요. 나는 그가 살린 수많은 사람들을 보았지요, 최근에는 어머니의 배를 가르고 태어난 아기를 살렸더군요. 그는 숨도 쉬지 않던 아기를 세상으로 나오게 해주었고, 나는 정신을 잃어가는 어머니의 배를 가르고 방금 막 세상에 나온 아기의 회색빛 피부와 목에 걸린 소리 없는 울음을 보았습니다. 아기는 한껏 입을 벌리고 숨을 쉬려 했지만 숨을 쉴 수 없었고, 벌린 입으로 공기가 드나들지 않았어요. 나는 살바도르가 그 아기를 살린 것을 보았지만 그 장면을 보았다고 말할 수는 없었어요. 그를 놀라게 하고 싶지 않았으니까요. 어릴 적 판자 장수 피덴시오 아저씨의 팔을 건드렸다가 하얀 개 한 마리가 산으로 도망가는 광경을 봤다고 이야기했더니 그가 울음을 터뜨리고는 내게 화를 냈던 것처럼요. 나는 그 후로는 내가 보는 것들을 입 밖으로 꺼내지 않습니다. 그래서 나는 그저 살바도르, 당신은 훌륭한 의사입니다, 언어가 당신의 이름으로 당신을 훌륭한 의사로 만들었군요, 하고 말했을 뿐이에요. 살바도르는 내 어깨에서 총알을 빼주었고 고통도 감쪽같이 없애주었습니다. 이튿날 그가 내게 말했지요. 펠리시아나, 나는 당신이 누구인지 알아요, 당신의 이름은 신문에 실리고 전 세계에 알려져 있으니까요. 퇴원하고 집에 돌아가면 당신에게 데려가고 싶은 사람이 있어요. 몸이 회복되고 나면요. 당신을 만나고 싶어 하는 사람이 있어요, 그를 당신 댁으로 데려가려고 합니다.

　병원에서 보낸 사흘 밤낮 동안 먹은 음식은 형편없었습니다. 나는 살바도르에게 말했어요, 이건 신의 뜻을 거스르는 음식이라고, 의사 양반들은 흰 가운을 입고 다니는데 우리는 여기서 신의 뜻을 거스르는 음식이나 먹고 있다고요. 그러면 살바도르는 특유의 웃음을 돌려주었지요. 나는 달콤한 커피, 담배, 우리 집에 심긴 호박과 차요테와 강낭콩, 내 동생 프란시스카가 만들어주는 토르티야와 아톨레가 그리웠습니다. 내가 늘 먹던 그것들이야말로 맛있는 음식이라고 할 수 있지요. 나는 살바도르에게 병원 음식이 내 식욕을 증발시켜버렸다고 말했습니다. 그때 나는 집에서 먹는 음식이 곧 집 그 자체라는 사실을 깨달았지요. 나는 현명한 의사 살바도르가 일하는 병원의 음식은 먹지 않았습니다. 그걸 먹느니 뱃가죽이 등에 달라붙은 채로 퇴원하는 편이 차라리 나았습니다. 세 번째 해가 뜨던 날 배가 고파졌고, 하얀 간이침대에서 몸을 일으킬 수 있었습니다. 힘이 들긴 했지만 아프지는 않았어요. 팔로마가 시장에서 타말을 사 오기로 약속했었는데, 그 전에 몸을 일으킨 나는 병원에서 내게 입힌 푸른색 넝마를 벗어버리고 내 옷을 입은 다음 집으로 갔습니다.

　퇴원하고 집에서 지내던 어느 오후에 한 남자가 찾아와 말하길, 내 어깨에 박힌 총알을 빼준 의사가 친구와 함께 나를 만나러 오고 싶어 한다고 했습니다. 말을 전하러 온 남자는 정부에서 나온 사람이었는데, 내가 누군지 알더군요. 이상한 일이었습니다. 나는 그들이 무얼 원하는지 이해했고 의식을 준비했습니다. 신께서 도와주신 덕분에 의사와 그의 친구와 나를 위한 버섯을 따러 언덕을 오를 수 있었어요. 땅거미가 질 무렵 의사가 친구와 함께 우리 집에 나타났고, 말을 전하러 왔던 정부에서 나온 남자와 병원에서 의사소통을 도와준 통역사 청년도 함께 왔습니다.

통역사 청년이 살바도르는 의식에 참여하지 않을 것이고, 그저 친구를 위해 의식을 치러주었으면 한다고 했습니다. 나는 그의 말을 듣지 않았습니다. 그에게 우리는 버섯을 함께 먹을 거라고 하자, 그는 먹고 싶지 않다고 거칠게 답하더군요. 그래서 내가 말했습니다. 살바도르, 당신은 나를 살렸습니다. 이제 내가 당신을 치유하게 해주세요. 그의 친구가 내 편을 들어주었어요, 통역사가 말하길 그녀 또한 살바도르가 의식에 함께하길 바란다고 했지만, 살바도르는 여전히 참여할 생각이 없었지요. 살바도르의 친구가 그를 설득했고, 결국 둘이 함께 의식에 임할 것이라는 통역사의 말을 들었습니다. 살바도르가 억지로 승낙했다는 게 내 눈에는 보였지요. 정부에서 나온 남자는 문밖에서 기다리고 있었습니다.

의식 안에서 의사 살바도르는 재를 뒤집어쓴 얼굴로 나타나더니, 얼굴을 씻어냈습니다. 재는 의사로서 그가 짊어지고 다니던 죄책감이었고, 의식이 끝나자 그 죄책감도 씻어낼 수 있게 된 겁니다. 그 이후로 우리는 친구가 되었어요. 조에 양, 조에 양이 원하기만 한다면 의식을 치러 조에 양의 죄책감도 씻어낼 수 있습니다. 조에 양이 아버지에게 빚진 것이 무엇인지, 또 조에 양 스스로에게 무엇을 빚졌는지 볼 수 있게 될 겁니다. 살바도르와의 우정은 깊게 뿌리 내렸습니다. 나중에 그는 도시의 큰 병원으로 옮기게 되었는데, 기계로 볼 수 없는 통증이 있을 때면 내게 물어보러 오곤 했지요. 그는 여러 번 나를 만나러 왔고, 연굿거리와 논문을 가지고 오기도 했습니다. 내가 수확 때문에 밭에 나가 담배를 피우고 있으면 나를 보러 밭으로 찾아오기도 했지요. 의사 선생님, 하고 부르는 목소리가 들리면 누군지 단번에 알 수 있었고 살바도르, 하고 답하면서 돌아보면 거기에 그의 얼굴이 있었습니다. 타슨 부부가 우리 집을 지어준다는 이유로 분노한 타데오가 내 어깨에 쏜 총알을 빼준 양반의 얼굴이요. 살바도르는 내게 말했습니다. 펠리시아나, 집이 점점 커지고 있네요, 빨리 지어지고 있어요. 그 말을 듣고 보면 정말 집이 더 커보였습니다. 그 무렵 나는 언어로 의식을 치르는 오두막에서 더 많은 시간을 보내고 있을 때였지요. 외눈박이 타데오가 내게 총을 쏘고 내 아들 아파리시오가 그를 때려 눕힌 이후로도 나는 그에게 예전처럼 인사를 건넸습니다. 팔로마가 말했지요. 펠리시아나, 자기, 자기는 존엄한 사람이야, 저 멍청한 마라카한테 인사 따위 하지 마. 하지만 타데오의 그림자가 우리 집에 어둠을 드리우고 싶어 한다고 한들, 나는 땅 위에서 전쟁이 일어나도 하루도 빠짐없이 뜨는 해처럼 그에게 인사를 건네야 했습니다.

도지사는 살바도르의 친구와 내연 관계였습니다. 방탄차를 타고 다니는 정부 사람이 대관절 여기 왜 왔는지는 의식을 치르면서 알게 되었지요. 하루는 살바도르의 친구가 도지사를 데려왔습니다. 도지사가 내게 말했지요. 펠리시아나, 몇 가지 문제를 도와주시면 좋겠습니다. 당신에게는 강력한 힘이 있으니 부디 나를 도와주시기를 바랍니다. 그는 베라크루스의 한 주술사를 찾아간 적이 있더군요. 수없이 많은 수탉들의 미지근한 피에 몸을 담그는 의식을 치렀음에도 그의 문제는 해결되지 않았다고 했습니다. 누군가 그를 죽이고 싶어 했고, 그래서 그는 나에게까지 찾아와 부탁한 겁니다. 펠리시아나, 내 가죽을 원하는 게 누구인지 보려면 당신의 도움이 필요합니다, 당신의 힘으로 나를 도와주세요. 나는 그를 보았고, 담배를 권했지요. 그는 내가 예지력을 발휘해서 그를 도와줘야 한다고 했습니다, 그건 곧 정부의 일을 돕는 것이나 마찬가지라고 했지요. 내가 모든 걸 본다는 사실을 자기도 알고 있다면서요. 하지만 나는 그에게 아니라고, 나한테 보이는 건 지금 내 앞에 있는 그대뿐이라고 말했습니다. 그는 화를 내면서 부하 직원과 함께 방탄차로 돌아갔지요.

나중에는 그의 아내가 찾아와 말했습니다. 펠리시아나, 사람들이 내 남편을 산 채로 태워 죽이는 꿈을 꿨어요, 부디 그를 도와주세요, 분위기가 심상치 않아요, 우리 집으로 와주세요, 남편이 사례는 제대로 할 거예요. 나는 집에 찾아가는 일은 하지 않는다고, 나를 보러 사람들이 찾아와야 한다고 말했습니다. 그러자 아내가 말했지요. 펠리시아나, 그이는 좋은 사람이에요, 그이가 자는 동안 야만적인 짐승들이 그이를 잡아먹어버리고 말 거예요, 버섯과 약초에게 물어봐주세요, 누가 그이를 죽이고 싶어 하는지, 누가 그이 뒤를 쫓는지, 당신이 그걸 알아낼 수 있는 마녀라면 우리 남편이 아주 큰 사례를 할 거예요, 그이가 그러겠다고 했어요. 손주들까지 걱정 없이 지낼 수 있을 만큼 돈을 드릴 거예요, 우리 집에 와서 그이를 봐주시고 제안을 받아들이세요, 펠리시아나 당신과 당신 가족들에게 큰 기회라니까요. 하지만 나는 싫다고 말했습니다. 나는 아무것도 필요 없습니다, 그대 앞에 서 있는 내 모습 그대로 족해요, 부군의 돈은 필요 없습니다. 그러자 그녀는 나를 한 번 보고는 떠나더군요.

무언가 일이 터지리라는 것이 보였습니다. 도지사의 아내가 무슨 일을 벌이리라는 것이 보였지요. 손수 나서는 건 아니고, 그녀가 부리는 사람들이요. 나는 이제 총상에서 회복한 상태였고, 이제 팔도 움직일 수 있었지요. 나는 이제 건강했습니다. 살바도르가 준 약은 먹지 않았어요, 그가 친구와 함께 의식을 치르러 찾아왔던 날 가져다준 약은 먹지 않았지요. 나는 언덕에서 축복을 불어넣은 약초를 캐어 그 약초로 나를 치유했습니다. 약초들은 통증에 따른 치유법을 말해주는데, 나는 약초의 언어를 알기에 그렇게 치유할 수 있었던 겁니다. 총상에서 회복된 몸으로 잠에서 깬 이튿날 아침, 회색 새들이 싸우려고 밭에 온 것을 보았습니다, 회색 새들은 옥수수를 두고 암탉들과 싸우더군요, 아주 치열하게 싸웠습니다. 옥수수를 차지하려고 서로 쪼느라 깃털이 휘날렸고, 그 광경을 보면서 나는 우리 집에 분노가 들이닥치리란 걸 알았습니다. 대기, 산, 구름, 꽃, 약초, 우리가 보는 모든 것이 우리에게 메시지를 전해주니까요. 자연에는 언어가 실려 옵니다, 우리는 그저 듣기만 하면 되지요. 여기 내 밭에 와서 싸운 회색 새들이 전한 메시지는 바로 분노의 징조였습니다.

그날 밤에는 또 다른 분노의 악이 들이닥쳤습니다. 나는 언어로 악한 말을 하지 않습니다. 선하든 악하든 언어의 힘은 똑같이 강력하고, 선택은 나의 몫입니다. 그래서 나는 외눈박이 타데오가 내게 총을 쏜 후에도 이전과 똑같이 인사를 건넸던 겁니다. 나는 악한 말은 하지 않고 원한도 품지 않으니까요, 나는 신께서 내게 빌려주신 삶과 내게 주신 치유의 힘에 감사할 따름입니다. 아직 집이 다 지어지지 않았을 때였고 모두가 잠든 늦은 밤, 나는 총알이 박혔던 어깨에 통증을 느끼고 잠에서 깨고 말았습니다. 나는 도지사의 아내의 분노가 나를 찌르고 있는 것이란 걸 알았지요. 곧이어 타오르기 시작하는 불의 언어가 들려오기 시작했습니다. 도지사의 아내가 보낸 사람들이 우리 지붕에 불을 질렀던 겁니다. 하지만 집 안은 무사했기에 물을 길어다 불을 끌 수 있었습니다. 불은 물을 증기로 만들고 물은 불을 끕니다, 불은 물을 잠재우고 물 역시 불을 잠재우지요, 선한 힘과 악한 힘이 서로를 잠재우듯 우리는 우리의 물로 불을 끔으로써 분노의 악을 물리친 겁니다.

마을에서 사람들은 팔로마에게 우리 선조 때부터 전해 내려온 영약의 비밀을 내가 까발리고 있다고, 외지 사람들이 오면서부터 언덕에 자라는 버섯들이 공용어를, 외국어를 말하기 시작했다고, 그것이 다 내 탓이라고 했습니다. 팔로마가 내게 말했지요. 펠리시아나, 자기, 총 사건이며 자기네 집 지붕이 홀라당 타버린 사건을 두고 사람들이 별소리를 다 하고 다녀. 외눈박이 타데오는 사람들이 짓고 있는 자기 집도, 자기를 보러 전 세계에서 몰려드는 사람들도 견딜 수가 없는 거야. 도지사 부부는 자기가 그들의 더러운 뒤를 닦아주는 마녀가 되어주기를 바라고. 자기, 우리 이 모든 걸 멈춰야 해.

팔로마는 하얀 헬멧을 쓰고 콧수염과 턱수염이 난 통역사의 도움으로 타슨 부부에게 메시지를 보냈습니다. 타슨 씨는 지붕이 타고 없어진 자리에 철로 지붕을 다시 올리고 싶어 했지만, 나는 판자 지붕으로 하겠다고 내 딸 아니세타를 시켜 판자 장수를 데려오게 했습니다. 피덴시오 아저씨의 조카였지요. 내가 어릴 적에 언덕으로 달려가는 하얀 개가 보인다고 말했다가 울려버린 아저씨요. 내 생각에 그건 아저씨의 죽은 아이였던 것 같습니다. 팔로마는 악이 끊이지 않는다며 걱정했지요, 하루는 또 다른 악이 몰려오는 꿈을 꾸었다며 내게 와서 말했어요. 펠리시아나, 밭에 천둥이 여섯 차례 내리치는 꿈을 꿨어. 나는 팔로마에게 짐승은 약한 짐승을 보면 싸움을 거는 거라고, 약함을 알아보기 때문에 싸우는 거라고, 맹수에게는 싸움을 걸지 않는 법이라고, 우리는 강하므로 더 이상 우리 집에 악이 쳐들어올 수 없을 거라고 말했습니다. 타오르는 불을 보자 나는 일련의 악행이 흙을 쓸어 가서 산을 무너지게 하는 비처럼 나를 무너뜨리기 위한 것이 아니라 신께서 나를 강하게 만들려는 시험이란 걸 알았습니다. 외눈박이 타데오는 내게 총을 쏘았고 사람들은 내 지붕에 불을 질렀지요. 나는 산에 불이 붙으면 그 불이 밤을 환히 밝히는 것을 보았고, 파종한 밭을 태우는 불은 오래도록 타오르지는 못한다는 것 또한 봤지요. 내가 신의 시험으로 강해지지 않는다면 그다음은 내 아이들의 차례가 되리란 걸 알았습니다. 나는 내 아이들을 위해, 내 동생 프란시스카를 위해, 팔로마를 위해 일어섰습니다. 나를 해한 그 불이 내게 말했지요. 펠리시아나, 너는 스스로 불이 되었으니 이제 그 어떤 불도 너를 해하지 못하리라. 그날 밤 불은 나에게 그렇게 말했습니다.

턱수염과 콧수염이 난 통역사가 타슨 부부에게 메시지를 보냈고, 타슨 부부가 도지사에게 내게 일어난 일을 알아봐달라고 부탁했습니다. 눈앞에서 돈이 짤랑거리니 도지사는 우리 집으로 찾아와 누가 나를 해하려 하는지 알아내겠다고 했지요. 나는 당신 아내라고, 바로 당신이 나를 해하려 하는 것이 아니냐고 생각했지만, 그 말을 입 밖으로 꺼내지는 않았습니다. 나는 타슨 부부에게 감사를 전했지만 내 일로 도지사를 찾을 필요는 없다고, 나는 이제 스스로를 지킬 만큼 강해졌다고 말했습니다. 가게에서 일하던 내 딸 아니세타에게 누군가 말했습니다, 마녀들에게는 불을 질러도 싸다고요. 나는 말했지요. 아니세타, 내 딸, 나는 마녀가 아니란다, 나는 점쟁이도 아니고 미래도 아니야, 나는 언어이고 언어의 단어들은 현재이며 책이 내게 주어졌으니, 나는 책-여자이자 언어란다.

그래요, 타슨 부부는 꾸준히 나를 보러 왔습니다. 나중에는 딸까지 데려와 소개해주었지요. 나는 부부의 딸과 이야기를 나누었고, 어느 좋은 대학에 다니는 학생인 것이 보였습니다. 학교의 문장이 들어간 물건을 많이 가지고 있더군요. 옷에도, 커피 잔에도, 심지어는 라이터에도 학교의 문장이 있었습니다. 나는 타슨 부부의 딸에게 말했습니다. 얘야, 옷을 버리거라, 커피 잔도 버리고 거기 그 라이터도 버리렴, 학교의 평판은 중요한 게 아니란다, 너의 복은 네가 똑똑하기 때문에 온 것이지 잘난 학교 때문이 아니야. 그러자 타슨 부부의 딸이 깜짝 놀라더군요, 내가 말한 학교 문장이 새겨진 라이터는 가방 안에 있었는데 내가 그걸 가리켰으니까요. 내게 라이터를 주려고 하기에 내가 말했습니다. 아니, 얘야, 버려야 한다.

타슨 부부의 딸은 의식을 치르지 않고 머무르던 마을로 돌아갔습니다. 부부만 의식을 치렀지요. 나는 타슨 씨가 어릴 때 아주 아팠던 것을 보았습니다. 마흔 번이 넘는 낮과 밤을 병원에서 보냈더군요, 기계들에 연결된 채로 말입니다. 나는 장난감으로 의사와 협상하려고 하는 어린 그의 모습을 보았습니다. 장난감을 줄 테니 바늘로 팔을 아프게 하는 걸 멈춰달라고 하면서요. 한쪽 팔만 계속 찌르지 말아달라며 건넨 인형을 받은 의사는 다른 팔에 바늘을 찔러 넣었지만, 곧이어 아픈 팔도 다시 찔러야 했지요. 그러고는 장난감을 어린 타슨의 아버지에게 주었습니다. 타슨 씨는 어릴 때부터 사업가였던 겁니다, 예리하게 협상할 줄 알았지요, 말을 아직 다 배우기 전부터 예리하게 협상할 줄 알았어요. 나는 그가 사업가의 기질을 타고난 것임을 보았고 그 기질이 돈을 불러온 겁니다.

사람들은 내게 묻습니다. 펠리시아나, 당신이 보는 건 현재라면서 어떻게 사람들의 과거를 보는 겁니까. 그러면 나는 이렇게 답합니다. 언어는 언제나 현재입니다. 과거에 말해졌다고 해도 현재인 겁니다. 현재에는 종종 과거도 담겨 있고 미래도 담겨 있지만, 현재는 언제나 현재지요. 신께도 언제나 현재이고 우리에게도 언제나 현재입니다. 언어는 언제나 현재예요. 내가 지금 조에 양에게 하고 있는 이 말들을 타슨 부부가 신문에 기고했고, 그 글이 소문을 퍼뜨려 외지 사람들을 이곳 산펠리페까지 데려온 겁니다. 언어를 통해 자기 영혼의 깊은 바닷속을 보고자 하는 이들을 데려온 거지요.

많은 사람들이 나를 보러 왔고 나는 그들 모두에게 무엇 때문에 이곳까지 왔느냐고 물었지만, 그저 보는 것만으로도 누가 자신의 현재를 알고 싶어 하는지, 누가 자기 영혼의 깊은 바닷속을 들여다보고 싶어 하는지 알 수 있었지요. 나는 담배를 들고 나가 담배를 피우며 그들을 바라보고는 그들의 이름을 묻곤 했습니다. 그저 보는 것만으로도 나는 언어로 여행을 떠나고자 하는 이가 누구인지, 또 유흥 삼아 온 것이 누구인지 알 수 있었지요. 팔로마는 내게 말하곤 했습니다. 펠리시아나, 자기, 자기가 이렇게 일을 열심히 하면 누군가는 자기 몫까지 놀아야겠지, 그렇지, 나는 밤을 즐기러 읍내로 가야겠어. 그 무렵 팔로마는 거의 매일 밤 나갔고 나를 찾아오는 일은 좀처럼 없었지요, 하지만 좀처럼 없는 방문 때마다 팔로마는 나를 도와줬습니다.

조에 양이 말한 그 음악가도 나를 보러 왔습니다. 새하얗게 빛나는 옷차림이었지요. 그를 둘러싼 기운과 힘이 굉장히 강력했어요. 자기 사람들을 데려온 그에게 팔로마는 스페인어로 '왕자'라는 단어를 가르쳐주었고, 그는 내게 내 이름은 왕자입니다, 하고 스페인어로 말했어요. 팔로마는 그가 데려온 사람들에게도 스페인어를 가르쳤지요. 정말 많은 사람들이 왔습니다. 다른 언어를 말하는 사람들이 이곳에 왔고 마을 사람들의 집에서 지냈어요. 배낭을 멘 사람들이 돈을 들고 와서는 방과 지붕을 내어달라며 이곳 산펠리페 사람들에게 선물을 준 겁니다. 도지사는 도로를 내야 했지요, 외지 사람들에게 잘 보이고 싶었으니까요. 마을 사람들이 자기를 어떻게 볼지는 안중에도 없었지만 이국의 언어를 말하는 사람들은 그에게 중요했습니다. 그는 광장을 하나 만들었고, 야외무대도 하나 짓더니 광장 한가운데 높은 기둥도 하나 세웠습니다. 높은 기둥에서 낮은 기둥들로 떨어지는 줄들로 별 모양을 만들었고, '산펠리페, 신비한 나의 마을'이라는 문구가 적힌 하얀 종잇조각들을 줄에 달아두었습니다. 외지인들은 야외무대에서 도지사와 함께 사진을 찍었고 도지사는 그들을 관저에 초대했습니다. 그는 하얀 옷차림의 왕자라는 음악가가 누구인지 몰랐지만, 그가 다른 언어권에서 무척 알려진 사람이라는 것은 신문에서 읽어 알고 있었지요. 그리고 그는 정부 사람들을 내게 보내서는 유명한 예술가들이 나를 찾아오거든 자기한테 말해달라는 말을 전했습니다.

　마을에는 이미 도로가 깔려 있었고 외지인들을 위해 도지사가 만든 거리가 생겨나 있었습니다, 팔로마가 도시로 가서는 아직 태어나지 않은 병을 품고 있던 남자, 팔로마의 귀에 죽음의 노래를 흥얼거린 병을 지니고 있던 남자와 사랑에 빠졌을 무렵에는 말입니다.

18

엄마가 아빠에게 전화를 걸어 레안드라가 학교에 불을 질러서 퇴학당했다는 소식을 전했다. 엄마는 레안드라의 휴대폰으로 몇 번이고 전화를 걸었지만 받지 않았다. 그 날 밤 아빠는 입을 닫았고, 며칠이 지나고 나서야 동생에게 무슨 일이 있었는지 설명을 요구했다.

학교가 건립되던 스무 해 전부터 지금까지 관리인으로 일해온 여자가 있었다. 이름은 미카엘라, 내 동생과 같은 반에 다니던 열세 살 남학생을 홀로 키우는 어머니였다. 그녀의 아들 쾨우테모크는 유치원 때부터 전액 장학금을 받으며 그 학교에 다녔는데, 거기에는 두 가지 조건이 있었다. 미카엘라가 학교 일을 계속할 것, 쾨우테모크가 평균 성적을 유지할 것이었다. 그는 내향적인 학생으로, 선생님이 참여를 요구하지 않는 이상 수업 중에 좀처럼 의견을 내는 법이 없었다. 시간이 흐르며 그가 반 친구들과 교류하지 않고 반 친구들도 그와 교류하지 않는 양상이 당연한 것으로 자리 잡아갔다. 아무도 그를 괴롭히지 않았고, 그의 존재조차 알아차리지 못하는 학생들이 있는가 하면, 인사는 건네지만 그 이상의 대화로 이어가지는 않는 학생들도 있었다. 아무도 그를 자기 집이나 파티에 초대하지 않았다. 그는 소풍에 한 번 따라간 적이 있었고 중학교 졸업식 준비를 도왔지만, 그뿐이었다.

콰우테모크에게는 학교에서의 삶 말고 다른 삶이 있는 것 같았다. 학교 친구들에게는 그가 필요 없었고, 그에게도 학교 친구들이 필요 없었다. 쉬는 시간에는 주로 컴퓨터 프로그래밍을 좋아하는 한 학년 아래의 작고 통통한 친구와 어울렸는데, 그 애가 학교에서의 유일한 친구였다. 콰우테모크는 또래 청소년들과는 관심사가 달랐다. 소속되는 것에 관심이 없었고, 대화에 참여하는 것에도 관심이 없었고, 여자애들에게도 아직 관심이 없었다. 이미 어머니의 키를 훌쩍 넘을 정도로 키가 컸고, 손으로 뜬 스웨터에 폴리에스터 바지, 동급생들 중 아무도 이해하지 못하는 문구나 그림이 들어간 티셔츠를 입고 다녔다. 내가 그를 처음 보았을 때 그는 어머니가 떠준 갈색 목도리를 두르고 있었다.

레안드라는 그 학교에 들어가자마자 콰우테모크와 친하게 지냈다. 말을 걸고 수업 시간에 옆에 앉았고, 둘은 친구가 되었다. 한편으로는 레안드라의 천성 때문에, 또 한편으로는 콰우테모크의 성격 때문에 레안드라는 학교에서 사귄 새 친구들과 콰우테모크 사이에서 가교 역할을 하게 되었다.

레안드라가 고등학교에서 새로 사귄 친구들 중에 가톨릭 집안의 여자아이가 한 명 있었다. 부모님은 얼마 전 이혼했고 잘나가는 공증인 아버지에게는 시골 별장이 있었는데, 그 별장에 얽힌 멋진 일화들을 레안드라도 들어 알고 있었다. 그 주말 동안 맹장염에 걸렸던 한 명을 제외하고는 별장에 다녀온 동급생들은 다들 즐거운 시간을 보냈다. 그곳에 다녀온 친구들은 모두 별장이 얼마나 으리으리한지 말했다. 모닥불을 피울 곳도 있고 작은 영화 감상실도 있는데, 영화관처럼 팝콘 기계도 있는 데다 자리마다 담요까지 준비되어 있다고 했다. 이혼 후 별장을 소유하게 된 소녀의 어머니는 외동딸을 데리고 그곳을 더 자주 방문하기 시작했다. 모녀는 가능한 한 매주 별장을 찾았고, 친구들도 함께 데려갔다. 레안드라가 전학 오기 얼마 전 소녀는 별장에서 파티를 열고 친구 몇 명을 초대한 적이 있었는데, 소녀의 어머니도 자기 친구들과 함께 별장에 합류했고 그중에는 십대 자녀를 데리고 온 부부도 있어 어머니 친구들의 자녀들과 딸의 친구들이 함께 어울리기도 했다.

레안드라와 콰우테모크와 그의 친구는 별장에 다녀온

친구들과 동그랗게 둘러앉아 그 주말 이야기를 하고 있었다. 그들은 마리화나를 한 대 말아 가서 별장 어느 구석에서 피웠고 영화를 한 편 찍었다고 했다. 그들은 그걸 영화라고 불렀지만, 각자 배역을 맡아 저들끼리만 알아듣는 농담을 지껄이며 웃다가 끝나는 영상에 가까웠다. 그러고선 영화 감상실에서 그 영상을 틀었는데, 어른 몇 명도 와서 잠시 보다가 이내 흥미를 잃고 떠났고, 그래서 아이들만 남아 화면을 봤다고 했다. 영화가 무슨 내용이었는지 이야기를 하던 중 갑자기 소녀가 끼어들더니 흥분한 목소리로 거기 있던 모두를 별장에 초대했다. 그중에는 레안드라와 콰우테모크 그리고 한 학년 아래인 콰우테모크의 친구도 포함되어 있었다.

소녀는 다음 주에 시골 별장으로 친구들을 초대했다고 어머니에게 말했고, 그중에는 학교에서 새로 사귄 친구들도 있다고, 레안드라와 콰우테모크가 올 거라고 했다. 소녀의 어머니는 레안드라가 누군지는 몰랐지만 콰우테모크가 누군지는 알았다. 매년 학급 사진에서 봤던 까닭이다. 이름은 매력적으로 들릴지 몰라도, 그 아이가 학교 화장실을 청소하는 여자의 아들이라는 사실을 알았다. 그리고 그 여자, 미카엘라가 몇 해 전 학교를 팔아버린 건립자의 집에서 일하던 사람이라는 말을 들은 적 있었고, 어느 민속 축제에서 모자를 우연히 만나 인사한 적도 있었다. 학교 전체에서 그런 이름은 딱 한 명밖에 없으리란 것이

거의 확실했고, 그 아이가 학교 화장실을 청소하는 여자의 아들이 맞느냐고 물어봤을 때 딸이 그렇다고 대답하자 어머니는 이성을 잃고 이튿날 곧장 학교장을 찾아갔다. 그들은 닫힌 문 뒤에서 대화를 나누었고, 얼마 지나지 않아 학교에서는 소문이 돌기 시작했다. 이틀인지 사흘 후, 콰우테모크는 교실에서 사라졌다.

내 동생은 미카엘라와 이야기를 나누었다. 미카엘라는 콰우테모크의 장학금이 왜 취소되었는지 자세하게 말해주었다. 학기 평균 성적이 떨어진 건 맞지만 그래도 합의된 기준에는 여전히 부합했음에도 교장은 콰우테모크를 내쫓기 위해 성적을 구실로 삼은 것이었다. 미카엘라는 그 일이 일어난 진짜 이유를 알고 있었기에 맞서 싸우고 싶지 않았다. 그녀는 그 소녀의 어머니가 자기 딸이 학교 청소부 아들과 노는 꼴을 보려고 자기가 그 학비를 내고 화학 실험실과 초등학교 건물 지을 돈을 기부하는 줄 아느냐고 난리법석을 피웠다는 것을 알았다. 학교 측에서는 아직 서류를 완전히 구비하지 못한 데다 학교 증축을 위해 거액을 쓴 상태였기에, 교장은 무료로 서류를 공증해준 소녀의 가족과 척을 지고 싶지 않았던 것이었다. 당시 교장에게는 다른 선택지랄 게 남아 있지 않았지만, 남들이 그걸 알아야 할 필요는 없었다. 학교가 문제없이 굴러가게 하려면 콰우테모크를 쫓아냄으로써 소녀의 어머니의 압박으로부터 벗어나는 것이 가장 간단한 방법이었다. 동생은 미카엘라와 화장실에서 이야기를 나눈 후 곧장 과학실로 향해 가솔린 통 하나를 책가방에 넣어서 나왔다. 그러고는 늘 가지고 다니던 지포 라이터를 꺼내 주차된 스쿨버스들 옆의 쓰레기장에 불을 질렀다.

불길이 쓰레기장 일부를 덮은 유리섬유 지붕을 태우며 높이 치솟았고, 주위의 나뭇가지들로 옮겨붙기 시작했다. 불은 나무들로, 버스들로, 근처 자동차들로 퍼질 수도 있었지만 불길이 높이 치솟기 시작할 무렵에는 학생들이 이미 모여들고 있었고, 버스 기사 세 명과 화학 교사와 아들을 데리러 일찍 도착했던 학부형이 힘을 합쳐 호스와 물 몇 양동이와 경비원의 담요 두 장으로 어떻게든 불을 끄는 데 성공했다. 소화기는 없었다.

법률사무소에 다니던 3학년 학생의 어머니 한 명이 소식을 듣고 교장에게 전화를 걸었다. 도대체 어떻게 학생들을 위한 안전시설이 구비되어 있지 않을 수 있냐, 아들이 말하길 학교에 소화기도 없다고 하더라 등의 말이 이어졌고, 그날 오후, 학교가 화재나 지진 발생 시의 안전 규정을 준수하고 있다는 것을 증명하는 서류를 요구했다. 분노한 교장은 길길이 날뛰며 우리 엄마에게 전화를 걸어 학교 측에서 화재를 진압해서 다행이라며, 학교에 소화기는 당연히 있었지만 레안드라가 전교생의 목숨을 위험하게 만들었다고 말했다. 학교에 있던 소화기들은 사용 기한이 다 지났고 불이 난 그 특정 구역에서 다칠 가능성이 있었던 사람은 교장뿐이었다는 것을 레안드라가 알고 그 시간대를 골라 불을 질렀다는 사실을 우리 부모님이 알게 된 건 나중이었다.

아빠는 레안드라에게 벌을 주었지만, 합의점을 찾았다. 아빠는 학교에 찾아가 콰우테모크가 처한 상황에 대해 교장과 대화를 나누었다. 아빠와 엄마는 둘 다 일을 하므로 레안드라를 다른 학교로 전학시킬 수 있는 특권이 있는데, 차별로 인해 더 큰 소송에 휘말리고 싶은 게 아니라면 미카엘라의 직장 또한 그녀가 아들에게 교육의 기회를 제공하는 특권을 누릴 수 있도록 보장해주어야 할 거라고 말했다.

학교는 2주 동안 문을 닫았다. 교장과 행정 직원들은 긴급한 서류 정리를 마무리했고, 새 소화기들을 구비했고, 정부의 허가를 받아 지진 발생 시 이용할 비상구를 마련했다. 아빠와 레안드라 사이의 거래는 그 애가 교장에게 맞서면서 이뤄내고 싶었던 바를 이뤄주었다. 관심에 목마른 열세 살짜리답게 이뤄내긴 했지만. 아빠는 교장이 합의를 하게 만들었다. 콰우테모크가 수업을 들을 수 있게만 해준다면 레안드라는 학교로 돌아가지 않을 것이며, 더 이상의 소란은 없을 거라고.

레안드라는 두 달 동안 외출 금지령을 선고받았다. 원칙적으로는 집 밖을 나가서는 안 됐다. 엄마 아빠가 허락한 몇 안 되는 예외 중 하나는, 아니 사실 그건 엄마 아빠의 부탁에 가까웠지만, 콰우테모크를 집에 초대해 함께 저녁을 먹는 일이었다. 엄마 아빠는 직접 콰우테모크를 만나고 싶어 했다. 레안드라에게 벌을 주는 것도 중요했지만, 벌보다 더 중요한 건 레안드라가 다시 불을 지르지 않게 하는 것이었다. 다른 사람들 혹은 자기 자신을 위험에 빠뜨리는 일은 없어야 했다.

나의 불은 뒤늦게 치솟았다.

펠리시아나는 내게 세 번의 의식을 집전했다. 그녀는 내게 해결되지 못한 어떤 문제가 있기 때문에 팔로마가 나를 이곳 산펠리페로 데려온 것이라는 사실을 상기시켜주었다. 땅거미가 내려앉았고, 오두막에서 펠리시아나는 검은 가루가 담긴 작은 조롱박잔을 꺼내더니 내 팔뚝에 가루를 발라주었다. 손에 가루가 묻은 채로 펠리시아나는 어린아이들이 놀 때 만들어내는 노래처럼 단순한 곡조를 노래하기 시작했다. 그녀는 노래에 몸을 맡긴 채 내 주위로 원을 그리며 천천히 한 바퀴 돌았고, 자기 손에 묻은 검은 가루를 핥으라는 신호를 보냈다. 가루에서는 흙과 납 맛이 났고, 그녀는 노래를 이어갔다. 몇 초 후, 나는 전부 게워냈다. 펠리시아나가 몸을 숙여 나를 안정시켰고, 그 또한 의식의 일부라고 말해주었다. 그녀의 노래에는 선율과 리듬이 있었다. 소리들과 단어들이 반복되었고, 소리의 만화경처럼 교차하며 변화했다. 펠리시아나는 어린아이가 방금 배운 단어를 가지고 놀듯 단어들을 가지고 놀았다.

펠리시아나의 손에는 그녀의 딸 아폴로니아가 염색한 붉은 비단 조각이 들려 있었다. 그녀는 거기서 버섯을 꺼내더니 손가락으로 흙을 털어낸 다음, 세 쌍의 버섯을 내게 주고 세 쌍은 자기 입에 넣었다. 맛은 슈퍼에서 파는 버섯과 흡사했다. 버섯을 다 삼키자 열기가 올라왔다. 내가 외투를 벗는 동안 펠리시아나는 다시 천천히 내 주위로 원을 그리면서 걸었고, 문장 하나를 조금씩 바꾸어가며 노래를 불렀는데, 그 소리들이 새로운 이미지를 만들어냈다. 펠리시아나가 내 손을 잡았고, 내 피부에 그녀의 피부가 닿자 둘이 함께 공중으로 날아오르는 듯한 기분이 들었다. 우리의 몸이 위로 떠오르더니 오두막의 나무문을 통과해 밖으로 나갔다. 우리는 펠리시아나의 밭 위를, 산펠리페 위의 하늘을 누볐다. 나는 아래로 펼쳐진 마을을 보았고 멀어지는 도시의 빛을 보았다. 마치 비행기가 이륙할 때 창문 너머로 멀어지는 풍경처럼 불빛은 점점 작게 점멸했다. 광활한 밤과 별들이 눈앞에 펼쳐졌다. 나는 펠리시아나가 이제 나와 함께 있지 않다는 것을 깨달았다. 나는 점점 더 빠르게 우주로 솟아올랐고 가장 높은 곳에서 다양한 회색 톤의 흐릿한 입자들을 보았는데, 꼭 현미경 아래에서 분간하기 어려운 형체로 움직이는 미생물들의 움직임 같았다. 갑자기 몸이 다시 움직였고, 나는 하강하며 오두막으로 돌아가고 있었다. 돌아가는 길이 분명하게 보였다. 나는 밤하늘의 하얀 구름을 통과했고, 아주 작게 점멸하는 도시의 빛을, 산펠리페를, 언덕들을, 사탕수수가 심긴 땅을, 옥수수밭과 내 발 아래 벼랑을 가로지르는 전깃줄을, 펠리시아나네 오두막의 판자 지붕을, 내가 열고 나온 나무문을, 내가 앉아 있던 의자를, 펠리시아나가 노래하며 자기 손에 쥐었던 내 손을 보았다. 펠리시아나의 손을 잡자 이번에는 그녀의 손안으로의 여행이 시작되었다. 바깥으로 떠났던 여행만큼이나 긴 여행이었다. 나는 그녀의 몸 가장 깊은 곳까지, 내가 도달할 수 있는 가장 깊은 곳, 세포 안까지 파고들었고, 내가 보았던 광경은 정말이지 기하학적으로 완벽했다. 거기서 나는 다양한 회색 톤의 흐릿한 입자들을, 꼭 현미경 아래에서 분간하기 어려운 형체로 움직이는 미생물들의 움직임 같은 것, 우주 저 높은 곳에서 보았던 것과 똑같은 것들을 인체의 세포 가장 깊은 곳에서 보았고, 펠릭스의 형상이 나타나지는 않았지만 나는 이 여행이 곧 내 아들이라는 것을 알 수 있었다.

펠리시아나는 앞으로 이틀을 더 오라고 했다. 둘째 날 밤, 펠리시아나는 언어로 의식을 집전했다. 나는 카페오레색 초로 밝힌 그녀의 제단 옆에 깔려 있는 멍석 위에 누웠다. 나는 그날 오후 펠리시아나가 나를 위해 언덕에서 캐온 약초 위에 누웠다. 펠리시아나는 내게 몇 가지 질문을 던졌고, 통역사가 우리의 소통을 이끌었다. 펠리시아나는 그녀에게 보이는 장면들을 내게 묘사해주었고 그것들이 나의 말을 완성해주었다. 그제야 나는 아빠가 좋아하는 일을 하기 위해 차고에 마련했던 그 공간이 우리에게, 레안드라뿐만 아니라 내게도 방향을 제시해주었다는 사실을 이해했고, 내 동생과 달리 나는 아직 그곳에 끝맺지 못한 일이 있다는 사실도 이해했다. 장녀로서 나는 좋아서 하는 일은 할 수 없었고, 해야 하는 일을 했다. 신문사에서의 책임감은 내가 어릴 적에 왜 저널리즘을 공부하고 싶었는지 그 이유를 잊게 했는데, 그건 내가 드럼 수업을 듣고 내 작은 침대에 누워 시를 쓰곤 하던 것과 같은 이유였다.

펠리시아나는 내가 단 한 번도 생각해본 적 없는 유년기의 어느 장면으로 나를 이끌었다. 존재하는지조차 몰랐던 그 장면이 켜켜이 쌓인 다른 기억들 아래에서 떠올랐고, 그건 내가 처음으로 아빠와 교감한 순간이었다. 우리는 텔레비전을 보고 있었다. 리모컨은 아빠의 손에 들려 있었고, 아빠가 이리저리 채널을 바꾸던 중이었다. 나는 아마다섯 살 정도 되었을 터였다. 중간부터 보기 시작한 영화에서 어떤 사건이 일어났고 우리 둘은 동시에 웃음을 터뜨렸다. 특별히 웃긴 장면은 아니었는데 그 점이 그 장면을 더 웃기게 만들었고, 서로의 웃음에 전염되어 더 웃었던 것이다. 멍석 위에 누운 채로 나는 웃음을 터뜨렸다. 셋째 날 밤 펠리시아나는 버섯 네 쌍을 주고는 언어로 나를 이끌며 책의 한 페이지를 읽어주었다. 조에 양, 이건 조에 양의 것이에요, 펠리시아나가 말했다. 이 페이지는 조에 양의 것이고 언어가 말하는 이 단어들은 조에 양의 것이에요. 조에 양에게 빠져 있던 페이지가 바로 이것입니다.

19

버섯에는 다양한 종류가 있습니다. 가축의 배설물에서 자라나는 버섯을 우리는 황소라고 부릅니다. 그것들은 멍에에 매여 경작지를 오가는 한 쌍의 황소처럼 둘씩 자라기 때문입니다. 우기에 나무에서 자라나는 버섯은 고양이라고 부릅니다. 사탕수수가 심긴 땅에서 자라나는 버섯은 새라고 하고, 물기를 머금은 언덕의 땅에서 태어나는 버섯을 우리는 아이라고 부르지요. 내가 조에 양에게 준 건 아이 버섯입니다. 의식을 집전할 때 쓰는 버섯이지요. 고양이 버섯도 써보았지만, 아이 버섯처럼 강력하지 못해요. 꼭 고양이들 같지요, 저들이 내킬 때만 옵니다. 우리가 삼킨다고 해도 내키지 않으면 저들이 자라났던 나무에 머무를 따름이지요. 우리는 그 버섯들이 언제 올지, 오긴 오는 건지, 오지 않을 건지, 모습을 드러내 가르랑 소리를 낼지, 아니면 우리가 고양이 버섯을 땄던 그 나무에 그대로 머물며 나무 둥치를 긁고만 있을지 알 수가 없습니다. 고양이 버섯은 내키면 저들이 원하는 시간에 의식에 모습을 드러냅니다. 하지만 오기로 마음먹었다면 가르랑 소리를 내며 오지요. 새 버섯도 비슷합니다. 하지만 더 투명해요. 새 버섯은 한낮에 꾸는 꿈이 우리에게서 날아오르듯 가볍게 투명하고, 한낮에 꾸는 꿈은 날아오르는 가벼운 날개만큼이나 투명하지요. 황소 버섯은 여러 쌍을 먹어야만 강력한 힘을 발휘합니다. 힘차게 밭을 일구려면 황소들은 언제나 짝을 지어야 하는 것과 마찬가지로요. 하지만 황소들은 이끌어줄 사람이 필요합니다. 이쪽으로 와라, 저쪽은 안 된다, 이쪽으로 오니까, 하고 말해주어야 합니다. 아이 버섯은 현재이지요, 그들은 현재이기 때문에 가장 강력한 겁니다. 그들이 보여주는 환영은 현재처럼 광활합니다. 사람들은 한 단어가 지속되는 만큼만 현재가 지속된다고들 하지요. 한 단어 다음에 다른 단어가 오면 이전의 단어는 이미 과거가 되어버리고, 서로 꼬리를 물듯 그렇게 이어지니까 사람들은 내게 말합니다. 펠리시아나, 현재가 지속되지 않는데 환영이 어떻게 가능한가요. 나는 그들에게 답합니다. 현재는 사람만큼이나 광활하고, 언어만큼이나 광활하다고요.

과달루페에게 의식을 집전하던 중 그의 안에서 한밤중에 타오르는 불처럼 환한 주황색 튜닉을 입은 어린 그와 멀리서 그를 조롱하던 그의 아버지를 보았을 때, 나는 아이 버섯이 아픈 몸뿐만 아니라 영혼까지 치유하는 것을 목격했습니다. 왜냐하면 아이 버섯은 광활한 현재를 그대로 보기 때문이고, 현재는 몸의 현재만 의미하는 게 아니기 때문이지요. 아이 버섯은 미래를 예견하지 않아요, 현재를 비추는 것, 광활함을 밝히는 것은 바로 언어입니다. 그것을 나는 과달루페를 통해 분명히 보았습니다. 아침이 밝으면 새가 지저귀는 소리가 분명히 들리듯, 팔로마와 친구들이 내게 과달루페를 데려온 그날, 그의 아버지에 기인한 영혼의 병을 치유한 그날 나는 분명히 보았습니다. 아이 버섯은 강력합니다. 진실을 말하고, 그것이 보여주는 현재는 그림자를 숨기지 않지요, 태양처럼 환히 비추는 언어로 현재의 깊은 바닷속을 들여다보는 겁니다. 그래서 사람들은 내게 말합니다. 펠리시아나, 당신은 미래를 보는군요. 하지만 나는 그들에게 아니라고 답합니다. 내가 보는 건 현재입니다. 이따금 몸과 영혼의 고통 속에서 과거와 미래가 거닐기도 하지요, 그렇기에 내 눈앞에 나타나는 겁니다. 그래서 사람들이 펠리시아나, 당신은 미래를 보는군요라고 말하는 겁니다. 하지만 만일 미래가 내 눈앞에 나타난다면, 그것은 미래가 현재 안에서 거닐고 있기 때문입니다. 아이 버섯은 과거를 이해하지 못합니다. 미래도 이해하지 못해요. 어제가 무엇인지 내일이 무엇인지 알지 못할뿐더러, 관심도 없습니다. 그

마녀들

저 어린아이처럼 현재를 살 뿐이지요.

나는 노인도 치유해보았고 어린아이도 치유해보았는데, 노인보다는 아이가 더 쉽게 치유됩니다. 어른보다는 어린아이를 치유하는 것이 더 수월하지요. 어른은 저 자신의 번민의 우물에 빠져 허우적거리고 캄캄한 슬픔에 허덕이는 한편, 아이는 피를 끓게 할 정도로 치솟는 열과 잠들지 못하게 하는 식은땀에 시달려도 저에게 물 한 잔을 가져다주는 어른에게 미소로 답합니다. 그 물 한 잔이 아이의 아픈 현재를 달래주니까요. 아이는 저 자신의 번민에 허우적거리지 않을뿐더러 심연의 우물도, 캄캄한 슬픔도 아직 모르지요. 아이는 투명한 물과 같습니다. 피를 끓게 할 정도로 치솟는 열도, 잠들지 못하게 하는 식은땀도 아이로 하여금 다음 날에는 어떨지 혹은 얼마나 괴로웠는지 따위를 생각하게 하지 않습니다. 아이는 투명한 물이기 때문이에요. 아픈 아이보다 아이의 가족들이 짊어지는 고통이 더 지독하지요. 아이는 과거도 미래도 두려워하지 않습니다, 아이는 죽음을 두려워하지 않아요. 죽음을 이해하지 못하니까요. 죽음이라는 단어를 아이에게 말해보면 알 겁니다. 죽음이 사람들 안에 낳는 알에 대해서 아이는 아무것도 모른다는 것을요. 어른은 죽음의 알을 두려워하고 병에 걸리면 슬픔에 무겁게 짓눌리지요. 슬픔이 어찌나 무겁게 짓누르는지, 아픈 이는 제 슬픔 아래 묻혀버립니다. 증상이 가볍다면 그는 이렇게 말하겠지요. 내

일 일은 못 하겠군. 증상이 심해진다면 이렇게 말할 겁니다. 모레까지 아무것도 못 하겠는데. 혹여 고열에 시달리기라도 한다면 죽음이 알을 낳은 게 아닐지 겁에 질릴 겁니다. 그런 그들에게 나는 말해줄 뿐입니다. 그들이 놓치고 있는 게 무엇인지, 왜 두려워하는지, 사람들은 왜 두려움을 품게 되는지, 다가올 미래를 왜 두려워하는지, 그 모든 건 그들이 과거를 짊어지고 있기 때문이라고요. 나는 사람들에게 말합니다. 오늘 당신에게 무엇이 부족합니까, 손이 있고, 발이 있고, 숨 쉴 공기가 있고, 마실 물이 있고, 밟을 땅이 있고, 먹을 음식과 음식을 덥힐 불이 있고 삶이 있으니 당신은 전부 가졌습니다. 내게 삶이 있으니 나는 모든 것을 가진 겁니다. 장담컨대, 내가 죽으면 나는 여기 산펠리페의 내 오두막으로, 내 의식들로, 내 동생 프란시스카가 만드는 음식들로 돌아올 겁니다, 그리고 동생에게 아톨레를 만들어달라고 부탁하겠지요. 지금 여기 내가 가진 것으로 더할 나위 없기 때문입니다. 그래서 나는 사람들에게 묻습니다. 당신에게 무엇이 부족합니까, 전부 다 가지지 않았습니까, 오늘 부족한 것이 없다면 내일도 부족한 것이 없을 겁니다.

아이 버섯은 지혜롭습니다. 지혜가 곧 언어이기 때문이지요. 지혜는 몸이 아닌 목소리입니다. 신께서 우리에게 모습을 드러내실 때 몸이 아닌 목소리로 나타나시듯이요. 신께서는 언어로 우리를 빚으시고 우리에게 이 모든 것을 주셨지요. 마을 사람들은 여기 산펠리페까지 나를 보러 오는 외지인들 때문에 버섯들이 이제 영어로 말한다고들 합니다. 나는 오로지 내 언어로만 말합니다. 통역사를 통해 내 언어가, 내 선조들의 언어가 가닿게 되는 것이고요. 공용어로 내 언어를 말살할 일은 없을 겁니다. 나는 그 어떤 언어로도 내 언어를 죽이지 않을 겁니다. 이 언어는 곧 나 자신이고, 내 선조들의 언어이자 나를 나로 만든 언어이기 때문입니다. 이 언어를 말함으로써 나는 스스로의 명예를 지키는 겁니다.

도시로 떠났던 팔로마는 아직 태어나지는 않았지만 태어나기 직전인 병과 함께 돌아왔습니다. 하루는 그녀가 내게 말했습니다. 펠리시아나, 자기, 나는 밤마다 과달루페에게서 빠져나갔고 산펠리페에서 빠져나갔고 가스파르의 운명에서 빠져나갔지만, 죽음에서는 빠져나갈 수가 없어. 내게는 아직 태어나지 않은 병이 있고, 그 병이 나를 죽이진 않을 테지만 내 죽음의 이유가 되고 말 거야. 죽음은 이미 그녀 안에 알을 낳았던 겁니다. 처음은 그녀가 팔로마가 되고 어느 정치인과 사랑에 빠졌을 때였고, 그다음은 어느 무정한 남자와 사랑에 빠지고 그의 무정이 그녀를 죽도록 때려눕혔을 때였지요. 아직 태어나지 않은 병을 품고 있던 팔로마는 여기 산펠리페에서 다른 남자와 동침했고, 팔로마 스스로도 알지 못했던 병을 그에게 옮겼습니다. 팔로마와 보낸 밤이 자신에게 무엇을 주었는지 알게 된 남자의 분노가 팔로마를 죽인 겁니다. 분노에 찬 남자가 팔로마의 등에 칼을 찔러 넣은 겁니다. 그녀의 방을 보았을 때, 그녀의 시신과 공작새처럼 화려한 담요가 깔린 그녀의 침대를 보았을 때 나는 코스메 할아버지가 어린 가스파르를 보며 하던 말이 떠올랐습니다. 걸을 때 깃털을 떨어뜨리는 것 같다던 그 말이요. 우리 할아버지의 분노가 담긴 말들이 죽음에게 말한 겁니다. 여기 너의 알을 낳으라고요.

언젠가 팔로마가 말한 적 있습니다. 펠리시아나, 자기, 오전 6시는 신께서 정해주신 때에 이 땅을 떠나는 이들의 시간이고, 오후 6시는 다른 사람의 손에 죽은 이들이 떠나는 시간이야. 죽음은 태양처럼 명징하게 오후 6시에 오겠다고 팔로마의 귀에 노래를 흥얼거렸고, 그날 오후 과달루페가 나를 찾아와 누군가 팔로마를 죽였다고 말했을 때 나는 그녀의 집으로 가 거울 속에 비친 팔로마의 모습을 두 번 보았습니다. 두 번 다 너무도 생생히 살아 있는 것처럼 보였지요. 칼에 찔려 생긴 구멍에서부터 팔로마의 몸 아래로 점점 커지던 핏자국이 아니었더라면 말입니다. 때는 6시, 팔로마가 그렇게 말해주었으므로, 그리고 저 멀리 밭에 그림자가 드리우고 있었으므로 나는 그때가 오후 6시란 걸 알았습니다. 시간에 관해서라면, 해에 관해서라면 나는 아무것도 모릅니다. 나는 내가 언제 태어났는지조차 모릅니다. 그런 건 내게 물어보지 마십시오, 모르니 답할 수가 없습니다. 하지만 그 끔찍한 시간만큼은 압니다. 오후 6시 정각이었지요. 밭에 그림자가 드리우고 있었고, 그녀를 보자 나는 그 남자가 팔로마가 무셰라는 것을 알고 분노에 차서 그녀의 등을 찔러 죽였다는 것을, 팔로마가 무셰라는 이유로 죽였다는 것을, 팔로마가 남자로 태어나 여자로 살았다는 이유로 죽였다는 것을, 팔로마가 여자 옷을 입고 화장을 했다는 이유로 죽였다는 것을 알았습니다. 팔로마를 죽이면 비가 여름의 무더위를 식히듯이 제 분노 또한 식힐 수 있으리라는 듯, 저 무셰가 아직 태어나지 않은 병을 자신에게 옮긴 것이라며 분노한 그 개자식이 팔로마를 죽인 겁니다. 그들은 무셰라는 이유로, 여자라는 이유로 팔로마를 죽였습니다. 치유자라는 이유로 죽였습니다. 사람들은 종종 적의를 사랑이라고 부르니까요. 그래서 그들은 그녀를 죽였고, 오후 6시, 내게서 언어가 빠져나갔고, 나는 그렇게 지냈습니다. 팔로마가 없는데 내게 말이 무슨 소용이겠습니까. 내 손주 아파리시오가 아프고 나서야 언어가 돌아왔습니다. 그 아이를 치유해야 했으니까요. 하지만 밭에 드리우는 그림자를 보고 팔로마가 왜 죽었는지 깨달았을 때 내 안의 언어는 다시금 말라버리고 말았습니다. 내 안에서 말이 전부 빠져나가버렸고, 나는 메마른 우물처럼 덩그러니 남았습니다.

이 모든 걸 말하십시오, 내가 조에 양에게 말한 이 모든 것을요. 팔로마가 살해당했다는 사실을 내게 알리려고 과달루페가 온 시각이 오후 6시였다는 것을 말하십시오. 조에 양이 본 것을, 내가 조에 양에게 말한 것들을 말하십시오. 조에 양에게서 나오는 말들을 명예롭게 하십시오. 내가 우리 아버지의 말씀을 존중하듯 조에 양의 아버지께서 조에 양에게 하신 말씀을 존중하십시오. 우리 아버지 펠리스베르토가 내게 준 힘으로 내가 그분의 이름을 드높이듯 언어로 조에 양이 하는 일을 드높이십시오. 내가 우리 어머니의 말씀을 존중하듯 조에 양의 어머니께서 조에 양에게 하신 말씀을 존중하십시오. 언어로 조에 양의 선조들을 기리십시오. 현재는 선조들에게서 비롯되기 때문입니다. 내가 나의 자매들, 프란시스카와 팔로마를 명예롭게 하듯 조에 양의 동생을 명예롭게 하십시오. 내게 책을 돌려준 건 팔로마였습니다. 내게서 책이 떠나간 것을 안 그녀가 꿈속에 나타나 돌려주었어요. 내 손주 아파리시오를 치유할 수 있도록 섬광처럼 나타나 책을 돌려준 겁니다. 조에 양의 이야기를 하십시오, 나의 이야기를 하십시오. 조에 양의 이야기와 나의 이야기는 두 개의 다른 이야기가 아닌 하나의 이야기이기 때문입니다. 그렇기 때문에 내가 몇 번이고 조에 양에게 물어보고 물어보았던 겁니다. 조에 양의 이름을 말하십시오, 내 이름을 말하십시오, 아니면 조에 양의 이름과 내 이름을 모두 말하십시오, 결국 둘은 같은 것이니. 가장 높은 곳과 가장 낮은 곳에서 우리는 모두 같기 때문이지요. 조에 양의 이름을 말하든, 내 이름을 말하든, 무슨 이름이든 중요하지 않습니다. 우리는 모두 언어의 자녀들이기 때문입니다. 우리는 모두 언어에서 태어났고, 우리는 모두 죽으면 언어로 돌아갑니다. 생전에 그랬듯 팔로마가 매일 내 곁에서 내게 말을 거는 것처럼요. 이제 팔로마가 나의 언어입니다. 내가 조에 양에게 말하는 동안 팔로마는 나와 함께 있습니다. 나의 말을 통해 팔로마가 조에 양에게 말을 거는 거예요. 조에 양은 내 영혼의 가장 깊은 바닷속을 보고 왔습니다. 조에 양 영혼의 깊은 바닷속은 조에라는 이름을 말해주는 것이 아니라, 조에라는 이름이 왜 조에 양의 것인지 그 이유를 말해주지요. 이 목소리가 조에 양의 것이란 걸 말해줍니다. 조에 양 영혼의 깊은 바다가 말합니다. 이곳이 바로 내가 시작되는 곳이자 다른 이들이 끝나는 곳이라고요. 그건 바로 조에 양 영혼의 깊은 바닷속이야말로 조에 양의 언어가 시작되는 곳이기 때문입니다. 그 언어는 누구의 것도 아닌 오로지 조에 양의 것입니다. 그것이 지금부터 조에 양이 쓰게 될 글입니다.

감사의 말

나의 형제 디에고와 그의 아내 시모네에게, 나의 조카 카이와 우마에게 특별히 감사를 전한다. 나의 가족에게 감사한다. 가브리엘라 하우레기, 엘레나 포르테스, 루이스 펠리페 파브레, 마우로 리베르테야, 후안 카르데나스, 기예르모 누녜스 하우레기, 베로니카 헤르베르, 아말리아 피카에게 감사를 전한다. 후안 안드레스 가이탄, 가브링레 카안, 프란세스코 페드라글리오, 에두아르도 토마스, 니나 호츨틀, 훌리에타 베네가스, 타니아 릴리, 발레리아 루이셀리, 리디아 카초, 비비안 아벤순샨, 엘비라 리세아가, 라우라 간돌피, 마리아나 바레라, 호세 테란, 사만타 슈웨블린, 훌리아 레예스 레타나, 아말리아 안드라데, 친애하는 레드텐터 가족, 루르데스 발데스(언제나 감사하고 감사하는 마음일 거예요)에게 감사를 전한다. 페드로 데

타비라에게 감사한다. 삼가 고인의 명복을 빌며, 클라우디오 로페스 라마드리드에게 감사를 전한다. 알파과라 출판사의 필라르 레예스, 마이라 곤살레스, 페르난다 알바레스, 파스 발마세다에게 감사를 전한다. 발셀스 에이전시의 카리나 폰스와 호르헤 만사니야에게 감사를 전한다. 함께 작업할 수 있었던 것이 내게 얼마나 큰 행운이었는지.

이 책을 쓸 수 있었던 것은 SNC 프로그램 덕분이다.

옮긴이의 말

진실이 드러나는 장소로서의 언어

한 여자가 무참히 살해된 채로 발견된다. 여자의 이름
은 팔로마, 사랑하던 남자의 칼에 찔려 죽었다. 팔로마이
기 이전에 그녀는 가스파르라는 이름의 소년이었고, 그것
이 팔로마가 죽음에 이른 이유가 되었다. 소설은 팔로마
의 죽음에서 시작한다.

한 젊은 여성 기자가 팔로마 살인 사건에 관한 기사를
쓰기로 한다. 기사를 쓰기로 한 것은 여성을 상대로 한 폭
력에 대한 분노 때문이기도 했고, 피해자의 가까운 친척
이라고 알려진 펠리시아나라는 인물에 대한 궁금증 때문
이기도 했다. 펠리시아나는 전설적인 언어의 치유자라고
알려진 인물로, 그녀를 만나려고 전 세계 사람들이 산펠
리페라는 외딴 지역까지 발걸음 하고 그녀의 이야기를 다
룬 영화며 다큐멘터리까지 만들어질 정도로 유명인이다.

그럼에도 불구하고 펠리시아나는 자기 능력으로 금전적인 이익을 취하려는 생각이 전혀 없다. 치유가 필요해서 찾아오는 사람들을 치유하고 스스로 치유가 필요한지 몰랐던 사람들까지도 치유한다. 그뿐이다. 그리고 젊은 기자 조에가 후자에 속하는 사람이었다.

팔로마 살인 사건의 전말을 파헤치기 위해 펠리시아나를 취재하면서, 때로는 오히려 펠리시아나가 던지는 질문에 답하면서 조에는 어느새 치유를 향해 나아간다. 자신을 둘러싼 인물들, 특히 여동생과 어머니에 대한 이야기, 아버지의 죽음에 얽힌 이야기를 풀어내면서 가족들을 이해하게 되고, 나아가 펠리시아나와 그녀의 주변 인물들의 이야기를 들으면서 그들을 알아가게 된다. 자신과 타인을 알아가는 과정에서 조에는 스스로에게 애도를 빚지고 있다는 사실을, 아버지의 죽음을 진정으로 이해하고 받아들이지 못했기에 온전한 애도 또한 이루어지지 못했고 따라서 자신이 그 시점에 고여 있었다는 사실을 비로소 깨닫는다.

조에는 누구인가.

우리 중 누구라도 될 수 있고 주변에서 흔히 찾아볼 수 있을 법한 인물 조에는 팔로마 살인 사건 취재를 위해 펠리시아나를 만나러 가는 도시의 젊은 기자이다. 스스로 회의주의자라고 일컫던 기자는 앞으로 무슨 일이 펼쳐질지 꿈에도 모른 채 혐오 범죄에 대한 분노와 펠리시아나라는 인물에 대한 궁금증을 안고 떠난다.

　팔로마 살인 사건이 나를 펠리시아나에게로 이끌었다고, 그렇게 우리의 인터뷰가 시작되었다고 말하고 싶지만, 이것은 범죄 이야기가 아니다. 고백하건대, 나는 내가 기사를 씀으로써 도움을 줄 수 있으리라 생각했지만 펠리시아나를 만나고 도움을 받은 건 정작 나였다. 스스로 필요한 줄도 몰랐던 도움을. 여기 쓰인 내용은 전부 펠리시아나 덕분에 깨닫게 된 것들이다. 이것은 펠리시아나가 어떤 사람인지, 팔로마가 어떤 사람이었는지에 관한 이야기다. 나는 그 여자들을 알고 싶었다. 그리고 곧 나는 내 동생 레안드라와 우리 엄마를 더 잘 알아야 한다는 사실을 깨달았다. 또한 나 자신을. 한 여자를 제대로 알려면 먼저 스스로를 알아야 한다.

　이 여행에서 조에는 자신의 "영혼 깊은 바닷속"을 들여다보고 비로소 치유의 길로 나아가고, 우리는 그 여정을 뒤따르며 지켜본다. 소설 초반부에 조에가 얼마나 깊은 절망의 구덩이에 빠져 있었는지, 얼마나 스스로를 억누르고 있었는지 알 수 있는 대목이 있다. 그리고 자신의 바닥을 마주하는 순간은 "중요한 순간들이 으레 그러듯, 예고도 없이 한순간에 찾아"온다. 모두에게 그런 순간이 있을 테고, 조에의 경우는 어느 금요일 밤 퇴근 후 파티에 다녀오던 길이었다.

더운 여름밤이었다. 시간이 얼마나 흘렀는지는 알 수 없었지만 아무도 마주치지 않고 빠져나오는 데는 성공한 터였다. 비가 내린 후였고, 환풍기는 고장 나 있었다. 글러브 박스에 유리창을 닦는 빨간 플란넬 헝겊이 들어 있었다. 신호에 걸려 멈췄을 때 유리창을 닦으려고 헝겊을 꺼내려던 순간을 기억한다. 그때 처음으로 거기서 자살할 수도 있겠다는 생각이 들었다. 유리창은 뿌연 채로 두고, 눈 딱 감고 대로를 가로질러서 그렇게 단번에 끝장내는 거다. 지금 자살이라는 말을 하자니 너무 아득하고 거창하게 들리고 웃기기까지 한데, 그렇지만 절박하게 출구가 필요할 때, 그게 무엇이든 어떤 문이 필요할 때는 그것이 있다는 사실을 아는 것이 평화를 가져다준다. 깜빡깜빡 점멸하면서 탈출구가 있다고 알려주는 표지랄까. 언제라도 단번에 멈출 수 있는 가능성이 존재한다는 생각만으로도 평온해진다. 적막감을 마주할 때 끝의 가능성은 힘이 된다. 그때 나는 몇 주 전부터, 아니 몇 달 전부터 그런 구덩이 안에 있었다.

펠리시아나를 만나기 전까지 조에는 아버지의 죽음에 대한 진정한 애도에 이르지 못한 상태였고, 그것이 조에를 좀먹고 있었다. 장녀로서 꼿꼿하게 버텨야 한다는 책임감을 느끼는 한편 자유로워 보이는 동생에 대한 일종의 부러움과 원망도 언뜻 보인다. 하지만 바쁘게 돌아가는 사회에서 일상을 영위하려면 애도란 때로 사치로 치부되기도 한다. 조에 역시 돌보아야 할 가족이 있고 직장이 있으니 산 사람은 살아야지, 같은 말로 자기도 모르게 치밀어 오르는 순간들을 누르며 살아왔을지도 모른다. 해결되지 못한 문제가 자기 안에 고인 채 곪아가고 있는지도 모르고. 펠리시아나와의 치유 의식을 통해 유년 시절의 한 장면으로 돌아가는 조에, 그 장면은 조에가 아버지와 처음으로 교감했던 순간이다. 원점으로 돌아가 사랑을 기억함으로써 조에는 비로소 애도에 다다른다. "뒤늦게 치솟"은 조에의 불이 마음껏 타오르기를, 저 자신의 불로 모든 번민을 태워버리기를, 조에가 조금은 가벼워지기를 바란다.

*

세대도, 언어도, 배경도 다른 두 여자가 어느 한 여자의 죽음을 계기로 만나면서 시작되는 이야기는 삶으로 끝이 난다. 소설은 네 이야기를 하라고, 네 삶을 살아가라고, 사랑이 있기에 삶은 살아갈 가치가 있는 것이라고 말한다. 우리를 우리로 만드는 것은 우리가 사랑하고 우리를 사랑하는 사람들이며, 그들이 지금은 곁에 없을지라도 우리가 그들을 망각 속에 내버려두지 않는 한, 우리가 그들을 기억하는 한 그들은 언제고 우리 곁에서 삶의 용기가 되어 준다고 말한다.

옮긴이의 말

자칫 진부할 수도 있었을 메시지를 흥미롭게 만드는 것은 소설 속 두 명의 주인공이 이런 결론에 이르는 과정이 결코 순탄치 않기 때문일 것이다. 그 중심에는 사랑하는 존재의 때 이른 혹은 부자연스러운 죽음과 애도의 과정이 있다. 노년의 치유자 펠리시아나는 어릴 적 조부모님과 부모님을 연이어 떠나보내고 남편과도 어린 나이에 사별했다. 또 다른 가족인 팔로마까지도 혐오 범죄로 잃었다. 그런가 하면 젊은 기자 조에는 아버지의 갑작스러운 죽음을 받아들이지 못하고 있었고, 그렇기에 온전한 애도도 할 수 없었다. 펠리시아나를 만나기 전까지는. 해결되지 않은 사건들은 우리를 과거 안에서 헤매게 한다. 현재를 살지 못하게 한다.

마땅히 말해지고 기억되어야 할 것들을 망각 속에 묻어두는 행위는 파괴적이며, 이는 비단 개인뿐만 아니라 사회 차원에서도 마찬가지다. 현대 한국 사회는 사회 차원의 애도를 빚지고 있다. 이 글을 쓰는 지금은 2024년 4월이다. 그래서인지 자꾸만 돌아가게 되는 어느 하루와 장소가 있다. 펠리시아나에게서 언어가 빠져나간 시각 오후 6시처럼, 10년 전 그날, 어디서 무얼 하고 있었든, 우리는 모두 언어를 잃었다. 공통의 상실을 공유하는 우리는 어쩌면 모두 느슨하게나마 연결되어 있는 게 아닐까. 그렇기에 우리가 언어를 되찾고, 되찾은 언어로 끊임없이 말해야만 힘이 생기리라 믿는다. 펠리시아나가 자신의 언어로 반복해서 이야기하는 사건, 그러니까 팔로마의 죽음은 공용어를 쓰는 도시의 기자 조에에게 닿았고, 스페인어로 쓰인 그들의 이야기는 한국어를 쓰는 지구 반대편의 우리에게까지 닿았다.

이렇듯 언어는 흐르게 한다. 이해하게 한다. 고이면 썩는다는 것은 자명한 사실, 썩지 않으려면 흘러야 한다. 졸졸 흐르는 개울물과 굽이치는 강물과 파도가 요란히 부서지는 바닷물의 언어가 다르듯 우리 각자의 언어도 모두 다르게 흐르지만 각자의 속도와 소리로 흐르다 보면 언젠가는 만나게 되리란 희망, 이해에 가닿으리란 희망, 진실을 발견하리란 희망을 가져본다. 그것이 중요하다. 끊임없이 떠들며 흘러가길 바란다. 결국 진실이 드러나는 장소가 있다면 그건 망각이 아닌 기억, 기억을 이야기하는 언어 안에서일 테니까.

2024년 4월
구윤

마녀들

1판 1쇄 발행 2024년 5월 14일

지은이·브렌다 로사노
옮긴이·구유
펴낸이·주연선

(주)은행나무
04035 서울특별시 마포구 양화로11길 54
전화·02)3143-0651~3 | 팩스·02)3143-0654
신고번호·제 1997—000168호(1997. 12. 12)
www.ehbook.co.kr
ehbook@ehbook.co.kr

ISBN 979-11-6737-427-1 (04800)
      979-11-6737-396-0 (세트)